干刈あがたの文学世界

コスモス会 編

鼎書房

高校２年生　「ちょっとバイクに」

中学３年生

朝日新聞福祉キャンプ（丹沢）で子どもたちと　22歳夏

41歳夏

『ウホッッホ探険隊』芥川賞落選のお知らせ（1984.1.17　撮影・宮内勝氏）

西小山商店街にて　47歳

『干刈あがたの文学世界』目次

III　干刈あがたを語る

IV　干刈あがた作品論

Ⅰ　干刈あがたの世界

四十歳の女性たちの風景

干刈あがた

生まれた年だけは昭和十八年の戦中と考え、育った年代は一九××年で考える癖がある。その方がいろいろなことが自分でわかりやすい。中学に入ったのは一九五五年、映画「理由なき反抗」がアメリカで封切られ、貧しくて野心にあふれた若者という型ではなく、自分たちと同じ中流家庭の若者が表現の場に登場した年、というように。私が高校を卒業したのが一九六一年。

この春、都立高校で仲のよかった女友達六人が久しぶりに集まった。私たちは四十歳代の最初の一年を過ごしたところだった。この二十数年の、高度経済成長や都市化や核家族化や女性の社会進出といった変化の激しい時代の跡が、私たちの人生に経験として刻み込まれていた。

卒業時、最も初任給の高かった証券会社に就職したA子の給料は一万三百円だった。今年高校を卒業した私の従妹の給料は十万七千円だそうだから、十倍になっている。

最初の一人B子が結婚したのは一九六四年。新所帯はトイレや水道が共同の六畳一間だった。以来彼女は、化学工業会社勤務の夫の転勤と共に五回引越しをしている。

C子は西新宿にあった家に嫁いだ。当初は周囲は民家ばかりだったが、子供が生まれた頃から続々と超高層ビルが建ち始め、一番下の子は、姿が見えないと思うと高層ビルのロビーやエスカレーターで遊んでいたという。彼女は強迫観念に駆られ、そのころは毎日弁当を作って子供の手を引き、中央公園で半日を過ごしたという。その家も第二NSビルが建つことになって買収され、二年前に浦和に引っ越している。

女医になったD子は、同じ地方大学医学部の上級生と結婚し、その土地で仕事と子供を持ったが、その頃は女性が働くための土台がなく、仕事を続けるためには保育所の設置運動からしなければならなかったという。彼女は仕事を続けながら四人の子を育てている。

E子もやはり働く女性で、外資系の会社に勤めている。彼女の場合はいったん家に入ったが、夫の女性問題と借金のために必要に迫られて、就学前の子供を家に置いて再就職して九年になる。日本の一流企業では、女性の再就職の受け入れ口は針の穴だったそうだ。

そして二人の子を持つ私は、一年半前に離婚している。

――四十歳になった私たちは、今までを振り返り、老いに向かってこの先を見つめ、態勢を整えなおす峠のような場所に来ていた。

転勤続きだったB子は、この五年間関西に落ち着き、土地で友人も出来、文庫活動をしたり考古学の勉強に奈良に通っている。弟たちのために進学を諦めた彼女は「夫や息子たちに、私にもしたいことがあると宣言したのよ。今日もゴミ袋や食事のことをメモに書いただけで、あとは三人でするように言ってきたの」と言う。本を買うかわりに自分の洋服は買わないという彼女の服の地味さが、かえって学生っぽく若々しかった。

女医のD子は病院を開設することを夫が提案した時、これ以上忙しくなって子供との時間や自分の勉強や登山の時間を犠牲にしたくないと反対し、開院の条件として医療以外の経営雑務にはタッチしないことを認めさせた。「無理しても遊んだり勉強したりするのよ。無理しなければ出来ないもの」と言う彼女は、集まりにも遅れて来て、翌早朝の飛行機で学会のある北海道へ発って行った。

外資系の会社に勤めるE子は、子供たちが中学生になった今、離婚を考えることがあるという。そして私は、離婚しても子供たちを父親やその再婚した妻のところへ行き来させる暮らしの中で、そんなことをして大丈夫か、という私の母や父親側の母親の危惧を自分の中にも感じながら、試みてみなければわからない、なるべく開かれた人間関係の中に息子たちを置きたいと考えている。今のところうまく行っているが、この先で手痛いシッペ返しを受けるかもしれない。

堅い家の娘としてどこか幼さの残っていた独身のA子は、勤めを続けながら臨機応変に私たちを助けてきた。ずっと両親の家で暮らしていた彼女は、二年前に家を離れ一人暮らしを始めた。家庭持ちの男性との遅い巡り会いに苦しみながら、自分の中にはじめて燃えた火を大切にしたいのだと言い、香りのある化粧品を使うこともやめた彼女を、家庭の中の妻である友人たちは誰も咎めない。「もっと若かったらこんなことしなかったと思う。もっと老いていたら人生を諦めていたと思う。四十歳だから」と言う彼女の言葉は切実だ。

浦和に引っ越して畑を作ったC子は「これからの時代どうなるのかわからない。子供もアテにできないから、今からオバン長屋構想をはじめよう」と言った。

私たちは母親たちの生き方や経験をそのまま手本にすることの出来ない、変化の激しい時代を生きてきて、ようやく自分の価値観をつかんだところだ。〈自分にとって何が大切か〉ということは、それぞれの場所で「私はこういう経験をしたからこう思う」と言い、「私はこうやってみる」と試みることしか出来ない。その試みが失敗に終わるとしても、その試行錯誤の中からしか、自分に出会い、どうなるかわからないこれからの時代の八〇年代を生き、子供たちが三十歳になり私たちがオバアチャンになる二十一世紀に歩いて行く、現実的な足がかりはないのだと思う。彼女たちの声は落ち着いていた。

（朝日新聞・一九八四年七月二四日）

対談　干刈あがた×吉本ばなな

40代の小説と20代の小説

バナナフレッシュ

干刈　ばななさんとはこの間、桜を見ながらだんごを食いましょう、と言って一度会ったことがあって、きょうで二度目なんですね。話をしないで、物を食うというテーマの方がいいみたい（笑）。

吉本　そうですね、食べることが何よりも好きです。

干刈　昨年、『キッチン』（福武書店刊）でばななさんが「海燕」新人文学賞をとって、そのパーティーのときはちょうど新聞小説を脱稿した後でひどい神経症だったものだから行けなくて、「おめでとう」という手紙を出したんですね。そうしたらばななさんから「パーティなんかじゃんじゃん休んで、元気になってまた書いてください」という元気のいい返事をいただいて。それで私はばななさんのことを「バナナフレッシュ」と呼んでるんだけれども……。

　私は『キッチン』を読んで面白いなと思ったことが二つあってね。一つは作品そのもののことなんだけれども、「現実はすごい」「引っ越しはパワーだ」という、その二行にびっくりしたのね。何か今までは使っちゃいけない言葉とか表現みたいなものが何となくあるように思い込んでいて、自分で知らないうちに避けていたりして。で、ばななさんに会ったときに「あれでいいの？　ああいうのあり？」って聞いたら、「ありです」って、明解国語辞典で答えてくれた（笑）。

もう一つは、あの作品に対する反応。あれを今までの文学の人がどうとらえるのだろう、あいう二行が入ってるのは、きっとモグラたたきに遭うよ、って言ったのよね。

吉本　そうです。

干刈　ところが、それが案外そうでもなく、好意的に受け取られたのね。私なんかは評論家とか先輩の男性作家の人たちの神経を逆撫でしてしまうようなところがあってね。だからばななさんほどにぶっ飛んじゃうと好意的に受け取られるのかなあという、その距離感みたいなものも面白かった。

吉本　でも結構、たたかれるものですよ。

干刈　そのたたかれるのが、どこから飛んで来るのか分らないというところがあるでしょう（笑）。

吉本　怖いですね。ある朝突然に、知らさなきゃいいのに、知らせてくれるものなんです、周りの人が（笑）。

私なんかは、まず、いろんな世代の人にわかってほしいという、これは当然のことだと思うんですけど、干刈さんの場合には、同世代の女の人にとってはたまらない魅力があると思うんです。そういうのを年上の女の人からずいぶん聞きます。もちろん私たちが読んでも、その魅力は十分伝わってきますから。だから、そういうことというのはうらやましいなというか、ずいぶんそれを感じました。

干刈　それが自分ではちょっとやぼったい感じもするのね。わりと自分でしゃかりきになって物を言ってるようなところがあってね。ただ、自分にわかる場所で一生懸命言うしかないみたいなところがあってそれをやってるんだけれども。ばななさんが大学生のときに『樹下の家族』（福武書店刊）を読んだという話を聞いてね。

吉本　ええ、一年生の時でした。よく覚えています。

干刈　それが若い人たちにどういうふうに受け取られるにしても、むしろ私は下の方につながっていきたいと思うから、今度も『しずかにわたすこがねのゆびわ』（福武書店刊）の文庫本が出るから、一九六一年生まれの男の人に解説を書いてもらったのね。その人は常々私の小説を、母親のふっきれなさを見るみたいで、すごくしんどいところと面白いところがあるんだけど、どっちにしても生々しくて息苦しい、というようなことを言ってるのね。で、自分たちにとって六〇年代というのは、ビデオテープを巻き戻していって、どん詰まりの風景なんだけど、そのさらに向こうからやってくる人間がいて、そこでガラス越しに出会うみたいな感じがした、ということが書いてあるのね。

私は、ばななさんの小説を読んで思ったけど、その小説は自分の息子たちの表現に近いのね、言葉遣いなんかも。

吉本　年も近いですよ（笑）。

干刈　その呼吸みたいなのが肌でわかるところがあって、息子たちの世代がこんなふうに開かれていくといいなあという願望みたいなものと、私たちがふっきれていないところをスウーッと通り抜けられる人が出てきたというのは、やっぱり感動ものでした。

作家になれたら、なれなかったら

干刈　ばななさんは、初めから小説家になろうと思っていたとか？

吉本　そうです。小学生ぐらいのときによく、スチュワーデスになりたいとか、ああいうのと同じような感じで。なれてよかったと思いますよ。なれないと冗談になりませんから（笑）。

干刈　私なんかは、文学少女っぽいのが気恥ずかしかったり、作家にならないで済むならならない方がいいみたいなところがあったり、その辺がちょっと違うというか、よくわからないところね。いまだに、おそうざい屋のおばさんになれたらどんなにいいだろうかという気持ちがあるのね。ただ、今、書きたいものがあって、それがとりあえず続いているという感じなのね。

吉本　でも、いつの間にかなっているというのが一番素晴らしいことだと思いますよ。いつの間にか、というのはちょっと変な言い方ですけど。

干刈　私は三十九歳で新人賞をもらって、作家としては遅いけれども、自分にとって遅い早いという感じはないわけね。そこで何かが一致してなったというだけのことでね。

ばななさんは作家になろうと思ってセッセコ作品を書き続けてたわけ？

吉本　というか、作家になるということを頭において、訓練しながらいろんなことを見ているみたいな感じでしたね。逆に言えば、なる前の人生というのは、他のことを投げているようなところがありましたね。だから今思うと、ちょっともったいなかったと思う。

干刈　他のこと、というのは……。

吉本　作家になるまではうそだみたいな頭がありまして。そのことを思うともったいないなと……青春が。

干刈さんは作家になりたいとか思っていらっしゃらなかったんですか。

干刈　あまり意識的には思わなかったのね。でも読むのが好きだったし。読むのが好きな人なら誰でも考える程度に、書ければいいなみたいなのはあったけれども、自分がそうなれるとは思わなかった。二十代の初めに、フランスのヌーボー・ロマンと正面衝突しちゃって、とても小説って書けないと思っちゃったのね。それでずっと作家になろうなんて思わないで読み続けていて、それでも何か自分で書かざるを得ないみたいな気持ちになったときに、小説の形というものはどういうものかよくわからないけども、とにかく何か書きたいという、その辺で出発したにすぎなくてね。

私生活と文学の関係

吉本　干刈さんの場合、私生活と文学はどれぐらい関係がありますか。

干刈　エッセイと小説があまり違わないなと思ったりして、自分でもよく距離がとれなくて気恥ずかしいわね。さっきばななさんが小説を書こうと思っていて、他のことがなおざりになっていたのがもったいないというようなことを言ったときに、むしろ私は逆で、何げなく暮らしていたことが全部、小説に出てくる感覚のもとになっているような感じがあるのね。

吉本　じゃ、自然な形で溶け合っているような……。

干刈　溶け合っているというか、それしかないというかね。ちょっと恥ずかしいけれども、自分はそれしかないというのと、そこからでも物を考えたり感じたりすることっていっぱいあるというのと、両方の感じね。だから芸術至上主義になれないというか……。

吉本　でも、女のお子さんがいらっしゃらないのに、女の子を持った母親というようなことが、ものすごくリアルに描かれていますね。

干刈　あれは、自分の少女時代をずいぶん思い出したけれども、わりと友達が多いから。私は、文学の世界の友達ってほとんどいないのね。

吉本　文学の世界の友達（笑）。

干刈　文学の友ね。主婦の友みたいだけれども（笑）。ばななさんぐらいで。

吉本　私もこの世界に就職して一年になりまして、最近、本当に思うんですけど、出版界というのは一つの大きな企業と同じで、社内で起こったことはすぐ全員に伝わっちゃうみたいな、そういう意味では狭い世界だと思うんです。だから普通の人という言い方も変ですけど、職業が違う人とのつながりみたいなものがなくなったら、本当におしまいだみたいなことを感じました。

干刈　私はむしろ外の世界の方をよく知っててね。この世界に入ってくると、ある意味ではどこにでも出入りできる分、内輪で済んじゃうことになれちゃいやすい世界でもあるという感じがするのね。だから、そこに自分が無感覚になっちゃうといけないなという感じがとてもする。

吉本　ええ。自分のいるところはごく狭いところなんだなということを、いつも考えていたいと思いますね。そういう意味ではぜいたくなことなのかもしれないと思うけど。普通、会社に入ってしまえば、会社だけが人間関係みたいなふうにある程度なるわけですから。

干刈　小説を書くためにずっと生きてきたみたいなのが、小説を書くということが特殊なことにならないで、他の人のかかわりにも書くんだという、そういう感じではそんなに違わないだろうと思うんだけれども、それをばななさんはプロというのかもしれないし、私は素人っぽさと逆に言うんだけれども、それはとても大事なことだと思うんだけれどもね

小説の素材

干刈　ばななさんの小説は、必ず人が死んじゃうでしょう。それが、今度の本のあとがきにはお友達が亡くなったって書いてあった。

吉本　そうなんです。

干刈　前に聞いたときには、そんなに身近に死んだ人がいるわけではないって言ってたわね。

吉本　その間のことなんです。

干刈　ああいうふうに死ぬという、その間隙を埋めるような感情みたいなのを書き続けているというのは、やっぱり若い人たちにある基本的な欠落感みたいなのが、ああいう形で出るのかなあと思ったりするんだけどね。

吉本　干刈さんの短編小説で、定年退職をしてしまった話がありましたよね。私もいつか、ああいう穏やかな、奥深いものが書けるようになるといいなあと思っているんです。

干刈　でも私の小説って、山場がない。この間、ラジオドラマを一本書いたら、それも山場がないからラジオドラマとして作りにくいんですって（笑）。私は、日々の同じことの繰り返しの中に何かあるみたいな気がして、そんなことしか書けないのね。

ばななさんは若い人なのに、不思議に月とか、

風とか、波の音とか、そういうのに敏感だね。

吉本　そうかもしれません。

干刈　それが年齢を超えて、懐かしさを呼び覚ますみたいなところがあると思う。よく自然というと、都会と反対の意味の、うっそうと茂る木とか、海とか言いがちだけれども、都会の中でも、例えばビルから吹いてくる風とか、そういう自然というのがあると思うのね。

吉本　そうですね。

干刈　自転車なんかで走ってて、あっ、土のにおいだと思うと、大分遠くにあったりするんだけど、あのにおいというのは、むしろ都会の中にあるからよけい強烈なような気もするのね。

吉本　むしろ、生々しいものがあります。実感がありますよね。

干刈　ばななさんは、ずっと東京？

吉本　ええ、生まれたときから一回も別のところに住んだことがないです。

干刈　私もほとんど東京以外の場所を知らなくて……。

若者の人間関係

干刈　一週間ぐらい前に高知へ行ったのね。それは、四国の教育学部系の学生たちが自主セミナーをやっているので、私は学生の一番後ろに座って聞いてたんだけれども、その中で面白かったのは、今の学生たちは人間関係がすごく希薄になっていて、これではいけないかもしれないと思いながらもそういうふうになっていることをみんなで話し合っていたんだけれども――大人はというと変だけれども、希薄だと決めつけて、それで終わりなところがあるでしょう。私たちも若かったときはそんな人間関係が上手だったわけじゃないけど、大人になると、それを忘れちゃって。

吉本　やっぱり、希薄だなと思いますよ。それは若さの原則のようなものがありますね。最近それを発見したんですけど、若い人というのは、前代未聞の忙しさにとらわれているんですね。だから、忙しいということで、当然、希薄になります。

干刈　何で忙しいんだろう？

吉本　なんだかわからないんだけど、とにかく忙しいんです。例えば、この人は遊園地に一緒に行く人、この人は映画に行くと楽しい人、そういう感じでどんどん人間関係が、一人の人を深く知らなくても済んじゃうようになるわけです。多分、そういうことじゃないでしょうか。

干刈　私なんか四十過ぎてそういう感じになってくるから、早く人間をより分けるのがわからなくて足を引っ掛けたりして後悔するわけ。今はそういうのを早いうちからわかっちゃうのかな。

吉本　そういう変な訓練が、早いうちからできちゃうということだと思うんです。それは自分では、半分は反発しても、もう半分はやむを得ずそうなっちゃうところがありますよね。

干刈　私などはずいぶん失敗してきて、最近、うまく付き合っていこうみたいなことができるようになってきたけれども、今の若い人たちは、早くからそういうふうにせざるを得ないみたいなところがあるかもしれないのね。

吉本　それが変と言えば変だし、特徴と言えば特徴なんでしょう。そうすると、この人とは遊園地にも行きたいし、映画も行きたい、ゆっくり話もしたいという人間関係があり得なくなってくる。

干刈　家庭なんていうのも、だんだん……。

吉本　なくなっちゃいますね。

干刈　入れ物みたいになってきている感じなのね。昔だったら、家の構造にもよると思うけど、誰か一人来ると、家の中全体が緊張したり、イライラしたりということがあったんだけど、最近はそういうことがなくてね。私の下の子供は高校一年なんだけど、遊びに来る子はセブン・イレブンなどでおにぎりなんか買ってくるから、こっちで一宿一飯の恩義にかかわるわけじゃないのね。「お邪魔します」みたいな一言で部屋に入っちゃうでしょう、全然こっちに関係なかったりするのね。昔の子供は遊びに来ても縁側どまりで家の中まで入らないとかいうのがあったけれども、入り込んでも全然関係ないみたいになってきて、ああ、これは容器かな、なんて思ったりしましたけどね。

吉本　私ぐらいの年は、まだぎりぎり、家族歓迎のラインがあります。

干刈　ベランダの上と下で高校生の男の子が話していて、「上がってくるか？」「うん、おまえの家はおれにとって休憩所と化した」とかなんとか言ってんの（笑）。どうなっているんでしょう。

小説の技術

干刈　ばななさんの小説は、感じていたけど言葉に表わせなかったことが書いてあるという感じが、読む人を涙ぐませるのよ。涙ぐませる気はない、って言ってたわね。

吉本　ええ、多分それは、本人が泣いちゃうようなものが好きだから、きっと自然にそうなってしまうということなんでしょうね。

干刈　書きながら泣いたりする？

吉本　それはないですね。書きながら泣いたりするようなことが、いつかあるといいなとは思いますけど、今は全然。

干刈　書き始める前と、途中を経て最後になると、やっぱり自分の思い以上の何かにつながっていくということはあるでしょう。

吉本　はい、それはあります。

干刈　あの瞬間があるから何とかやっていける、という感じがしますね。

吉本　そうです。そういうのを感じないときは、失敗したな、としか言いようがないときですね。

干刈　だから、物を書いていると、自分の小ささというものも、とってもよくわかりますね。

吉本　自分を嫌いになっちゃうときがあります。

干刈　自分の頭で考えられることというのは、すごくちっぽけな、限られたことなんだけれども、そこの限界までいかないと、それ以上のところにもいけないから、そこまではいこうと一生懸命思ってやるという感じがするのね。

吉本　一番悪いときになると、他の人のものを読むとどんなものでもすごくよく見えちゃうし、雑誌に載っているコラムなんか読んでも、すごく落ち込んじゃうときがありますね。

干刈　私はそういうのしょっちゅうで、自分が書き始めてからは人の物が読めないようね。でも私も私なりに限界まで行って見るよりしょうがないし、それをどう読まれるとか、そこはもう私の力の及ぶところではないから。

吉本　でも、面白いですよ、結局、書いていることは変わらないはずなのに、その間にいろいろ波があるというか……。

干刈　でも、ばななさんはまだ一年でしょう。

吉本　そうです。

干刈　私も最初の一年はすごく書いた。書く技術みたいなのは何もないままに書き始めたから、一生懸命書いていくことで身につく技術というのもあるような気がするけれども、それでまた失っちゃうものもあるみたいでね。

私は書けなくて当たり前じゃないか、書けないときに無理して書くこともない、みたいなところも片一方にあるから。

吉本　私は就職しなかったんですけど、たった一年間だけでも働いてよかったなと思います。今はおかしな生活になってますけど、いやでも起きて働きに行って、働き終わってという時間を持ててよかったなあ、と最近つくづく思うようになりましたね。

干刈　今は自分で時間をコントロールできる状態？

吉本　今はそういう状態になったんですけど、そうじゃないときを経験しておいたということは、たった一年でもよかった。何もしないで(作家に)なってしまったというんじゃなくて。

干刈　私は人の収入の中で暮らしていたときが長かったから、仕事を持ってよかったという気持ちは本当にあります。どんな仕事であれ、働かないで与えられているのが幸せなんじゃないというのは、すごく思う。本来、人は働くものだしね(笑)。

ばななさんがある時期、仕事を持っていてそれで小説を書いたのはよかったというのと同じように、私は、子供を産んだり、ありきたりな日常のことをして今小説を書いているのは、自分にとっては、とてもいい状態なのね。

只今、長篇執筆中

編集部　お二方は今、どういう作品に取り組まれていられますか。

干刈　私は書き下ろし長篇を書いています。それと楽しみなのは、アメリカの女流作家の短篇を翻訳したものが、秋に出るかな。アメリカの女性の短篇って、とても生活的なのね。私たちが映画やなんかでアメリカのことをちょっとわかってるようなつもりでいるところが、そうじゃなかったんだなあと思うんだけど、きめ細かく生活のレベルでは余り知らなかったなという感じがしたのね。

例えば、初めて女の子がテレビを見て興奮して、テレビの前にしがみついているのとか、田舎の女の子がデトロイトに出て来て、都会の摩天楼を見ようとして見られなかったような小説があるんだけど、そうすると、私たちが東京タワーができるころに感じていたいろんなことが、アメリカにもあったんだなあという気がしたりね。小説というのは、人間を通して時代を映すものであるという気がして。もう一度、小説の力をわかり直したみたいなところがあって、私には面白い仕事でした。

吉本　英語もそんなにおできになるのですね。隠していたんですか。

干刈　そんなにできない。一行ずつたどってやるから時間がかかって。でもね、一行一行たどっていく楽しさってとてもあるのよね。ばななさんはどういう作品を。

吉本　生まれて初めての長い小説を書きまして、今、直しに入っています。失われた記憶を取り戻すような話なんですけど二百枚ぐらい。この長篇に取り組んで、失敗もしたんですけど、自分の限界を知ったと同時に、そのうち二百枚でもよく書けるようになるときが来るだろうという希望を覚えたいい仕事でした。きっと、年内にもう一つぐらい短篇をやるでしょう。

干刈　書き始めると、どんどん書ける方？

吉本　早く終わりが見たくなっちゃうんですよ、あせっちゃうの（笑）。

干刈　自分の読者で、自分のファンなのね。

吉本　ファンじゃないですけど、読者ですね。

干刈　私は書き始めると速いんだけど、それまでが……。

吉本　私もそうです。子供のころ、宿題とかがあると、机に向かうまでに回り道がある。それと同じくらい時間がかかりますね。

干刈　ばななさんの小説の中に、理解し合えない他者なんかが出てくるとどうなるのかなあというのが、私は興味がありますけど、今まではわりと、わかり合える人が多かったと思うのね。

吉本　そうです。

干刈　対立するとか、わかり合えない他者が出てきたときに、今までの気持ちよさみたいなのがどういうふうになっていくのかなというのがね。読者は多分、永遠にあの気持ちよさというのを期待していると思うんだけれど……。

吉本　さんざよそで気持ち悪い思いをしているから、小説でまで気持ち悪くなくてもいいというのが、今の気持ちですね。私もいつかそういうことを書くときがくるかなと思うような気もしますが、先のことはわかんないですけど、とりあえず私が死ぬまでのものを全部一つにまとめたら、聖書のようなものとか、仏教経典みたいなものとか、そういうものに近いテーマのものがずっと続いちゃっていたというようなことがあるといいなと思っています。

私はあまり読書をしないので、すべてを見て言っているという意見ではないですけれども、干刈さんの文章は、誰にも似てないですね。

干刈　この世界だと、何かをえぐって醜いものをさらけ出すことが深まったことだみたいな、すごい危険な、安易な考えがあるでしょう。たとえそこをくぐっても、肯定的な方に、私は自分の何かの中でそういうのがあると思うんですね。

吉本　それはいつも強く感じます。どういうことが描かれていても、本人が間に入っているというか、フィルターみたいなものがあって、それでいろんなことが救われたりしているなあというふうに一読者として感じています。

干刈　私は、ばななさんぐらいの年のときには、自分の考えとかをきちんと意識化できないところがあってね。だからばななさんの小説を読むと、ああこんなに若いのに、こんなに自分の感覚をとらえて微妙なことを文章にできるって、うらやましいなと思う。初めて読んだときは、うれしい小説に会えたなという感じがしたのね。

書くときに、すごく苦労したというのと、苦労しないで書けたというのとある？

吉本　あります。

干刈　苦労したのがいいとは限らないでしょう。

吉本　苦労すると、やっぱり最悪ですね。書くのが最後まで楽しくならないという場合があります。自分でも本当のところはそれがわかってるんですよ。でも、出さなきゃいけなかったり、でき上がったものが一つの形になって自分から離れちゃったりして、怖いことだなあと思う。

干刈　一つのことって、いろんな書き方ができるでしょう。だから小説を書くことって、ある程度決断力の問題だというところがあるみたい。

吉本　そうですね。

干刈　どっちの書き方するかとか、完全に自分の思う通りにしようと思ったら、一生かかっても完成しない。

吉本　まあ、とりあえずみたいな、思い切って選んじゃえみたいな、勢いまかせなところがありますよね。

干刈　だから、作家が発狂しないでやっていけるというのは、どこかで妥協しなきゃやっていけないと思うものね。

吉本　うまくいっているときは、不思議と選ぶのもうまく選べるというのもありますね。

編集者　お二方にとって、小説とは？

干刈　いつも思うことなんだけど、自分の書いてるものが作品として残らなくていいという気はすごくするんです。書いたことの内容が人の心の中に入ってしまって、そこでその人の中で何かになれば、作品として、作家として残りたいって全然思わないのね。もちろん自分が最高のものを書けたという時期は一生こないだろうと思うから、その途中、途中で一生懸命やって、人に響いてほしいというのはすごく深くありますね。

吉本　私は、自分は自分なりにしか育ってこなかったというのはよくわかるんですが、子供のころから、一つ話を書き終わると、次はどういう人を出してどういう話にしようみたいなことを日常の中で常に考えて育っちゃったわけです。それは自然にそうなっちゃったので直しようがないんですけれども、私にとって尊敬する人というのは、無名と言ってしまえばそれまでなんですけれども、大工さんとか、漁師の人とか、普通のお母さんとか、そういう人の中に確かに存在しているすばらしい人たち、人生に対していさぎよい人たちと自分がかけ離れているということを埋めていける手段、近づく手段が小説だと思っています。

（『新刊ニュース』88・11）

註　二〇〇二年八月より「よしもとばなな」と改名する。

訪問着1着分の費用で1カ月フィリピンを旅した私

柳　和枝

11万円の退職金をはたいて海外旅行を実現したBGがブーゲンビレアの花咲くフィリピンで目にしたものは？

夢と現実の接点、フィリピンへ

フィリピンへ発ったのは、四月中旬のまだはだ寒い日。クリーブランド号の船出を見送りに、母と妹とK君の三人が来てくれた。

母は、エコノミー・クラスの船室までいっしょに来てベッドをポンポンとたたき、「案外いいへやじゃないの」と言った。内心は祈るような気持ちでいるのが、私にはよくわかった。隣の島々とはいえ、まだ未知の部分の多いフィリピン。そこへ行かせてという娘は、いわゆる嫁入り前の二十四歳。それも決して「女ひとり××へ行く」というような冒険的で社交的な女の子ではなく、国内旅行する時も、あまり人の行かない土地をひとりで黙って歩きまわり、ひっそりと帰ってくるような娘であることをよく知っていたのだから。

ほんとうのところ、私自身にも「まっ黒になって帰ってくるわよ」と口で言っているほど自信はなかった。それなら、そんなにしてまで、なぜ出かけるのだろう。どうも人は、それまでの自分を踏み台にして、さらに新しい自分の可能性のようなものを追求してみたくなる時期があるようだ。

横浜から乗船した何人かの日本の女性単身旅行者たちは、みんなそんな思いにかられていたようだった。

フィリピン人と結婚して夫のもとに行く二十六歳の人。毎日のBG生活にあきあきしたと言い、二十万円の貯金を全部つかって支那服を作り、ボーイハントするつもりだという二十四歳の銀行員など……。

船出——それは彼女たちにとって、不安と戦いながらも、自分を信じてかけのような行動に踏み切る瞬間ではなかろうか。

私にとってもそうだった。いろいろな壁にぶつかりながらやっと出発したのだった。思い出してみればもう五年も前、奄美大島の南端に近い沖永良部島《おきのえらぶ》へ旅した時、山の頂上からはるか南方の水平線をみつめ、いつかあの水平線のむこう側へ行き、アジアの島々を歩きたいと思った。そのころ、私はまだ意気も盛んなW大の新聞部員だった。

そして、就職してからもう二年もの月日がたち、花形職業といわれる宣伝コピーライターをしながらも、何かほんとうに自分のやりたかったこととは遠い仕事をしているような気がして、これでよいのかしらと迷っていた。

私は一年ほど前から半分あきらめながらも汽船会社の就航案内類を集めていて、それが大きな茶封筒三つ分にもなっていた。その中には、マニラまで往復六万円というのがあり、これは現実的なだけに、いつも頭の一部分にデンとすわっていた。マニラではあまりにも近すぎて通俗的すぎて、海外というには恥ずかしいような気がしたけれど、マニラの後ろには、あのわけのわからないフィリピンの島々がある。これは魅力的だ。

自分の気持ちは簡単に決まったけれど、説得がまたたいへんだった。父母を安心させる何よりの方法は安全で慎重なスケジュールや、現地で世話をしてくださる方への信頼感だったから、二カ月分のスケジュールを綿密らしく書いては説明し、在マニラ商社員の方からの手紙などを見せて安全を強調したがだめ。最後にやっと一カ月ということで許可がおりた。アジアの島々がフィリピンその他に、二カ月が一カ月に、これが夢と現実の接点だった。

ところが、あとは会社に辞表を出し、船に乗る日を待つだけというときになって、自分の心の中からためらいがわいてきた。「ああ、私はそんなに勇敢じゃない。ただの人なんだ！」と、もうそんなにも計画を進めてしまった自分を、がくぜんと見つめた。私は、会社でのいちばんの話し相手のK君に相談した。「やっぱりひとりじゃこわいんだろ、よせよせ」と言ってもらいたかったのだが、彼は「行ってみろよ。不安だろうけど一歩踏み出してみれば、そこからまた次の足がかりができるさ」といった。二便遅れたけれど、とにかく私は出発した。（ふるえながら！）

電車も煙突もない国の若者たち

春のはじめに横浜港を出航したクリーブランド号は、途中香港に一日寄港し、六日めに真夏のマニラに到着した。リュックかついで上陸したはじめての外国の街路には、炎天下、真っ赤《まっか》なブーゲンビレアの花が満開だった。

私は日本商社員ご夫妻にYWCAの宿舎を紹介していただいた。そこは若い旅行者にふさわしい質素な宿舎で、自炊もできるようになっていた。

はじめの一週間はマニラ市街を中心に、観光コースや戦場跡を歩いた。これは日本で考えるほど楽ではなかった。朝七時から太陽はカンカン照り木陰などほとんどない。そでなしを着ていた私の肩の皮膚は一日でヒリヒリと真っ赤にやけただれ、やがて水ぶくれになった。それに、マニラには鉄道とか電車がない。おもな交通機関はどこでもストップする乗り合いジープだったが、これはよっぽど町並みをよく知っていなければ利用できないので、旅行者にはまったく不便だった。そして、毎日スーパーマーケットでサンドイッチとコーラだけの食事をした。

けれど一週間めごろからやっと慣れてきた。友だちもできた。YWCA宿舎の二軒隣に病院があり、そこで働きながら勉強している陽気なハイティーンの看護学生たちだった。

彼女たちの先生である若い医師のドクター・ラウオスとも知り合った。フィリピンの学制では大学卒が十九歳なので、彼は二十四歳の若さでもう一人まえの医師だったが、ベン・ケーシーのような医務服を着ていてもまだ学生っぽい感じだった。今のフィリピン人は、南アジア人とスペイン系ヨーロッパ人の混血なのだそうで、顔つき、からだつきも実にいろいろだったが、彼は浜田光夫そっくりだったのでとても親しみがもてた。昼食時や勤務あけに、YWCAと病院の間にある小さなレストランで、私は英和と和英が一冊になった小辞典を片手に、彼といっしょうけんめい話した。

こうしてだんだんフィリピン生活に足をつっこんでみると、マニラは何か異様な印象の町だった。

働き盛りの若者が、昼間からジュークボックスのまわりに群れて、リズムに合わせてステップを踏んでいる。家の前にぼんやりすわっている人が多い。道路ぞいに三時間も車を走らせても工場らしいものや建設的な光景は見られなかった。

あちこちに大学がぼんぼこある。けれど知識人が多いにしては書店がないし、彼らが卒業して社会のどの部分に吸収されるのかしらと疑ってしまうほど、オリジナル・フィリピンといえるものがない。

どんなに貧弱なゴミゴミした家並みの区画にもギョッとするほど大きく白い教会がそびえている。九十%以上がカトリックだそうだ。カトリックでは産児制限が許されないので、大家族が多い一因でもあるという。

人々をいくぶんとろとろさせてしまう真昼の

暑気が去るにつれて、マニラはアジアでも指折りの歓楽の街《まち》として息づきはじめる。

ウイークデーのある晩、私は日本商社のYさんご夫妻に誘われ夜食に出た。車がマニラ湾の海岸通りに出ると、ひときわ明るくたくさんの灯《ひ》のまたたいている二つの部分があった。一つは右側にひろがるマニラ湾につき出ている岬の部分、もう一つは走っているハイウエーの行く手だった。湾の灯は、基地のある町だと運転しながらYさんが言った。

やがてハイウエーの左側には、ぐるぐるまわる大きな黄色い風車のネオン、いくつも重なって点滅する原色、横文字のネオン、民族的な床上小屋に似たつくりのナイトクラブの入り口などが見えはじめた。車は、三角の屋根がいくつもつながりその形にそってジグザグミシンの広告ネオンのように赤や黄色の豆ランプが点滅しているレストランの入り口に着いた。

とまる車を目ざとく見つけ、車と車の間を七歳以下にしか見えないはだしの小さな男の子たちがネズミのように走り寄ってきてドアをあけた。車を降りる時、右手でドアの取っ手を持っている彼が、左手をチップ請求の形にしてドアに添えているのに気づいた時、私はとび上がらんばかりにドキンとした。

Yさんが車をまわしに行っている間に入り口わきで待ちながら見ていると、もっと小さなきたない身なりの子たちが五、六人同じように走りまわっていた。お客がチップを渡しても何も言わないが、くれないお客には後ろ姿に向かって「フン」というしぐさをする。彼らは何か生き生きとしていた。昼間、町のあちこちでブラブラしていた若者たちよりは、「稼いでいる」という張りあいに満ちていた。

車をおりた時から、くちなしのような強いにおいが私の鼻をついていた。前庭の植え込みの花か香水かしらと思ってY夫人に聞くと、

「サンバギータの花よ、ほら」

と言う。教えられたほうを見ると、そこにもまた、はだしの貧しげな女の子たちが、すずら

んのような白い小さな花を輪にした首飾りを持って、売り声も出さず、黙って立っているのだった。

町を歩きまわって、何かちぐはぐなことやわからないことにぶつかると、私はラウオス君に話してみた。彼は、

「フィリピンは産業がないから、貧しいものはいつまでも貧しいし、若者も希望がないんだ」と言った。

あれはプロポーズだったのかしら？

フィリピン生活の後半は、ＹＷＣＡの宿舎を足場にして、ルソン島南部のタガイタイ、バタンガス、バギオなどへ数日ずつ小旅行に出かけた。バタンガスは、フィリピンでも指折りの椰《や》子《し》の産地で、農場には何万本もの椰子が整然と並んでいる。南国の夜空は明るい。深いコバルト色の空に、椰子の葉のシルエットがくっきりと浮かびあがる。そして夜が深まると、空いっぱい大粒の星。朝になると私は長い棒を持って椰子の木の下に立つ。あの実をひっかけてごらん。ほら落ちるぞ、気をつけて。頭にぶつかると死んじゃうぞ。青い実をなたでたたいて穴をあける。汁をのんでごらん。ああ、なまあったかい青くさい味！　私はまるで童話の世界で遊んでいるようだった。

バタンガスのココナツ農場主は、私を養女にしたいといった。旅した土地への思いは、土地で会った人への思いに深くつながっている。

こうしてあちこち歩きまわっている間にもマニラの宿舎へ帰るたびに、陽気な看護学生とおしゃべりしたり、ドクター・ラウオスと辞書をひきひき話をしたり、宿舎の他の旅行者たちと夜遅くまでコーラスなどして、まったく忙しかった。日本を発って三週間。どうやらやっとフィリピン生活に溶け込めたと思ったら、もうあと数日しか残っていなかった。

ドクター・ラウオスに「マニラ・サンセットを見たかい？」と聞かれてみると、世界で最も美しい夕焼けが見られるというマニラ湾の落日

をまだ私は見ていなかった。あと二回しか残っていない夕方も、もう予定があった。そう言うと、彼はまじめなのか冗談なのかわからない口調で「サンセットを見に、またマニラへ来ればいいよ。そしてこんどはずっとマニラにいるんだ。僕の家に」と言った。私ははっとしながらも、「いい考えね。夕陽はなくなりはしないから、何十年かたったらまた来るわ」と受け流した。

夕方の飛行機でマニラを発った私は、飛行機の窓から夕焼け雲だけ見ることができた。落日のとき、マニラ湾は血を流したように真っ赤になると聞いたけれど、私の見たのは薄いサモンピンクに照りはえた、幾筋かの流れるような雲だった。たよりない夕焼け。でも、とにかく見たんだ。

これが私のマニラ・サンセットだ。やっぱり私の見たいくつかの夕陽の中でも、ひときわ美しく印象的な夕陽だった。

フィリピンから帰りに香港に一日、台湾に一週間、沖縄に三日ずつ寄って、私は五月中旬、元気に東京にもどった。帰りは船の都合が悪く、船との提携割引を利用して飛行機を乗りついだので、はじめの予定より二万円オーバーした。宿もフィリピンではYWCA宿舎と民宿、台湾では建ちかけのアパートの一室に寝るだけ寝かせてもらってお礼三千円、沖縄ではユースホステルを利用したので、帰って計算してみると、宿泊費は全部で四万円ぐらいだった。

帰って来てから、私はよくいろいろな人から「私も行きたいわ。行けるかしら」と聞かれる。私にもできたし、今では「女一人××へ行く」というような冒険談も、おそらく普通の人が、時にはふるえたりしながらなんとか切りぬけてきた結果の上澄みのようなものなのではないか、というふうにも思えるようになった。けれど凡人が何かやってみようとするのだから、やはり必要なものがある。

強いあこがれと頑健《がんけん》なからだ。これは行動力の源になるものだ。

訪問着一着スッパリあきらめる心意気。私がこんどの約一カ月の旅行で使った金額は訪問着一着分に相当するのだそうでこういう言い方をするのだけれど、もっと広い意味で、パッと踏み切る心のようなもの。

それから、いくらかボサッとしたところもないといけないようだ。論理的に考え、計算に合あった行動をしようと思ったら、旅行なんて計画の段階でばかばかしくなってしまうに違いない。

（『若い女性』67年）

II　千刈あがたを読む

母をねじる

島田雅彦

『樹下の家族』は死者の羅列で始められている。J・F・ケネディの死から始まり、三島由紀夫、プレスリーの死を経由して、ジョン・レノンの死が報告されるが、この間に約二十年ほどの月日が経過しており、語り手は二十代から四十代になっている。世界でも日本でも、彼女の身辺でも様々な出来事が起き、その都度、死者が出て、喜怒哀楽も揺さぶられるのだが、時は全てを何事もなかったように押し流してゆく。あとに残るのは、出来事を記録した簡潔で味気ない言葉だけである。語り手は、しかし、新聞のスクラップをめくるように過去へ遡り、あの時、自分はどう思ったかを、憶い出そうと試みる。出来事の記録は残っても、その時の喜怒哀楽は消滅してゆく。だから、その試みは首尾よくいかない。主婦の生活もまた、首尾一貫した回想の邪魔をするだろう。何しろ、主婦は雑事の日常にあり、家事、買物、教育に時間をブツ切りにされているから。本を読むにしたって、回想するにしたって、雑事の合い間にこなさなければならないだろう。確か、干刈あがた本人も私にそんなことをいったことがあった。

私は主婦で、母親だから、小間切れの時間をやり繰りして原稿を書くしかないの。

なるほど、だから小間使いなのか、と変に納得したりもしたが、案外、この時間感覚と干刈あがたのスタイルは密接な関係がありそうだ。
そう思って『樹下の家族』の「私」の行動を逐一、追いかけてみると、見事に首尾一貫していない。一瞬、頭が回想モードに切り換わるのも、コーヒーゼリーを買いに外出している時であるが、それもすぐに学生風の男との会話を契機に、人類の直立歩行にまつわる感想に移行する。そして、いきなり、テレビ出演中の登山家が話者として、紛れ込んできたり、宗教の勧誘の女の子が話しかけてきたりする。再び若い男のアルバイト経験談の聞き役になっていたかと思うと、語り手は自分が住んでいるマンションの自治管理会総会の様子を語る。ここでようやく、家に帰らない夫、柴田のことが語られ、その仕事の周辺がにわかに明らかになってくる。
再び、青年との会話に戻ってくる。話題は〝沖縄〟。そして、〝東京〟。南方と首都のあいだの〝時差〟や〝距離〟が自殺した若者のエピソードを通じて語られる。〝私〟もまた、南方の血を引いていることがわかる。さらに、二人の息子たちの点描がこれに続く。心配性の次郎と、人類滅亡の予言にゼツボーしている太郎を前に、語り手はこんな思いを抱く。

私という危うい母親の、価値観の混乱も不安も焦立ちも、まともに受けてしまう子供たち。もし父親が日々身近にいて……

母子家庭の憂鬱……といってしまうと、『樹下の家族』の母親の悪戦苦闘が台無しになりそうだ。この母親は、憂鬱を常に駄ジャレやギャグに翻訳しようとしている。それは時に、露骨なまでに六十年代、七十年代の風俗を反映したギャグである。この母親はあえて、自分が二十代、三十代だった頃の過去をギャグにすることで、憂鬱な現在と向かい合おうとしているかのようである。憂鬱を憂鬱のまま告白するのではなく、それを遠くから眺められる地点に立ってみようとする。そのためには、現在につながる過去をも対象化して、今ここにある自分を笑ってやらなければならない。

『樹下の家族』全編を貫いているこの白々しさはむろん、作者の意図したところである。〝私〟がとばすしょーもないギャグも、露骨に風俗を反映した固有名詞も、あくまでも表面を滑るだけで、決して噛み合うことのない会話も、現在を全肯定しようとする意志の控えめな表現なのである。


『樹下の家族』には一九六〇年生まれの青年が登場し、語り手の〝私〟を聞き役にして、何か呟いているけれども、この作品の背景になっている時代を考えると、その青年はまだ二十歳そこそこである。かくいう小生は一九六一年生まれで、語り手の〝私〟とは二十歳の年齢の開きがある。小説家干刈あがたのデビューから半年ほど遅れて、小説家の名乗りをあげた私は、デビューした雑誌（海燕）が同じだったことも手伝い、生前の干刈あがたをよく知っている。『樹下の家族』や『プラネタリウム』の舞台と思しき、彼女の家庭も垣間見たし、彼女の息子たちにも会った。二十二歳だった私にしてみれば、四十代のおばさんの日常生活は、ほとんど観光の対象にさえなった。私よりも私の母の年齢に近い女性とお近づきになる機会なんてそうそうあるものではない。それは彼女にとっても同様で、自分の息子により近い年齢の青年を茶の間に招いたり、行きつけのスナックに案内したりする機会は滅多になかったはず。

　今思えば、風変わりなつき合いだったにもかかわらず、私の方はことさらに気負ったり斜に構えたりすることなく、ごく不自然に干刈あがたと世間話に興じていた。別におばさんに話を合わせようとした覚えもない。干刈あがたの方はといえば、謙虚の中に茶気が見え隠れしており、人を誉めるのがうまい変なおばさんといった感じだった。

招かれた茶の間で交わされる母と子の会話にも耳を傾けていた。小説の語りの軽快さを約束している会話文そのままの親子のやり取りに、多少の芝居っ気を感じたものの、この芝居っ気こそ、干刈あがた自らが選択した親子関係の技術なのだ、と妙に納得させられた。

母子家庭の内実についてはいささかの興味も持てずにいた二十代当時の私は、ただ珍客として、その茶の間に坐っているほかなかったが、時々、干刈あがたの口からは、思春期の男の子の扱いにくさがボヤキになって漏れてきたりして、二十代当時の私はついこのあいだまでの自分のことをいわれているような気もした。

あれから十五年以上の年月が経過し、私たちの周囲を見回すと、親子関係はカタストロフに傾斜している感がある。八十年代当時と較べれば、少年少女たちの欲求不満や破壊衝動は針が振り切れたようなありさまで、年頃の息子や娘を抱える親たちは右往左往している。核家族の実態は、一世帯平均三人台の域にあり、親子は狭い家の中で毎日顔をつき合わせて暮している。家庭は息の詰まる密室と化しており、親子は衝突を避けようと、互いを無視し合い、自らの存在を無色透明に仕立てようと努める。その結果、プライバシーは守られるかも知れないが、日々顔をつき合わす親や子が何を考えているのか、互いに関心すら払わなくなってゆく。

そういえば、思春期の頃、私はふとこんな思いを抱いたことがあった。

この中年の男女はなにゆえ、私の父であり、私の母であらねばならないのか。こうはなりたくないものだ。

同じ時期、両親も私に対してこんな思いを抱いたに違いない。

この子は一体、何を考えているのか。こんな変な子になるとは思わなかった。

息子や娘は肉体の変化にともない、大人の肉体に合った自我を身につけようと焦る。しかし、急に大人びてきた肉体に、意識の方はうまくシンクロするはずもなく、自分をうまくコントロールすることができない。親の方も、急に筋肉がつき、丸みを帯び、声も体臭も変わった我が子を前に、狭い家に大人がもう一人侵入してきたかの如くに戸惑うはず。

その瞬間から、親子は関係を更新しなければならない。父や母であることの戸惑いや息子、娘であることの不快を感じつつも、どういう父や母、息子や娘になるべきかを考えなければならない。もっとも、見習うべき父や母、息子や娘のモデルがいるわけではないから、理想像なんて持ちようもなく、ただ試行錯誤あるのみである。

美智子さん、私はこのごろ、ねじれ過敏性《アレルギー》のようです。子供を育てるというけれど、本来は放っておけば早く自立するものを、手をかけることで妨げているという感じ。そして子供をダメにすることは、マイナスとして言われているけれど、もしかしたら走り続ける社会の中で次代を担う子供をダメにすることは、突っ走ることを引き戻す役に立っているのではないかという感じ。など、ねじれは幾ねじれもします。教育、仕事、暇、時間、健康長寿、文明、進歩などを考えていくと、みなどこかでねじれます。

『樹下の家族』

確かに大いにねじれている様子だが、息子をマザコンに育ててみるのも、母親の試行錯誤の一つのプログラムである。どんな母親になるかで頭をねじるこの人は、『ふりむんコレクション』でこんなおまじないを唱えている。

かあさんのようになりたくない

かあさんのようになりたくない
かあさんのようになりたくない
ちちんぷいちちんぷいちちんぷい

妙に耳に残るこのまじないは『樹下の家族』の〝私〟の意識を去来しているのかも知れない。思春期の娘は大抵、こんなふうに思うものだが、やがて彼女も思春期の息子と向かい合い、かあさんになりたくないとうわ言を呟き出すに違いない。息子が自分のことをどう見ているのか、なまじ予想がつくだけに。

父さん母さん他人ならば
あたいは生まれていないわけじゃもの
子どもごころに知りました
めぐりあわせのしかたなさ

それにしても、『ふりむんコレクション』は、中毒性を持った奇妙な果実である。こんな呪文集のようなテキストを干刈あがたの前身、浅井和枝はいつ書き貯めていたのだろう。二人は同一人物だと知っているから、干刈あがた第一創作集と『ふりむんコレクション—島唄』を細い一本橋でつなぐことができるものの、両者のあいだには深い溝が刻まれているのも事実だ。

浅井和枝はいってしまえば、詩人であり、奄美の郷土研究家である。少女の頃から耳にしていた島唄を集め、大和の俗語に翻訳までつけ、かつて自分の周囲を影のように取り巻いていた南方の声に解釈を与えている。のみならず浅井和枝は自ら、島唄のようなものや民話のようなものをも書き残している。『ふりむんコレクション』のスタイルは、小説からは遠く離れており、物語というには無残に断片化されており、文字通り呪文というのが一番合っているようなテキストである。ともあれ、浅井和枝はこのような〝文〟を書くことから始めたのである。そして、そこには止むに止まれぬ動機があったに違いない。

どうやら、そこには東京と奄美のあいだの時差や温度差、そして距離を埋めようとした形跡がある。ここで語られている内容は主に、少女の妄想であり、東京郊外（青梅、立川）の暮しであり、家庭の不幸であり、そして死である。それら互いに孤立した断片を、あえて〝ふりむん〟というテーマで強引につなぎ合わせている。もし、これを小説で書こうとすれば、全く別ものになる。たぶん、浅井和枝にそれはできなかっただろうし、やらなかった。彼女は小説というモダンな形式よりも民話のような古来土着の方法を取った。いわば、現代の東京を奄美の島唄や民話のスタイルで点描してみようとしたわけである。それは一種、異様な世界に仕上っている。女たちの狂気や家族の苦悩、不幸な出来事を、小説で書こうとすれば、どのみちジメジメした私小説になるだろう。それを避け、極めて簡潔な言葉に女たちの喜怒哀楽を託そうとした。

浅井和枝はその後、干刈あがたという作りもの臭い名前とともに自らを小説家に改造したのだが、『ふりむんコレクション』で試みた〝文〟の書き方は、小説にも応用している。だから、干刈あがたの小説は時に、無造作なまでに、簡潔で、性急で、呪文のように見える一節が紛れ込んでいるのだ。

干刈あがたは第一創作集において、〝文〟を小説に発展させようと一歩踏み込んだ。その時、彼女は浅井和枝とは別の名前を必要とした。浅井和枝のままでは、自分の内なる娘と、自分の内なる母親との調停がうまくいかないと思ったから。また、浅井和枝のままでは、表層のモダニティと戯れる東京者の自分と、先祖からの声を聞く自分とのあいだの溝をうまく埋められないと思ったから。さらに、浅井和枝のままでは、標準語と島唄の言葉のあいだで右往左往していなければならないから。

浅井和枝は四十を過ぎて、二度目の思春期を迎え、自我の分裂の危機に見舞われた。

たとえば、こんな物語を作ってみる。すると、干刈あがたという小説家は浅井和枝の危機を救うべく誕生したサイボーグということになる。干刈あがたは、小説を書くことで、ねじれた母親になろうとするし、南方の出自を意識した東京者として、現代と積極的に関わろうとするし、標準語の島唄を個人方言に取り込もうとするだろう。

『ふりむんコレクション』から『樹下の家族』へ。二つを続けて読むことで、読者は小説家の誕生というドラマを垣間見ることができる。小説家の誕生は、同時に、母親の誕生であり、自己を操る技術の開発でもある。

このあと、干刈あがたは独自の発展を遂げる。彼女は、子供たちとの対話の方法を模索し、学校や家庭をいかに改造するかを研究し、創造的な離婚を追求し、それぞれのテーマに基づいた試行錯誤を繰り返し、一つ一つ答えを発見していった。彼女は過剰なまでに、ねじれたおばさんの社会的役割を意識していた。

（作家）

（『干刈あがたの世界1』98・9）

風の道なり

道浦母都子

干刈あがたの小説を読んでいると、なぜか茨木のり子の詩のフレーズが浮かんでくる。

おやすみなさい　大男
一杯の清水を確実に汲みあげてこなければならない
でないとあなたは涸れてしまう

「大男のための子守唄」中の忘れがたいフレーズ。〈おやすみなさい　大男〉〈おやすみなさい　大男〉の漣のようなリフレイン。
あるいは、

女がひとり
頬杖をついて
慣れない煙草をぷかぷかふかし

ちっぽけな自分の巣と
蜂の巣をつついたような世界の間を
行ったり来たりしながら
怒るときと許すときのタイミングが
うまく計れないことについて
まったく途方にくれていた

「怒るときと許すとき」のこの一節……。

そして、干刈さん、あなたも茨木のり子が好きだったよね。大男の詩も、怒るときの詩も諳じるまで読んでいたよね。思わずそう呼びかけたくなったりする。

茨木のり子は一九二六年、干刈あがたは四三年生まれ、世代差はあるが、二人に共通するのは、人との関係（ことに男性との関係）を、決して対立構図として、とらえないことだ。

大男の詩には、〈おやすみなさい　大男〉と共に〈お眠りなさい　大男〉のフレーズがある。働き、疲れ、かたわらに眠る男に〈おやすみなさい〉、〈お眠りなさい〉と語りかける女性。それは、妻であり、母でもあり、いえそれらを全て包括したうえでのおおらかな女性の視線だ。女たちがひたすら男を待ち、男を支えることを当然とされた時代に、妻をも母をも越えた豊かな一人として、夫に、いえ、男と向き合えた女性。茨木のり子の詩は、従来の女性像を越えた新しい女の生き方を示唆し、今読んでも新鮮で力強い女性のエトスを感じさせてくれる。

干刈あがたの小説が持つ意味も同じ地平にある。

夫、かつて夫だった男性、幼い兄弟である息子たち、学生時代の男ともだち、現在の恋人、さまざまのかたちで彼女の小説に登場する男たち。彼女の彼らへの眼差しは、全てやわらかく、男たちを包み込むような豊潤さに満ちている。つまり、私のふところで、もしくは、私のかたわらで、おやすみなさい、お眠りなさい、と語りかけ、全てを許容する女性そのものだ。

人と人との関係を決して対立構図として見ない。家族をテーマとして出発し、家族のあり方を模索し続けた作家だった干刈あがたの人間観が、人と人との対立を拒否するところにあることはじつに興味深い。

彼女の最初の小説「樹下の家族」が書かれたのは一九八二年、フェミニズムの風がすでに吹きはじめていた時期だ。男を待つことや支えることだけが、女の本来の役目なのだろうか。耐えることや許すことが本当の優しさだろうか。女たちは一人一人の胸の中で何度もくり返したであろう、そうした問いや疑問を、女性共通の言葉として語りはじめようとしていた。

「樹下の家族」から「ウホッホ探険隊」へと至る干刈あがたの軌跡は、自分自身の本当の思いを自分自身の言葉で語りはじめた女性たちの静かな波の中から生みだされた確かな実りの一つだったような気がする。いえ、そうだったのだ。

他者のだれをも傷つけることをしない。だれをも憎まない。人と人との対立関係を拒否するとは翻っていうと、そういうことだ。干刈あがたの小説が、一見、テレビの家族ドラマ風の通俗性に流れているように見えながら、読後にどしんとした重い手応えを残すのは、表だった言挙げこそはしないが、彼女の小説のあちこちに人間存在への熱い信頼があふれているからだ。

たぶん、だれよりも傷つき、だれよりも苦しみながら掴みとったに違いない他者への信頼、他者へのいたわり。彼女は自らを苛みながら、そのことを伝えたいために物語を紡ぎ、ひたすらに書き続けた。

太郎、君は白いスニーカーの紐をキリリと結ぶと、私の方を振り返って言った。

＊

「ウホッホ探険隊」の冒頭は、こんな言葉から始まる。「太郎」、と主人公の長男である少年に呼びかけ、同時に「君」と、彼への呼び方を変更している。これはこの小説を象徴する重要なシーンだ。

主人公夫婦の離婚、それに伴う家族の変容を描いた小説だが、当時、社会全体の傾向として語られた離婚を契機とする家族の解体や家庭の崩壊といった物語からはずい分印象の異なる家族ドラマだ。

むしろ、離婚を契機として新しい男女間を築き上げようとする一組の元夫婦、その間に立たされ、急速に目覚めていく二人の少年、彼ら四人の物語、そう言ったほうがふさわしい。

「太郎」を「君」と呼びかえる冒頭シーンは、息子と母親という関係を、一人の男性（まだ若く稚すぎるが）対女性、人間対人間の関係へと飛び立たせることを提起する人間宣言だ。

この小説が、「太郎」という呼びかけの言葉で始まり、手紙形式の文体で記されていることからも、作者がここで試みようとしている新しい親子、新しい家族の創造への意図が汲みとれるだろう。

それにしても、「ウホッホ探険隊」のからっとしたドライな読後感は特筆に価する。男女の別れ、離別、そうしたテーマは、たいていウェットで湿潤な文体を介し、悲劇として描かれるのが常套である。

だが、「ウホッホ探険隊」では、様相が、がらりと違う。夫に去っていかれる妻の立場から語られているにもかかわらず、お涙頂戴式の悲しみ語りはどこにもない。夫も自分も新しい出発をするのだという認識の元に夫婦の解消劇がプラスイメージで描き出されているからだ。

加えて、夫婦だけではなく、二人の息子たちにとってもの新しい旅立ち――。

その旅立ちを、彼女は次のように描き出す。

「僕たちは探険隊みたいだね。離婚ていう、日本ではまだ未知の領域を探険するために、それぞれの役をしているの」

（中略）

「お父さんは家に入って来る時、ウホッホって咳をするから、ウホッホ探険隊だね」

「ウホッホ探険隊。すてき」


タイトルとなった「ウホッホ探険隊」は物語中のこの件りによる。

厚生省がまとめた人口動態統計によると、一九九七年の一年間に離婚した夫婦は二十二万五千組にのぼり、親の離婚を経験した子どもは、二十年前の三倍となったことが発表されている。「ウホッホ探険隊」が書かれた当時は、離婚はまだまだ珍しく、太郎が語るように、「日本ではまだ未知の領域」、だからこその「探険隊」であったのである。


個人的感慨となってしまうが、私もほぼ同時期に離婚を体験している。この小説の主人公と異なり、私には子どもがいなかった。一組の男女の別れがすなわち離婚、子どものいる夫婦のケースとは違って、ずい分楽。そう考え安堵した部分がある。

けれど、と今は思う。子どもとは何と健康で希望を有した生きものなのだろう。この物語の主人公は息子の第二次性徴の脇毛を見、

「本当だ。お餅のカビみたい。春の曙《あけぼの》ね。うつくしいよ」

そう感嘆の言葉をもらしているが、従来の離婚が持つウェットで悲劇的イメージを払拭してくれたのは、ここに登場する子どもたちの抱える春の曙、未来を恐れない果敢な冒険心だったのかもしれない。「探険隊」なるネーミングが物語るように。

本書に収められている作品を書いている頃の干刈あがたを、私はかなり近いところで見つめ続けていた。それは浅井和枝が干刈あがたへと急速に変貌し、成長していく過程でもあった。「干刈あがた」なる中性っぽいペンネームが、「光よあがた（辺境）にも届け」、という彼女の希いから生まれたこともその過程の中で知った。

南の島である沖永良部島出身の両親を持つ彼女は、うんと陽性の資質を有していたはず。人と人との対立を好まない姿勢は、そうした生来の資質に由来するものと思われるが、それゆえ自分一人で引き受け、抱えこんだものも多かったに違いない。彼女にとって書くという行為は、自分から自分への問いかけ、あるいはいたわり、自らの心の解放を試みる風の道だったように感じられる。

光をあがたに、彼女の希い通り、やわらかくおおらかな光を届ける南の海の風のような。（歌人）

（『干刈あがたの世界2』98・11）

解説

小林恭二

1

干刈あがたは第一回海燕文学新人賞受賞者である。わたしは第三回だから要するに二年先輩ということになる。授賞式のときにすでに会っていたはずだが、そのときのことはよく覚えていない。

ちなみに当時の海燕の新人賞授賞式というのはなかなかもってすさまじいもので、いわゆる文壇バーをすべて連れ回される。わたしのときで確か四軒だったと思う。その間、祝福の言葉なぞはこれぽっちも聞くことはなく、ただひたすらに先輩作家、評論家、編集者、文学ゴロの飲んでいる風景を見学させられる。これはひとえに海燕編集長寺田博氏の趣味で、新人賞を貰って舞い上がっていた新人作家は、これで「えらいところに来てしまった」と臍を噛むことになる。

干刈あがたは確かそのうちの何軒かまでは一緒だったが、最後まではいなかったと思う。ま、いたとしてもあの状況ではろくに話もできなかっただろうが。

それから一か月か二か月か経った頃、干刈あがたから電話がかかってきた。ということは授賞式でそれなりに会話をかわしたのだろう。

干刈あがたのそのときの印象は聡明な主婦だった。あるいは新しい主婦と言ってもいいかもしれない。いわゆるキャリアガールではなく、もとよりオバサン的な感じもせず、では新進気鋭の小説家的な感じかというとそういうわけでもなく、つまるところ知的にも生活的にもしっかり生きている主婦という印象だった。

わたしは「ああ、こういう人が新しい小説を書くのか」と妙に納得した覚えがある。

電話の内容は他愛のないことだった。今度家に遊びに来ないかとか、原宿に知合いのやっている店があるので、いずれ一緒に行こうとか。

知合いひとりいる世界でなく、原稿の注文もこれといってなく、きわめて心細い思いをしていたから、干刈あがたの電話には随分と励まされた。

それから電話のやりとりをするようになった。

干刈あがたは新人作家の先輩（妙な表現だが）として小説界のあれこれを話してくれた。

干刈あがたはいわゆる文壇を嫌っていた。彼女に言わせれば文壇は徹底的にオジサンの世界であり、そのオジサンぶりは他に類をみない醜悪さなのだった。

あと金銭の話もした。

自分は生活するためにこれだけの金額を稼がなきゃいけないけど、それがどれだけ大変なことかということを彼女は力説していた。

わたしはまだ駆出しで、作家になったとはいえほぼ無収入。干刈あがたの口にする金額は掛値無しの大金だった。そのため大変というよりは、稼ぎを自慢されているような気がしたものだった。しかしながら今にして思えば、それは実に控えめな金額であり、それで子供たちと生活してゆくのは、決して楽ではなかったと思う。

実際、干刈あがたのみならず作家が純文学だけで食べてゆくというのは、大変を通り越してほとんど不可能と言っていい。だから作家の多くは純文学以外の得意分野を持っていて、これでなんとか収入の帳尻を合わせる。

しかしながら当時の干刈あがたは、ほぼ純文学の原稿料だけで食べているような状態だった。(一本だけエッセーの連載があって助かると言っていた。)あのペースで書いていれば生活はできただろうが、執筆の苦しさは相当なものだったに違いない。

知的な主婦と言った感じだった干刈あがたが変化し始めたのは、知り合ってしばらくしてからである。

まず顔が変わった。端的に言えば美しくなった。

それまではぽってりした感じの顔だったが、以後鋭角的になり、主婦というより作家の顔になった。小説も変わった。家族を主題にしたものから、社会的な問題を扱ったもの、自分を直視したものに変化した。

本書に収録されている「ワンルーム」と「裸」は丁度その頃発表したものだ。

わたしは両作とも初出の段階で読んでいる。

当時の印象で言えば「ワンルーム」はあまり感心しなかった。雑駁でとりとめがなく、しかも題材が題材だけに、下卑ているような気がした。なぜこんなものを書くのだろうと不思議に思った覚えがある。

一方、「裸」は面白かった。細身でシャープでしかもエロティックだと思った。「裸」を掲載した海燕の表紙は綺麗なレモンイエローだったが、まさにそんな感じだった。

「裸」を読み終えたとき、わたしはすぐ干刈あがたに電話をかけた。

そして感想を述べた。

しかし干刈あがたの反応はどこかくぐもったものだった。

ひとつには疲労困憊していたこともあったのだろう。書き上げてまだ十日くらいしか経っていなかったから、当然と言えば当然である。

しかしそれ以上に干刈あがたは疲れている感じだった。わたしはエロティックで張りのある小説と読んだが、彼女にとってはそれどころではなかったのかもしれない。

そのとき干刈あがたが「これでもう後戻りができないところまできちゃった」と言ったのを、わたしは昨日のことのように覚えている。

2

「ワンルーム」はワンルームマンションの人間模様を描いた小説である。

先に述べた通り、発表当時わたしはさほどこの小説から感銘を受けなかった。

ひとつにはそれまでの小説と色調が違うことにとまどったのかもしれない。それまでの干刈あがたは、家族を、それもガラス細工のいまにも壊れそうな家族を、繊細なタッチで描く小説家だった。ところが「ワンルーム」で描かれているのはすでに崩壊した人間関係である。それを干刈あがたはソリッドなタッチで描いている。

「ワンルーム」は干刈あがたにとって、かなり大きな意味を持つ小説だった。彼女はこの「ワンルーム」を書くことで、個人的な体験としての「家族」を、もっと大きな社会的な枠組みからみた「家族」に変換させることに成功したのだ。

わたしはこの解説を書くにあたってもう一度「ワンルーム」を読み直してみたのだが、あまりにもかつての印象と異なるのでびっくりした。

面白いのである。いや、話自体はそれほどでもないが、文章がいい。緊張感にあふれている。更に人間描写もいやらしいほど的確である。登場人物のほとんどは中高年で、それぞれ人生の澱としか呼びようのないものを抱えている。まさしく干刈あがたが嫌ってやまなかったオジサンオバサンの世界である。その澱が今読むと結構コクとして味わえるのだ。

この「ワンルーム」に出会ったとき、わたしは二十七歳だった。そのわたしにとって、ここに登場する、人生に疲れ始めてはいるのだがまだ枯れきったわけでもなく、なんとかしようとじたばたもがいている人々の描写は、刺激が強すぎたのかもしれない。しかし現在のわたしには実によくわかる。生理としてわかるのだ。するとひとつひとつのエピソードも、凄みとともに味わえるようになった。

たとえばこんなことを言う男がいる。

「私は二十年前に結婚しましたが、三年前に夫になりました」

要するに十七年の間、家庭を顧みず、遊びと仕事に邁進していたのだが、三年前、「カミサン」を義理で抱いた後、「カミサン」から一度だけ浮気をしたことを告白される。それでショックを受けて「夫」になったというのだ。

だが、男はたぶん後悔しているわけでもなければ、改心したわけでもない。ただ妻の告白にとまどっているのだ。あるいはそう告白する妻の眼が「妖艶で挑戦的」だったので、面食らっただけなのだ。というのも、男はそんなことを他人の妻に語りながら、その女の「主婦湿疹のある手を撫で、彼女を抱いてやりたいような気がしている」のだ。

一言で言えば中年のやりきれなさを活写しているということになるのだろうが、それらがすべて他ならぬ干刈あがたが当時抱いていたやりきれなさに等身大でつながっているから、常ならぬ迫力が生まれている。

一編の小説としてみたとき、「ワンルーム」は若干カタルシスが足りないような気がしないでもないが、この異様なリアリティは銘記されるべきだろう。

3

「裸」は今も昔もわたしのお気に入りである。干刈あがたの最高傑作を挙げよと言われれば、わたしは躊躇なく「裸」を挙げる。

しかしながら「裸」は、干刈あがたらしくない小説でもある。

何よりも韻文的である。

干刈あがたは「樹下の家族」にせよ、「ウホッホ探険隊」にせよ、あるいは「しずかにわたすこがねのゆびわ」にせよ、小説のタイトルに独特の詩的ニュアンスをこめるのが上手な小説家だが、その文章はあくまでロジカルであり、またソリッドだった。

ところが、この「裸」の詩的なみずみずしさはどうだろう。全編濃厚な性愛の匂いに満ちていながら、まったく猥雑な印象がなく、それどころか清潔なういういしさに満ちている。

そこに登場する「私」は、恋することの喜び、おののき、苦しみ、うしろめたさを感じているが、その感情のひとつひとつがどれも新鮮で手垢がついておらず、少女のそれのようにあぶなっかしい。

巽と乾という二人の男が登場するが画割のような存在で、あくまで主人公は恋する「私」である。

もっとも「私」には恋をしているという意識はない。自分の恋は醜いものであり、あるいは卑しいものであり、もっと言えば倫理的に許されないものだと考えている。だから「私」は恋という言葉を一切使わず、ただざびしさから生まれる肉体の関係だと思おうとしている。その意識が逆にこの小説をひどくエロティックなものにしている。

思うに干刈あがたは一九八四年から八五年にかけて、重大な岐路に立っていた。彼女は一九八四年の海燕十二月号で「ワンルーム」を発表し、八五年四月号で「裸」を発表した。「ワンルーム」は社会に眼を向け、「裸」は自分に眼を向けていた。

干刈あがたはどちらも選択することができたはずだが、結果的に「ワンルーム」の道を選んだ。確かに「ワンルーム」は社会に開かれている分、よりひろやかな道ではあった。

あるいは「裸」は、彼女の個人的な恋愛をベースにしている分、どのように書こうと大きなダメージを彼女に与えるような類のものだった。実際、彼女は「裸」を次のように締めくくっている。


そうです。私は浮気をした妻です。そして今また、他人の夫を奪っている女です。

だが私はやはり、また乾と会うために出かけて行くだろう。私にとっての、乾と自分との関係を続けるために。彼にその気持があるうちは。


干刈あがたは倫理観の強い女性である。自分がかつて苦しんだのと同じ苦しみを、今度は自分が他人に与えるということに我慢がならなかったであろう。まして彼女は自分だけは特別などとは口が裂けても言えないような性格だった。そんな彼女が自分の大罪（かつて自分が味わった苦しみからみれば）を、このように小説とすることは、たいへんな決意が必要だったであろうことは容易に想像がつく。

しかし、繰り返すようだが、だからこそエロティックなのだ。禁忌と罪の意識があるからこそ、この「裸」は目がくらむほどエロティックな小説たりえたのだ。

わたしにはあまりにも惜しく思える。

職業作家としての干刈あがたが社会に目を向けたことはおそらく正解なのだろう。しかしこの個人的な世界もまた同様に探るべきだったのではないか。

確かに他人に苦しみを与え、返す刀で自分も苦しむかもしれない。それでもこれだけエロティックな小説を書ける人間が、それを自ら封印してしまうことはなかったのではないか。

想像を逞しくして言うが、わたしには干刈あがたが「裸」を疎ましく感じていたような気がしてならない。

作家というのは口では何と言っても他人が自分の小説を誉めてくれれば、普通喜ぶものなのだ。だが、わたしが電話で「裸」を激賞しても、干刈あがたはただ憂鬱そうに受け答えしているばかりだった。書いてはならないものを書いてしまったと言わんばかりに。

わたしは干刈あがたはもっと自分を愛すべきだったと思う。あるいはだらしなくなるべきだったとも。そうすればもっと楽に生きることができただろうに。

しかし、それは結局のところないものねだりなのだろう。なんとなれば彼女の鋭角的な人間観察も、したたるようなエロティシズムも、つまるところは彼女の倫理観から生まれ出ているのだから。

4

それから干刈あがたと電話で話すことは徐々に間遠になっていった。

というのも、これはひょっとしたらわたしに責任があるのかもしれないが、電話で話す彼女はいつも憂鬱げであり、あるいはどこか不機嫌であり、自らの鬱屈をだらだらと話している気配があり、ちょっとやりきれなくなったのだ。

わたしには干刈あがたは自らを袋小路に追い込んでしまっているように見えた。

最後に電話で話したとき、他人であるわたしがなぜこのような憂鬱な言葉の羅列を聞かなければならないのか、耐え難く思った覚えがある。

数年後、干刈あがたが亡くなったことを知った。

そのとき最後に電話で話したときのことを思いだし、ああ、あの頃にはもう健康を害していたのだろう、苦しくて苦しくてたまらなかったのだろう、本当に大変だったんだろうと思った覚えがある。

（作家）

（『干刈あがたの世界3』98・12）

「これまで　と　いま　と　これから」

落合恵子

許可制の涙という短いエッセイを書いたことがある。

好きなものについて書くのは楽しいが、苦手なものについて書くのは楽しくない。涙もまた、その湿っぽさにおいては好物と言い難いものなのだが……。

十代のある時期、正確には女子中、女子高を卒業して、共学の大学に進学した頃、わたしはわたしの涙を「許可制」のものとすることにした。「わたしの許可なくして、流れてはならぬ」と。

就職してからは尚さらのこと、涙に関する管理体制を厳重にした。管理という言葉に出会うと、反射的に「異議あり！」と叫びそうな世代のひとりがである。

理由は、世間……どこにあるのだ？　触ったことはあるか？　素手で掴めるか？……なるものに流布されているあの通説、「女はすぐにメソメソする」、「泣けば何でも許されると思っている」、「涙を武器に使うな」等々に、ささやかながら反旗を翻すために。

就職した直後だった。研修の席で、同期の男性のひとりが、わたしたち女性を見ながら言った。

「この中で、誰が最初に泣くかな？　賭けないか？」

些細なこと、と言うかもしれない。悪気はないのだ、と。そう、確かにそうかもしれない。けれど、わたしにとっては屈辱的な瞬間だった。

誰がおまえの前で、泣くもんか！　そんな出来事も、わたしの涙に対する管理強化の一因となった。

おおっぴらに涙に流れることを許可したのは、自分の部屋と映画館の暗がりだった。それ以外の場所で、不覚にも流れそうになったとき、涙はわたしに訊いてきた、

「流れたいのですが……、いいですか？」

と。答はむろん、ＮＯ。

そんな体験を笑い話として、はるか年下の従妹に話すと、彼女はひとことのもとに言った。

「ったく、素直じゃないんだから」

さらに彼女はこうも言った。

「恵子さんたちの世代って、もっと自由をと叫びながら、自分を敢えて不自由の中に追い込んでいった世代かもね」

確かにそんなところがあったかもしれない。しかし、あの時、わたしは他にどんな対応の仕方を用意できたろう。この本（『しずかにわたすこがねのゆびわ』）に登場する、それぞれ植物の名前を筆者によって与えられ、日常に降り積もる疲労や軋みを抱えながらも、自分を受容するための旅を続けている彼女たちや、著者自身と同時代を生き続けてきたわたしに。

最近ようやく許可制を解いて、涙は好きなときに、涙自身の意志で流れるようになった。なんだかソンしちゃったような気もしないではないが、ほかに方法はなかったのだ、とも思う。

＊

今回、十数年ぶりに『しずかにわたすこがねのゆびわ』を読み返して、至るところで、管理から解放された涙が自由に伸びやかに活動してくれるのを実感した。それらのほとんどは、共感と頷きの涙

だった。

たとえば、こんなフレーズに出会うと、四分の一世紀前の自分に同じ言葉をかけてやりたくなるのだ。

……そうね、若かった頃の自分に、今の自分が教えてあげられるといいのにね。そんなことしちゃだめよ、とか、そんなに我慢することないのよ、とか。

でも、私はやはり、ああするより仕方なかった。その時その時、自分なりに考えて生きてきたんですもの。

あるいは、

……こういう時は、若い娘は泣いた方がいいんだわ。

乾いたままの眼で表情を変えない私は、可愛い気がないと思われる。（芹子）

まさに、そうなのだ。わたしたちは社会にある「女とはこういうもの」というステレオタイプな女性観が窮屈でならなかった。泣いたほうがいいのだ、とわかった瞬間、涙に栓をした体験がある女（男でも）なら、このフレーズに深く頷くはず。

……ああ、彼は言うことをすべて言ってしまった、これで終った、と思った。自分が純潔を守ったのは、彼とは結婚できないことを予感して、自分を高く売るためではなかった。

でも、それを彼に説明する必要はない。（梅子）

「純潔」という言葉にはちょっと躊躇を覚える。が、性差にすべての答えを求めてしまうような流れには反対だが、時々わたしはこう言いたくなる、ため息まじりに。

「女に見える景色と、男に見える景色はやっぱり違うのかしら。ズレてるのよね」。

恋愛やセックスにかかわるテーマでなくとも、仕事上のことで、あるいは夕暮れ時の喫茶店で肩越しに聞こえてくる男二人の会話を通して、わたしたちはしばしばこのズレのようなものを突き付けられるのだ。

むろん、男性も同じようなズレを感じることはあるだろう。が、おおかたの場合、彼らはこう言うのだ。

「やっぱり女ってやつは」と。

一方、おおかたの女は、なんとかしてこの見えてしまったズレを修正しようとする。そうして、自分が空部屋に空しく鳴り続ける電話のベルそのものになったような気がするのだ。誰も応答してはくれない。

……女の人の仕事の質が変ってきているのかもしれない、一つの仕事を女の手によるものと男の手によるものに分けて、女の中ではこれが一番というのではなく、男女を同列に並べても劣らない仕事をするようになってきている、と感じた。（芹子）

「性差よりも個人差を」そんなコピーが世に出たのは、芹子が前掲のように考えた日々から、十数年もたってからだった。

その他、心にビンビン響く……これは、千刈さんからいただいた葉書にあった言葉だが……フレーズと再会することができた。

……私、今度退社する時つくづくわかったんですが、退社すると言うとみんな、結婚するのかと聞くんですね。（略）それは反対から言うと、二十四歳前後を過ぎても勤めている人がいると、なぜ

結婚しないのとか、嫁き遅れだ、と言われることなんですよね。女の人が長く勤めても、そんなこと言わないでください。（葵）

……このごろ時々、自分はとても嘘つきなのではないかという気がしてならない。もう笑えなくなっているのに笑っている自分が、たまらなく嫌になる時がある。（百合子）

あるいは梗子の、多少気負ったこんな言葉も。

……私たちは家族帝国主義を拒否しようと言ってるんです。（中略）私たちはイセイシャにとっての管理単位である家族を拒否して、男だから女だからというのではなく、お互いに刺激し合って才能を伸ばそうと話してるんです。

……あなたが、何度お見合いをしても、気持に合う人にめぐり会えないのは、相手の男の人が、あなたの表面的な明るさや、平凡さしか、見てくれないから、ではないかしら。（百合子に対する芹子の言葉）

……私はその縁談に応じるかどうかを決めなければならなかった。応じないとは言えなかった。（略）その時、私は初めて彼に、結婚できる可能性があるのかどうかを聞いた。

私が揺さぶりをかけているのだと彼が思っていることを知った時、ああ、彼と私とは何と違っていたのだろうと気がついたの。

……揺さぶりをかけるとか、別れを言い出して気を引くつもりなら、とっくにそうしていた。（藤子）

……愛する人の中に、すべて溶けこんでしまいたくても、どうしても溶け合うことのできない自分というものがある、とわかったの。（略）私にはあの三年間があったから、生きたと思えるの。この先ずっと一人でも、生きていけると思えるの。もし何もなくて今まで来たのだったら、からだ

がだんだん冷えていく一方だったような気がする。（藤子）

……私の何がいけなかったのでしょうか。（略）私は高望みをしたわけではありません。ただ自分の気持に合う一人を求めただけです。

でも、その一人が、得難いものであることを知りました。（百合子）

……まだベッドの中にいる槙野に、いつものように別れのキスをしようとした瞬間、傲然と槙野を見下ろした自分の口から思いがけない言葉が出ていた。

「もうこれで終りにしたいの。ありがとう」（葵）

……女は男の脇にすっぽり入ると言った。だが、男が女の脇にすっぽり入ることもあるのだ。（葵）

……彼女は顔の左半分の表情を失っていた。それでも彼女は右半分の顔で、つとめて明るくやさしくふるまおうとしていた。その努力が、かえって彼女の左半分をますます追いつめているような気がする。（芹子が見た百合子像）

……退社祝の席で「これから、どうするの」と好奇の眼で尋ねる彼らに、「少しゆっくりするわ」と答えると、「女はいいな」と一人が言った。百合子はただ「そうね」と微笑を返した。（百合子）

……私たちの場合は、私が夫で、彼の方が妻をやってくれていた。私は女でも仕事を持つことに誇りを持つべきだ、などと男女平等論を言いながら、それは女のことについてだけで、男が家事育児をすることの方を見落としていた。男と女が入れかわって、自分が夫のようになって妻の働きを無視するという、同じパターンだった。（葵）

……主婦症候群なんていう言葉を使うのはやめよう、これはこれでまた、一つのパターンの中に納められてしまうから。（中略）私たちってさあ、とても不安定なのよね。初めからひらけてたわけじゃないから、情緒不安定になる時あるんだよね。（芹子と葵の会話）

……私はあなたとこうして、からだを寄せ合っているだけで、充分満足しているのよ。（略）それなのにあなたは、私を性的に満足させなければならないと思っているのね。（梅子）

……離婚した女が飲み屋をやってるなんて、転落物語そのものでしょう。そういうベタついたの、嫌なんです。（梗子）

……彼が生きやすいようにしっかりして、しかも、彼が気持のいいように甘えるなんて、器用なことできませんでした。

だって私は、生きている女ですもの、女神様じゃないわ。（梗子）

……あれは、愛の行為でもないし、所有のための捺印の儀式でもないし、所有しつづけるための保証行為でもないわ。（芹子）

……女はどういうものか、女が自分で知るしかないと思うわ。女はどういうものか、男の人が言ったり決めたりしたことだらけですもの。（芹子）

＊

アメリカの文学シーンに、「Other voices」という言葉を見付けたのは、八十年代の初めだった記憶がある。

ここに再収録した小説の中の言葉たちもまた、まさにOther voicesと言えるかもしれない。周辺の声、別の価値観、主流の声高な声に消されがちな、けれど確かにそこに在るかけがえのない声たち、である。

声になりにくかった声を丁寧に拾い、その声に、いのちを吹き込んだ干刈さんは、「体感」という言葉をよく使っておられた。

いまわたしは、芹子の言葉をそのまま借りるなら、次のような心境の中にいる。

……ここまで来てしまった自分がどうなるのか、ここから先に行ってみるしかないような気がしている。（略）辻褄合わない人生を、みっともない自分を引きずって終りまで生きてみようと思うようになった……。

余談ながら、小説にも登場する生理用ナプキン「アンネ」が発売されたのが、六〇年安保の翌年、一九六一年のことだった。

ビートルズが「Love me do」でデビューしたのは翌年のこと。わたしも新宿のジャズ喫茶で、「サイド・ワインダー（がらがら蛇という意味）」をよく聴いていた。ビリー・ホリディも。

「海に行きたいような日差しね、と言ったあなたの言葉に、そうだ、海だ、と思いました。元気になったら、海に行きたいですね。行きませんか？」

日差しであたためられた五月の砂のように乾いた口調の彼女と電話で短い会話を交わしたあと、そんな葉書を干刈あがたさんからいただいた。そうしてそれが、最後の葉書になってしまった。

これまで　と　いま　と　これから……。

ねえ、干刈さん、わたしたちは今どこに立っているのかしら。そして、どこに向かおうとしているのかしら。

こがねのゆびわを素手で握りながら。このこがねの指輪が重すぎるとき、わたしは自分に言い聞かせる。芹子のように。

「これを乗り越えた時、本当の自分に出会えるんだから」と。

（作家）

（『干刈あがたの世界4』99・1）

干刈あがたの思考方法

三枝和子

もしあなたが、この解説を、干刈あがたの作品を読む前に読もうとしているのなら、どうぞ彼女の作品を読んでから、そのあとで、これを読んでほしい。干刈あがたの小説は、先ず作品に触れて、それからみんなで考えるのがふさわしいのだ。作品が、それを要求している。みんなというのは友達でもいいし、読書グループの誰彼でもいいし、そして私、三枝和子でもいい。

この巻に収められた五つの作品は、一九八四年から八七年の四年間に発表されたものである。発表年月と実際の創作年月が必ずしも同じでないことは、私自身の実作の経験からも言えることだが、収録作品中「予習時間」（一九八五）、「入江の宴」（一九八四）の二作と「姉妹の部屋への鎮魂《たましずめ》歌」（一九八四）、「ホーム・パーティー」（一九八六）、「ビッグ・フットの大きな靴」（一九八七）の三作のあいだには、明らかに発想のちがいがあるとみられるからである。

もう少し立ち入った分析が許されるなら、「予習時間」と「入江の宴」は以下の三作よりかなり以前に書かれていたか、未定稿にしろほとんど出来あがっていた作品ではあるまいか。その、ほとんど出来あがってはいたが筺底に蔵われていた作品を、『樹下の家族』で「海燕新人文学賞」を受けた

（一九八二）あと手を入れて発表した。そんなふうに私は分析したのである。もちろん同一作者の作品である。題材は異なっても発想は同じ、とみるべきなのであるが、私は作者の発想に転換が生じた、それが重要だと考える視点からこの問題を提起しているのだ。

もっとも、ここは干刈あがたの全世界を述べる場所ではないし、また私は初出誌や作品成立の細部を作家の実生活を調査して検討する研究家でもない。この巻に収められた作品の範囲内で、干刈あがたの作品の変化と作家としての成長を述べて読者の鑑賞に資したいと考えているだけである。

題材から言えば「予習時間」は、おそらく作者の中学時代、いわゆる思春期を描いたものであろう。当時の東京郊外（いまは郊外とは言えないけれど）環状八号線沿いの井荻、清水、荻窪界隈が主人公典子のテリトリーで、そこで敗戦後の窮乏時代を生き生きと暮している少年少女の群像が活写されている。また「入江の宴」は作者本人と覚しいユリという若い女子学生が、父母の故郷である奄美の島を訪ねる物語である。昨今、沖縄の作家たちの作品が注目されていて、いわゆる島の風習文化というものが都市を場所として発想される小説に対して新鮮なインパクトを与えているが、これはそのハシリとでも言うべき作品であっただろうか。

この二作と比較して「姉妹の部屋への鎮魂歌《たましずめ》」は発想がまるでちがう。話の筋道がすんなりと通るように書いていない。さまざまな状況を生きている家族たちの生活が、あちこちから光発信するみたいな形で描かれていく。「私」には一人の男の子がいて現在もう一人を妊娠中。そんな「私」にパリに住む双生児の妹から日記ふうの手紙が来る。妹の生活は自由だが孤独だ。「私」の近所には父と別居中の母が住んでいる家がある。母は長いあいだ「私」とその妹のために離婚を我慢して来たが、二人の娘が一人は結婚し一人はパリで暮すようになったのをきっかけに、いよいよ本当に離婚しようと思っているらしい。そんなとき父は交通事故に遭い、母は新しい仕事を見つけた。「私」は母には知らせずに父に会いに行く。互いが行きちがっているままに生きている。

作者はここでは「私」、妹、父母の誰にも肩入れをせず、登場人物全員を突き放して書いている。作者が深いニヒリズムに落ちこんでいることを示す作品で、時折顔を見せる優しさにも一種の絶望が滲んでいる。おまけにこの小説は奇妙な終りかたをする。妹からの手紙だ。


（サン・ミッシェルの・引用者注）いつもの場所でギリシャのカリオガーンが、安いビーズの首飾りをたくさん抱えて売っている。

『今日は幾つ売れたの』

『あまりよくないんだ』

『明日はきっといいわよ』

『神には父親がないんだ』

『ああ私と同じね』


と、以前そんな会話を交わした男が最後に再び登場する。

いつもの場所でビーズの首飾りを売っているカリオガーンが『先週、日本へ行ってきたよ』と言う。

『君のお母さんに会ってきたよ』

『何て言ってた』

『君がどうしているかって』

『何て答えたの』

『元気だよって』

『どうもありがとう』

先週ずっとサン・ミッシェルに立っていた彼は幽霊だったんだ。彼は日本にいたのだもの。

とここで物語は終る。そこで私は読み了ったあなたに、こんな質問をしてみたい誘惑に駆られる。作者は、①この小説のカリオガーンは本当に日本へ行ったとして書いているのでしょうか。それとも、②カリオガーンは日本に行ってない、単に妹とそんな会話を交しただけだとして書いているのでしょうか。

おそらく、たいていの人が②だと答えるのではないだろうか。そして、②だと答えたとき、私たちは干刈あがたの小説の新しい展開の場所に足を踏み入れたことを知るのである。

「ホーム・パーティー」となると雰囲気ががらりと変って来る。さまざまな人間関係を描き分ける作者の筆は一層冴えて来て、この作品には沢山の家族が出入りする。

東京は西新宿の一画に高層ビルが立ち並び始めた頃の話。「私」の一家はこの高層ビルのはずれの二十階建てのホテルの用地の地主だった。用地買収のごたごたを、この一家はホテルのなかの一室を、ホテルがある限り借りる権利を持つことを条件に結着をつけた。彼らの「空に浮かぶ故郷」なのである。

彼らの「ホーム・パーティー」の日は、オープンに先立ってホテル側の催した試泊日と重なって賑やかだった。株主や、もとの地権者、建築関係者たちをサービス料金で宿泊招待し、ベッドや浴室、照明などに不備な点がないか、チェックしてもらうらしい。招待宿泊者たちがうろうろしているホテルを「私」は幼い娘ミチと二人脱け出して、すっかり様がわりしてしまった「故郷」の近辺を歩く。歩きながら用地売買にからむ「私」の一家の人間模様や近所の人たちの生きざまが明らかにされていく。

　さらにこの作品にはもう一つのプロット展開の柱がある。「私」の息子康太が新居の横浜の家から、この西新宿のホテルまで自転車でやって来るというのである。生まれてから小学校二年生までこの町で暮した康太は今年五年生になる。朝九時にサンドイッチや水筒を荷台に入れて出発した康太は計算によれば三時半か四時に着くはずだがなかなかやって来ない。地図を持って出発したのだが、高層ビル街に入ってから迷ったらしい。電話がかかって来て「パパ」が迎えに行くことになり一家の緊張が安堵に変るとき小説は終る。千刈あがたの作品のなかに出て来る子どもたちは、いつも生き生きして魅力的だが、この作品のなかのミチも康太も、男性の作家では決して造型できない温かさで描出されている。

　「ビッグ・フットの大きな靴」は、子供の魅力そのもの、と言ってよい作品だ。ここには離婚して頑張って生きる女性とその二人の息子の話が、作者と等身大のものとして書かれている。「朝野家の日曜日ごとの夕食イベントは、六時半に無事終了した。住民票上の世帯主である朝野育子はこのところ、住民票上の長男である朝野一歩と二男である朝野拓二が作る料理の出来上りを待って、食卓につけばよいということになっている。が、そこに至るまでが大騒ぎである」とこの小説の家族構成が先ず紹介される。

　物語は一歩が「20世紀テレビ、夏休み特集、ミスター・ビッグ・フットと少年シルクロード冒険隊」に応募する場面から始まり、いいところまで行ってテレビ局の審査で結局落ち終るのだが、それまでのプロセスが実に面白い。あなたはすでにその面白さを堪能したであろうから繰り返さないが、一つだけ、千刈あがたが十年前に捉えていた子どもの世界が、あまりにも今日の問題を予言している箇所があるので、それを確認しておこう。

一歩たちが夢中になっているテクノポップを聞いていると育子は、もしかしたら二十一世紀というのは二十世紀とは断絶した、まったく違う世界なのではないかという気がしてくる。二十世紀の思考方法で二十一世紀を考えることはできないのではないか。十三歳の少年たちはそれを感知して、二十一世紀と交信しているのではないか、などと。いつだったか、一歩たちがそのレコードを聞きながらこんな会話をしていた。

『この歌を聞いてると人を殺したくなるな』
『俺は自殺したくなるよ』

私は、当時何気なく読んでいたこの箇所に、いま俄かなリアリティを感じ、干刈あがたが文学を通して摑んだ教育の問題の鋭さに思い至ったのである。

干刈あがたが二人の息子を抱えて離婚した女性であったことは前述した「ビッグ・フットの大きな靴」からも明らかだが、通常、作家の実生活と作品は別だという考えもある。しかし、干刈あがたの場合、この事実だけは踏まえて読んだ方がよいように思われる。そして私自身も、干刈あがたの実生活については、それくらいのことしか知らないのである。

干刈あがたの作品の主要テーマは何かと問われれば、それはもちろん家族の問題である。家族の問題のなかに、男と女、親と子、兄弟姉妹の関係が錯綜して問い続けられ、それが子供の成長にしたがって教育の問題へと波及していく。

作家はそれぞれ自身の内面に課題を抱えて小説を書いていく。

私とは何か。国家とは何か。戦争とは何か。恋愛とは……、親子とは……、結婚とは……。

もちろん人間関係はさまざまに入り組んだものであるから、問題は一つに集約されることはない。しかし、その作家の顔を一言で表現しようとして言葉を選ぶなら、問題はやはり「家族とは何か」という問題を追及した作家だと言わなければならない。たとえば太宰治がどれほど家族のことを書いて「子供より親が大事、と思ひたい」「家庭の幸福は諸悪の本《もと》」と言ったとしても、誰も彼を「家族とは何か」の問題を書いた作家だとは言わない。その意味では彼は終始「私とは何か」の問題に当面していた作家なのだ。

もちろん干刈あがたの作品に「私とは何か」の問いが無いとは言わない。しかしその問いは常に「家族とは何か」の問いにからまれて出て来る。それが彼女の文学の特色である。女性である彼女の文学の特色であると言ってもよい。あるいは、この問題を更らに尖鋭にして、男性作家が「私とは何か」の問題を書くとき、家族とは捨て去るものとしてしか出て来ないが、女性作家は「私とは何か」の問題を書くときも、家族が彼女の「私」を圧し潰すような形で現われて来る。と言うよりも、女性作家の「私とは何か」は男性作家のそれのように純粋《ピュア》な形では出て来ない。必ず「家族」を伴って出て来る。「家族」と「私」の関係は「産む性」である女性としては避け難い宿命なのだ。そしてこの宿命は離婚後もこの「産む性」の本能に忠実に、二人の子どもを育てながら作品を書き続けた干刈あがたの文学の核をなすものとなったと言ってよいだろう。

しかも干刈あがたの、この「家族」と「私」の関係が『樹下の家族』『ウホッホ探険隊』『ゆっくり東京女子マラソン』などという作品を通して初めて世に問われたとき、私たちはそのあまりの明るさに瞠目したのだった。離婚や、その後の子育てなどという重く暗い課題が、干刈あがたの展開する世界では溢れるユーモアと前向き志向によって愉しく生き甲斐のあるものに変質させられていた。どれほど多くの女性が彼女の作品によって力づけられたことだろう。

加えて彼女は私たちにもう一つの価値を提示した。「女友達」である。『しずかにわたすこがねのゆびわ』という作品があるが、彼女はそこでこの問題を実験的にさし示した。もちろんここは『――こがねのゆびわ』の解説の場所ではない。しかし彼女がこの作品を書くことによって獲得した「主人公の解体」は、彼女の文学の方法を論ずる上できわめて重要なのでどうしても触れておかねばならない。

つまり特定の主人公の特定の生きかたを描かないで、物語が円環を繰り返しリレーのように展開していくこの小説では、干刈あがたが作品において「主体」的な考えかたを忌避しようとしている姿勢が見られたのである。これは現代文学が目指している一つの新しい方向でもあるのだが、たとえば「私とは何か」と問おうとしても「家族とは何か」のしがらみをまとってしかそれが発想されて来ない女性の思考方法の特質をも同時に具現していると言ってもよいものなのだ。言いかえればそれは、長いあいだ近代小説を支配して来た「自我の表現」という神話を覆えすものであり、物語が個々の人間の生きかたを超えて展開する、ある流れのようなもの、ある場所で働く力のようなもの、の表現に傾きつつあることを示すものであると言ってもよいものなのだ。

干刈あがたが小説を書き始める前からも、また書いているあいだ中も、この傾向は日本にも世界にも顕著であって、いわゆる反小説《アンチ・ロマン》とか新小説《ヌーボー・ロマン》とか呼ばれる流れがこれであった。しかし、干刈あがたは、理論や西欧文学の影響などからこの方法を獲得したのではなく、ある意味で単純に、女性の思考方法を突きつめて行って、そこに到達したもののように思われる。

したがって干刈あがたの作品を分析するとき、究極を『――こがねのゆびわ』に置き、『――こがねのゆびわ』が達した領域に向けて書かれた作品、と捉えると非常に分りやすい。もちろんこの場合、作品の実際に書かれた順序を言うのではないことを断っておかねばならない。『――こがねのゆびわ』

以後に書かれた作品でも『――こがねのゆびわ』の領域に向けて書かれた作品は数多くある。またこの巻では「姉妹の部屋への鎮魂歌《たましずめ》」や「ホーム・パーティー」がこの方法にもっとも近く書かれたものと言ってよいだろう。

もちろん繰り返すように、干刈あがたの文学発想は理論や西欧文学の影響から出発しているわけではないので、具体的な問題が優先する。この具体的な問題が優先するところが読者にとっては魅力で、私たちは作品を読むことによって直ちに、日常生活のあれこれの助言を得ることができるのである。

ただ私たちが、彼女の書く日常生活のあれこれから、その日常を超える何かを摑むことができたとき、私たちはまた一味ちがった干刈あがたに接することが可能になる。それが、あなたが干刈あがたに力づけられた本当の意味である。

（作家）

（『干刈あがたの世界5』99・2）

子供に添い寝をするように

立松和平

十四歳、中学二年生の少女夏実は、私たちがつくり上げた現代日本の社会を、ヒリヒリした感性で生きていく。娘の変化に戸惑いながら、夫に先立たれ二人の子を抱え生きていくだけで大変な中年女性の史子も、闇の底でもがきつづけるような苦しみの果てに、娘の触れている世界にほんの少し触れる。「黄色い髪」は、子供と母親の魂の成長の物語である。

干刈あがたは、私たちが生きているこの社会を、女であり母であるという視点から、しなやかに見詰めつづけてきた作家である。自分もこの時代を生きているのだという強い自覚があり、彼女は生活人の視点を失わない。天下国家を高みから論じるのではなく、社会の矛盾を生活の中にまともに受ける市井の人として、自分の感性に感受できるものだけを丹念に拾って書いていく。だから彼女の作品にはリアリティがあり、読んでいて身につまされる。どんなに悲しい物語でも、同じ時代の同じ空気を吸っているのだなという共感がある。干刈あがたは私たちの日常にそっと寄り添っている作家だ。

私たちの日常は恐ろしい。あんなに快活でやさしい少女が、中学校でいじめられている同級生をかばって便所掃除を手伝ってやったために、いつからか自分がいじめられる側になっている。いじめられる理由は、いじめられている本人にもよくわからない。息詰まるような社会ができ、逃げ場がなくなると、差別される人をつくる。差別することによって、自分が優位に立つ人間だということを確認する。こんな悲しい生き方は、人類の歴史上で数えきれないほどくり返してきたことだ。こんな負の歴史が子供の教室まで支配してきたのである。

この小説の恐ろしいところは、一人の少女が理由もなく差別される立場にはいっていく過程を、説得力ある形でていねいに書いていることだ。それまで一緒に遊んでいた友達も、なんでも相談するようにといっていた先生も、急に無表情な壁になって包囲してくる。一度その流れに乗ってしまったら、いき着くところまでいかなければ、逃がれることはできないのだ。一昔前なら、不条理として描かれたことであろう。〈日常の中に癌細胞のように増殖する非日常〉などといわれたに違いないのだ。不条理とは、文学者の鋭敏な感覚によってとらえられた現象である。しかし、現在は不条理という言葉さえも死に、かつての非日常が日常になったのだ。もしこの時代を外側から見る視点があれば、〈当たり前のように不条理の時代〉ということなのだろう。この先どんな時代になるか見当もつかないのだが、後世になってこの時代を考えるなら、干刈あがたを読めばわかる。干刈あがたの長いとはいえない作家生活は、時代とともに呼吸をしあい、「黄色い髪」はそのひとつの達成であることは間違いない。

「黄色い髪」は母と子の二世代の側から時代を見る物語であり、二世代の女の成長過程を描いた物語ということができる。母から見れば、娘の置かれた不条理はとうてい理解できるものではない。大人として社会の規範の中で生きてきたのだが、その常識が娘を苦しめていると想像するのは困難である。母は学校にいかなくなった娘の心の中が理解できず、苦しい遍歴を当分しなければならない。学校にいかなくなった娘の心理の働きと行動とが経糸《たていと》なら、母による時代の探究が緯糸《よこいと》となり、物語の布が織り上げられていく。

私は相談相手を求めながら、結局は、自分の思い込みの筋と合わなければ拒否しているのだ。でも私は、どうしても、そう思わずにいられない。耳もとで、ささやくように言い続けている声がある――学校がとても酷《むご》い場所になっているんだよ。でも、それなら夏実がこのまま行かなくてもいいかと言ったら、そうは言えない。ほかの子が行っているのだから行きなさい、とも言えない。私はそもそも解決のつかないことを相談に行ったり、考えたりしているのだということが、だんだんわかってきた。そして三月になってしまった――。

子供が迷路にはいり込んでしまったのなら、母親もまた同じである。穴に落ちている人を助けようとするなら、自分も穴の底まで降りていかねばならない。「学校がとても酷《むご》い場所」というなら、社会も同じく酷い場所なのである。いや、社会の映しとして学校があるのだから、その酷さは社会では見えなくなっているのだ。子供は社会の片隅で、つまり子供の社会である学校で、悲鳴を上げているということになる。

母親は藁にもすがるような気持ちで女性相談員のところに訪れる。すると夫の死後の異性関係について尋ねられた。実際に母親は子供を育てながら生活していくことに手いっぱいで、異性のことなど考える余裕はなかった。すると女性相談員はこういう。

「女としてのその不自然さが、子供を抑圧したということは考えられませんか」

自立した女に対し、この言葉は傷つけるに充分である。母親として、女として、子供と生きるのはごく自然なことであったのだ。「子供たちが小さかったころはその肌に触れ、大きくなってからは言葉や仕草で戯れ合って、私にはそれで充分だったし、子供たちも伸び伸びとやってきたと思う。」これはこれで完成した世界なので、「女としてのその不自然さ」と断定してしまうのは、実に不遜なことなのだ。人を傷つけても、そのことに気づかない人は多いものであり、知らないうちに自分も同じことをしているかもしれない。そう考えるのは恐ろしいことである。

「誰が教室から逃げ出してもおかしくない」
「疑いや悲しさを感じていないわけではないけれど、学校や受験体制の中でやっていくより仕方ない」

娘の同級生たちの言葉である。知らないのではなく、意識的だ。このことのほうが恐ろしい。母親は娘を救出するためいろいろな人に会っていくうち、この社会が若く柔らかな魂にどんなひどいことをしているかを知る。娘の背中を追いかけていくことは、すなわち娘の見たものを追体験していくのだ。読者は母親とともに時代のジャングルを歩行するという構造になっている。歩いても、いろいろなことがにわかに見えてくるといったほどには、この社会は単純にはできていない。せいぜいが、自分は何もわかっていないのだということがわかってくる程度なのだ。それでも大きな成長といえるだろう。

いや、他人からわかってもらえないことよりも、自分で自分がわからなくなっている。どんどん今までの自分から離れていくような気がする。今ここにいる自分が昨日までの自分に抱かれていないような感じのすることが、とても不安で孤独だ。今までは疑うこともなかった学校や先生を信じなくなっている自分に、自分で嫌悪を感じる。そんなふうに今の自分が孤独になっている。

知るということは、結局のところ孤独な自分を発見するということなのだ。知れば知るほど孤独になっていく。美容院を開いてささやかな商売をし、子供とひそやかに生きてきた女が、自分も社会の風を受けないではいられないことを知る。子供が先に走っていき、この世の中がどんなふうにできているかを教えてくれたのだ。子供は髪を黄色く染め、身も心もぼろぼろになった。子供に導かれてきた母親も傷つかないではいられない。社会はこんなにも病んでいるのだ。そのことを知らないで、もしくは見て見ぬふりをして生きるのは矛盾に蓋をしているのと同じで、矛盾の裂け目は大きくひろがっていつか取り返しのつかないことになってしまうかもしれない。必ずそうなるのだろう。黄色い髪をした娘たちは、社会のセンサーとして、あちらこちらで悲鳴を上げているのだ。

小説でしか書けないことを、干刈あがたは書いているのである。内部に人間としての正義感のようなものを持ちながら、日常生活に寄り添い生きて書いてきた彼女らしい作品である。この作品を読むことにより、私たちは私たちの隣人と私たち自身の上に何が起きているかを知る。私たちは教室をでて髪を黄色く染めた少女であり、娘のあとをついておろおろと社会探究の旅をはじめた母親なのである。この世の中のことを先に見抜いているのは娘なのだ。そして、母親がこの世の中を感じる時、読者も同じように感じる。この小説はそのようにできている。強い力学が働いている。

作者はペンを走らせながら、震えるような認識を持ったと、作品を読み進めていくうちに私は感じる。作者は時代の中を、登場人物と同じように傷つきながら走っているのだ。それが干刈あがたにとっては、生きて書くということだったのだろう。

こんな時代なのに、不思議なことに悪い人は一人もでてこない。みんな懸命に生きていて、そのために傷つけあっているのだ。悪い人はいないのだが、無知な人間はたくさんいる。善意が正しいとはいえないというのが、やっかいなのだ。そして、物事をよく知る賢人は、思いがけない身近かにいるものだ。

母親の店で働く美容師見習いの直美の夫で、元暴走族の太一は、家具工場で働いている。二十一歳の太一は、暴力団に近づこうとしている昔の仲間と話し合うため、オートバイに乗ってくる。娘を探すため道路にでていた母親に、十七歳の直美を孕ませて学校をやめた時の心の動きを語る。

「俺、あいつに会って初めて、何かにいっしょうけんめいになれるような気がしたんです。あいつは俺を必要としてるって思ったんですよね。家は別に居づらくもなかったけど、学校はなんか打ち込めなくて、バイク走らせてりゃスカッとする、それだけだったなあ。親爺は俺が女を孕《はら》ませたために学校もやめて働く気だとわかった時に、男にはよくあることだって、始末すりゃすむみたいに物わかりよさそうに言ったけど、バッキャロー、そんな男ばっかじゃねえぞって思ったんですよね」

「親爺は学校をちゃんと出て、つつがなく一生を送ることがだいじと考えた。俺は命を一つ殺して送るつつがなき一生って何だ、と思ったんですよね。親爺は、今はそんな突っ張ってカッコイイこと言っても、あとで後悔するぞって言いました」

「後悔はしてないけど、やっぱシンドイですよね。俺、今すごく勉強したい。そう言うと世間のやつらは、それ見たことかっつうけど、違うんだよな……ねじれるんだよな……それ見たことかじゃないんだ。俺はこういう生き方をしたから、その中から知りたいことや勉強したいことがゴチャマンと出てきたんであって、あのままだったらそんなこともなかったと思うな。兄貴や友達は、大検受けて大学入れって言うけど――そういうのみんな大学行ってる連中だけど――そういうこっちゃねえんだよって叫びたくなる。大学行くとか行かねえとかじゃなくて、自分の勉強してえんだよって」

若いうちに、大きな人生経験をしてしまう人がいる。だが今の時代は制度にのっとっていないかぎり、ほとんどが落ちこぼれとして処理されてしまう。学校教育はあくまで選別をするのであって、救済はしてくれない。もちろん勉強は学校にだけあるのではないが、勉強したいと求めている人は、知らないうちに大きな勉強をしているものだ。二十一歳の太一は、髪を黄色く染めた中学生の娘について、ずっと年上の母親になかなか鋭いことをいう。

「今、オフクロさんと口きかないっていうの、俺よくわかるような気いするんです。オフクロさんが自分の一番弱いところに触れてくるから、自分の考えをつかむまではシャットアウトしてるんだと思う。待ってやって下さい」

人間の生き方に、回り道はあっても、無駄ということはない。太一の言葉が、この母親にも、母親と娘に身を寄せて読んできた読者にも、大きな救いになるのだ。世の中のことを見抜き、本当の生き方をしているのは、外見と心の中とをまったく違うものにしている子供たちより、世の中とぶつかり傷ついている子供たちではないのか。傷ついたものにそっと身を寄せるのが、干刈あがたの文学だ。救済とか大向うを張ったものではなく、そばにそっと添い寝をしてやるような文学なのである。干刈あがたの文学世界に多くの読者が信頼を寄せるのは、こんなところではないだろうか。
実際にこの母親が、仲間から脱けようとしてリンチをされ傷ついた見知らぬ少女に、添い寝をするシーンがある。美しいこの場面が、私は好きだ。

今、自分はよその子と並んで、夜の底に横たわってると史子は思った。夏実はどこにいるのだろう。夏実の傍らにも、誰かがいてやって欲しい。親たちがみんな、そうなり合えるといいのに。今は自分は孤独だけど、もしかしたら自分のような親が、あちこちに点のようにいるのではないだろうか。この日本じゅうの土が地続きで、同じ空気を吸っているのなら。

人間とは難かしいものである。一生懸命に、正直に、誠実に生きようとすればするほど、秩序を重んじるまわりと摩擦を起こす。強いのは世間のほうだから、個人はいよいよ孤独になり、傷つき、ついには生きる場所を失ってしまうかもしれない。そんな人たちに干刈あがたは懸命に寄り添い、傷が深くて横たわってしまった子供には添い寝をしてやり、自らも傷つきながら魂の回復を待つ。干刈あがたの文学はいつもこんな風なのだが、ことにこの「黄色い髪」は喪失と成長の過程をていねいに追っていて感動的だ。
一生懸命に生きた人は、必ず救われなければならない。救いとは、成長して自らの手で獲得するものなのだ。私はここに干刈あがたの深い人間信頼を感じる。

けれど今、夏実の肉体の中で死んでいくように思える魂を、よみがえらせたい自分はどうだろう。学校を疑い、先生を疑い、自分を疑い、今の世の中を疑い、親とは何かを考え、何をしたらよいかもわからずにいる。自分はねじれ、美しくもない。
今までは、何かを疑ったりすることもなく、子供と一体感を持ち無意識に子供と暮らすことが、自分の自然だった。けれど、それはもう失われたのだ。自分は新しい自分の自然を受け入れねばならない。

この力強い認識を持ったのなら、絶望は希望の過程にすぎなくなり、すべての苦しみはよりよく生きるための糧であるということになる。だが簡単にそう口でいってしまうだけでなく、作家はその過程を言葉で丹念に追っていくのだ。その作業が、書くということである。「新しい自分の自然」を受け入れることができた時、娘は黄色く染めた髪を刈って坊主頭になり、より強い人間として中学校に通うことができた。
この時代を生きなければならないすべての人に向かって、干刈あがたは祈りつつ励ましているのである。その祈りの根底には、人間への限りない信頼がある。

（作家）

（『干刈あがたの世界6』99・3）

一九八〇年代・日本・擬似「市民」社会

山口　泉

一般的になんらかの書評、ないしはより緩やかな意味で、ある書物をめぐってのエッセイを依頼される場合、すでに刊行されている作品ならその公刊本が——またこれから刊行されるものの場合は校正刷が、当然、編集者から書き手のもとへと届けられることになる。本巻の「解説」を引き受けた私のもとへも、担当編集者からは最初に既刊の二冊の文庫版から成るテキストが、そしてほどなく大部の校正刷が送られてきた。

さて、締め切りの期日が迫って、その校正刷を読み始めてから、私は当初、かすかな予感として自分の内部に醸成されていた一種の危惧を、改めて……より明確な形で確認させられる気持ちになった。すなわち——この作家について、その望みうる最も好意的な読者たちと同じ位置から同じ志向をもって関与しうる人間では、私は、ない。

むろん、ここに収録された四十二篇の掌篇小説をめぐっても、さまざまに思い、考えるところはある。だがそれらすべての彼方に、この書き手がすでに物故し、しかも、いまも少なからぬ読者が存在しているということ——こうした企画が実現したことにも示されているとおり、現在の日本でこの作家の作品が確実な支持を受けている事実の意味が、私にはいっそう重いものとして受け止められている。

生前、この作家が一世を風靡した、といっても過言ではない受け容れられ方、支持のされ方をしていたことを、同時代を生きていた者の一人として、いわば一つの風景として私は見聞し、承知している。しかも今日、いま一度、こうした形でこれらの作品が愛読者全体の資産として共有されようとしていることは、明らかにより深い意味を持つ現象といえるのだろう。

そして私は、たとえば本巻に収録された作品の数かずに対し、小説作品としての技術的な達成度に一定の評価をも持ちながら、しかもその内包する思想や文学作品としての志向については、むしろ、ある決定的な懸隔を感じてもいる。この問題を、どうすればよいか。

長いこと思いあぐね、何度か作業を中止することも考えながら、しかも最終的にいまこうして「解説」を綴っている理由は、前述した、この作家について、必ずしもその望みうる最も好意的な読者たちと同じ位置から同じ志向をもって関与しうる人間ではない私の、あえていうなら自らが関与しえない根拠を示すこと、その理由を記すこと——私が懸隔と考える、その幅と深さがどこにどのように横たわっているかを、やや詳細に指し示しておくことが、おそらくこの作家自身にとってでもなければその愛読者たちにとってでもない、さらにいうなら、広義の「文学」一般にとってですらない——それらよりはるかに普遍的で、人間にとっておきかえのない価値の領域にとって、いささかは意味のある行為ではないかと私が考えるにいたったからだ。というのは、あえていうならこれは「歴史」の問題——一九八〇年代という時代の荒廃を中心とした、日本の現代史の問題にほかならないからである。

その性格上、こうした企画の巻末「解説」に、今回の私のような文章が含まれることは、あまりないだろう。ただ私は一般にある藝術作品について自らがなんらかの「批評」をすることが可能であるとするなら、それは当然、私自身がその本をどのように読んだかを、現在と未来に向けての普遍的な「読者」に提示するものである以外にあり得ないと考えている。そして本書についていうなら、このすでに物故している小説家の掌篇小説群に関して、それが現在、少なからぬ人びとに確実に支持され共感されているとするなら、なおのこと――それらを私がどのように読んだか、なぜ最終的に受容しないかを説明することは、作品や書き手に対して、また当然、それを支持する読者にたいしても、決して必ずしも礼を失した態度ではないとも考えている。

いま私は、自らとこれらの掌篇小説や、おそらくその作者とのあいだに埋め難い懸隔を感じていると記した。ただしかし、これらの作品は決して私にとっても無縁のものではありえない。一般にどんなに敵対的、ないしは共通項を見いだしがたいそれであってすら、およそ人によって書かれたものなら、何かしら巨きな意味での類似性や類縁性がそこには成立する、といった一般論以上に。

むしろある意味で、これらの小説世界が生起する時間と、何より空間――より直截の意味あいでいうなら、生活する場としての都市とは、いま、一九九八年の十二月にこの文章をつづっている私自身にとっても極めて親しい、あまりにも近すぎるほどのものなのだ。いかにも、私が住み生活圏としている東京南西部――それも自由が丘・奥沢・緑ヶ丘周辺から都立大学・学芸大学、大岡山、碑文谷の諸地域、そしてさらに目黒通り、駒沢通りを経て、目黒、広尾、駒場、渋谷へと通ずる一帯の景物が、いささか大げさな言い方をすれば、私にとっても――そしておそらくは作者自身にとっても、一種狂おしいほどの郷愁すらともなって、ここには瀰漫《びまん》している。

……野本さんが京子に「鈴木さんて、そういう人だから話せるんだけど」と、自らの羨望されにくい恋愛について問わず語りを始めた「駅ビルの最上階の喫茶店」（「二足のハイヒール」）も、遺言によって区に寄附されたドンブリ山にできた「児童公園」（「古シーツのお化け」）も、うらぶれた撮影助手と写真モデルがこれから恋を始めようとして赴くラーメン屋（「傘」）さえ、それぞれ、ああ、あそこのことだな――と、文字が目に入ってきた瞬間、分かってしまう。私自身、本来「郷里」と名指しされるべき、そこ自体、決して自分にとって懐かしいという感情だけでは語ることのできない場所を離れて以降、いまやこの国の首都で過ごした歳月の方が長くなり、自分がこんなにも「東京」に馴染んでいたことに、逆に羞恥を覚えるような思いにもとらわれたことだった。

土地や、そこに打ち立てられ機能する諸施設ばかりではない。本書の物語の数かずには、なんと過剰なまでにさまざまな商品が、その固有の名称とともに提示されていることだろう。しかも、それは現実の物体としての「商品」ばかりではない。より特徴的なことは〝イメージ〟そのものが貨幣価値を帯びた、そんな商品も無数に登場する。『金曜日の妻たちへ』……〈おニャン子ＣＬＵＢ〉の新田恵利……『アパート・マンション情報』……〈ロッキー〉を演じたシルベスター・スタローン……山口組……一和会……マテウス・ロゼ……マリリン・モンロー……「赤旗」……。

これら、現在の消費社会が生産してきた夥しいイメージにまつわる固有名詞を、あまりにも無防備と思えるほど、持ち込むことによって成り立っている小説世界では、またしばしば、別に棄てなくともよさそうな「物」が「ゴミ入れ」に棄てられる――ないしは、棄てる話が出てきもするが（「へんな割箸」の「割る筋が二本ついている太い奇妙な割箸」や「二足のハイヒール」の「ホーレン草」など）、こちらの場合は「物」が過剰に氾濫しているからというより、登場人物たちのなんらかの決断の象徴として、「ものを棄てる」行為は描かれていることが多いようだ。いずれにせよ、本書に付された「物は物にして物にあらず物語」という地口めいた副題は、なるほど象徴的である。

さて、こうした果てに私の内部に形成されてくる認識は、この作家とその作品世界とが、徹頭徹尾、一九八〇年代の日本の市民社会――それも、私の認識でいうなら十九世紀中葉以降、この国に一貫して続いてきた擬似「近代」の所産としての擬似「市民」社会の忠実な投影となっているという事実である。その意味では、これらの作品は一つの時代の小説的史料として機能し、いわゆる「風俗小説」としての効果を存分に発揮している。

つけ加えておくと、それはまた同時に「TVドラマの時代」に「TVドラマの権能」を侵犯する、ぎりぎりの微妙な呼吸のうちに綴られている小説群であるとも言うことができるかもしれない。だとすればこれらの作品は、すでにマスメディアによって人間の想像力が惨憺たる蚕食を受けている現在の状況のなかで、少なくとも、その現実に対して無視を決め込んだ――ないしは千篇一律・万古不易の〝文学〟の特権的自律性の夢にどっぷりと漬かりきった、そうした楽観主義とは、好むと好まざるとにかかわらず、ある意味で距離をおいていることになる。それらが表面的にはどんなに「中間小説」の色彩を濃厚にしているにしても。

本書の書誌には「初出」が「オレンジページ」の一九八五年九月号から八九年の一月号と示される。かくも、それが書かれた時期・発表された媒体の特徴を濃密に刻印している小説作品は、他にそんなに例を見いだしがたいようにも思われる。この点も、収録の諸作の水際立った鮮やかさの一因であるかもしれない。

ところで、本書に試みられているような「百物語」風の志向は、およそ小説を書く者、ないしは書こうとする者にすべて携えられうる可能性を持っているといってもいいだろう。むろん、かく記す私にも、それはある。

だとすれば、それら百物語のすべてに対し自分自身の感想を書き記すことが、評者としての私がとりうる取りあえず最初の方法であり、ある意味では読者にとっても、また作者(作品)にとっても、最も望ましい方法ともなるのではないかと、勝手に私は想像してみる。

そこで、紙数の関係上いずれも簡略にだが、本巻収録の四十二作全篇についての感想を、以下に記す。

開巻劈頭に置かれたこの少年の自立の典型的な物語「**十一歳の自転車**」は、本書の表題作であるが、本巻収録の四十二篇がちょうど単行本(集英社)では二分割された形になっている、その一冊目の巻の表題作でもあったらしい。十一歳という、それ以前には――また実は、それ以後にも決して――行なうことのできない「冒険」へと踏み切る年齢の情感が、テキストには心地よく漲っている。

ここで冒険の志がとりあえず仮託される、すなわち〝宝島の黄金〟は、少年の場合、「アノリス」という新生物だ。だが、言うまでもなくそれは仮設された財宝にすぎず、ほんとうの「冒険」の目的は「冒険すること」そのものにある。精神と肉体が開花してゆくときの形は、たとえそれが八〇年代の東京で行なわれる儀式であることの痛いたしさを同時に免れがたいにもしろ、それなりに鮮やかである。

「**秋のサングラス**」は、〝妻子ある男とつき合っている〟年上の女というのが、若い男の眼にはこのように映るはずだ、と作者が思っていることを読まされるという形式の小説である。たしかに霧の埠頭での会話は痛切であり、案外、二十歳前後の恋愛というのはこんなものなのかもしれないと思わせる気分が漂ってもいる。

原宿とは、何だろう。本書には「**星のアクセサリー**」のほかにもう一篇、この街を舞台にした作品（「春休みのキップ」）が、この後、登場するが――それにしても、原宿とは、一体何だろう。

本作では、「私」と「アカネさん」や「マリさん」という登場人物を配し、いわば書き割りの裏から、この街を描出するという方法がとられている。「アカネさんやマリさんを見てしまった」「私」。「アカネさんのように才能があるわけでも」「マリさんのように美人でも」ないが、しかし「姉のような結婚生活をつまらないと思う」「私」という人物設定に〝共感〟を覚える読者は少なくないのだろう。私自身は、そこに〝共感〟を覚えてしまった瞬間こそが、実はその当人にとってのほんとうの敗北であるとも思われるのだが。

題名もはなはだ秀逸な「**公務用ボールペン**」は本来、とても面白い設定の小説である。にもかかわらず、その面白さが十分に開花しきらずに終わってしまった印象が否みがたいのが残念な気がする。

この面白さは、作品の現在の時間の背後にある「化粧をして手もつるつるの信雄の母親が、婆ちゃんの肩を揉んだり珍しい料理を作ったりする陰で、黙っている自分の母親が、寒さの中で毎日頬や指先を赤くして働いていることを、誰も思いやっていないことも口惜しく哀しかった。誰にその気持を訴えたらいいのかわからず、台所に行って母親にそっと言った時のことを覚えている。／すると母親は困った顔をして、『たまに来るんだから』と小さな声で言い、支度していたスキ焼鍋の中から牛肉をつまみ、フーッと吹いて冷まして彼の口に入れてくれたのだった。／田舎料理しか作れない良二の母親は、スキ焼が一番のご馳走だと思っている。（略）」といった小説的な時間の厚みによって見事に支えられている。

私にはこうした努力を、どうやら〝落ち〟の部分の安易さが裏切っているような――損なっているような印象が覚えられた。崎口良二巡査が「自分の深いところから、涙が溢んでくるような気がした」場面で作品が止められていたら、どんなに素晴らしかったことか、と思う。

「**へんな割箸**」で「私」がその「紆余曲折にかかわって、自分の醜さを見」てしまう裕子ちゃんのような女性には出会うことがあるし、「私」のような人間もまた紛れもなくいるのだろう。そしてこの小説の存在理由のすべては、これらの関係を提示され、楽しむ類いの「読者」が存在することにかかっている。

「**花見提灯**」に登場する二人の男の恋愛譚は、読者の性別によって受ける印象が大分異なってくるのではないだろうか。本書でこの作者が男性を書くときにしばしば感じることだが、ここでの人物設定はやや甘すぎるような気がするのだ。ちょうど、少女漫画に出てくる〝おじいさん〟たちが、いずれも美少年の髪を白くし、顔に数本の皺を描き込んだだけであるような、そんな甘さを、この作品に登場する男たちは、坂口老人にしても合田にしても、そして「若い社員」の山際にしてすら、漂わせている。現実の男たちに較べ、彼らはあまりにも朴訥で善良すぎるから。だが、その一方、これらの登場人物たちには――ないしは、その登場人物の描かれ方には、一種微妙な不潔感も漂っていなくはない。

たしかマラルメが紋章学の術語を詩学に採用したというなかに、「中心紋」なる概念があった。その定義にしたがえば、「**苺のアップリケ**」は、ある意味で一連の掌篇小説の基本的な道具立てがよく看て取られる、さしずめ本書の「中心紋」とも呼ぶべき作品である。「ハンバーガーって、なんだか胃にもたれるな」とつぶやく夫や「今はママは千尋のお母さんだよね？　ゆり組のみんなのお母さんじゃないよね？」と尋ねる娘、「若いお母さんたち、みんなキレイな格好しているから、私も少しキレイにしないと」孫がかわいそうだという「おばあちゃん」たちに囲まれた「幼稚園の田中先生」でもある「ママ」――。これらの人びとが形成している「社会」がいかに鞏固なものであるかを思うとき、私は一種暗澹たる思いに閉ざされる。

「彼女は車の道順をよく知っている、たぶん彼女を乗せて走ったのは外車だ、とゴキは想像した」――「**傘**」を読んでいると、そういうこともまた、きっとあったにちがいないという気はしてくる。だがそれ以上に明白なのは、「外車」という概念がこの十年ほどのあいだに大きく変わってしまったことだ。傘は見事に盗まれた。上質なポルノグラフィの食前酒《アペリチフ》（といった概念が、すべて成立可能であるとして）のような掌篇である。

「**たそがれのドライバー**」での作者は、あまりにもこの年代の主婦の現実の像を低く（いろいろな意味で）設定し過ぎているようだ。しかし、現実はそうなのだと言われれば、この作品としてはそれで良いのだという気もしてくる。それにしても「『割烹着はずして雑煮祝ひけり』という友人の句」に不意に熱くなった眼頭はどこに持って行かれるのか。それが、大勢が動けば自らも動くといった可能態としての意志を持ったものであることは明らかなのだが。政治的「後衛」の位置から、さらに自らの周囲に「共感」を形成しようとする作者の姿勢が強く印象に残る。

「**古シーツのお化け**」に私がある種の違和感を覚えたのは、〝地域班〟や〝きもだめし〟といった、いくつかの事象それ自体に、作者が疑いなく戦後「市民」社会の「子どもの情景」を描くための、いわばある種肯定的な風俗としての役割を無造作に負わせてしまっているかに見える点だった。こうした公立小中学校と地域とが一体となった共同体（子どもたちの共同体である以上に、多くは保護者の――つまりたいていの場合は「親」の）が描写され、そこでたとえば〝きもだめし〟という行事が執り行なわれるとき、なるほど、末尾に出現する「異臭」という言葉、また「腐乱」という言葉の、本来あるべき内容がそっくり揮発したかのような質量のとめどない軽さもまた、必然の結果として招来されてくるのかという気もする。本作の読後感は「公務用ボールペン」にも通ずるが、それよりいっそう残酷である。

「マコトは打ち合わせの段階では、ほとんどその内容に関する話をしない。ステージに出て初めて、アドリブで喋《しゃべ》るのだ。だから、出演者がマコトの言葉に吹き出したり、とっさに対応できないことが、すべてドラマ化される。ギャグなどを打ち合わせて、それをステージでなぞる白々しさがないのが、この番組の面白さだ。打ち合わせてある場所は、『打ち合わせどおりですね』と言ってしまうのが、マコトの芸なのだ」

「**時計**」で説明されている事柄のすべては、いまTVを観ている者なら誰でも——すなわち日本人ならその大多数の——よく感得されるところだろう。「現実」がTVに決定的に追い越される（かに見える）、その瞬間の構造をも垣間見せている。八〇年代に完成した、消費されるイメージとしてのTVと、その直射を受けながら一部の言語表現が衰退していった過程そのものを小説が体現する形になった作品の一つなのかもしれない。ただここで、読者が、たとえば「マコト」に対し、具体的なTVタレントの名を容易に連想してしまうような点は、むしろこの小説の弱さと言わなければならないだろうが。

「『社長！』と若い洋子が言った。／『何ですか突然』とマコト。／『私、前からあの時計が気になってたんです。いつも三時なんですよね』／洋子はベニヤ板の社長室の壁に描かれた、書き割りの時計を指さした。それは本物らしく描かれたものではなく、いかにも偽物《にせもの》とわかるように稚拙に描かれたものだった」

たしかに、こんな「世界」にも〝友情〟があり、〝人間のぬくもり〟は存在する——末尾の、弁当に滴り落ちる涙は、作者にとってはそうしたものの証左として位置づけられているようだ。

「**二足のハイヒール**」での「ホーレン草」をめぐるやりとりが、私にはよく腑に落ちない。そしてその腑に落ちなさかげんは、そのまま「よかった、オバサンやらなくて」「俺はちょっと残念です」と、情事が見送られた後、なおも会話での煮えきらない愛撫を交わしあうらしい二人の男女の関係に関する、小説作品としての説得力のなさに結びついているような気もする。

この作品は、収録作のなかでも主婦である主人公が最も「恋愛」に近づいている一篇であるともいえるが、にもかかわらず最も印象的な人物は「野本さん」であり、そして「京子」の「野本さん」に対する視線はずいぶんと冷ややかである。これらは、この作品集の掌篇小説群がいずれも「主婦の恋」に対し、あらかじめ一定程度の掣肘を施すことによってのみ成立する小説世界が読者に希求されていると、作者が判断した結果なのだろうか。

「**懐中電灯**」は奇妙な一篇だ。というのは、実際の内容についてみると、むしろ逆というべきなのだろうが、しかし私には、この小説は最初の方ほどリアリティがあって、読み進み、末尾にいたって「現実」が提示された瞬間、それまであった作品としてのリアリティが一挙に喪失してしまうように思われたから。どうしてだろう?

「**朝の竹箒**」に提示されたような夫婦像が語られ出したのは、ちょうどこの作品が書かれる時期のしばらく前からだったか。定年退職後、茫然自失する夫と、しっかり者の妻。夫は家庭の内外の日常的な細部を何も知らず、しかも仄かな恋心を隣家の若い女に寄せたりする。それを見守る、あまりにもよくできた妻。それにしても、この夫は何をこんなふうに威張っているのだろう。こうした作品を読むと、日本の男はほんとうに救いがたいと、改めて思う。

「**春休みのキップ**」は、ある意味でなかなか秀逸な物語である。私見では、それはひとえに、主人公たちが小学校卒業後、中学に入るまでの、すなわち小学校六年の春休みという、人生でもほんの一瞬の生の祝祭のような期間に身を置いているという設定が施されているからにほかならない（この春休みに入るまえ、私が子どもだったころも、小学校の教師はたいてい「中学に入るまえまではまだ本校の小学生なんだ。いいな、とんでもないことをして警察に補導されたりするんじゃないぞ」と恫喝したりする）。

しかもそんな子どもたちが、ここでは「買いたいものがハッキリしているわけではない。なんとなく原宿をぶらぶらして、何か買おうと思っているのだ」。作者の資質と方法とが噛み合い、時代の空気が封じ込められた、本書でも記憶に残る一篇である。なお最後の部分、別に子どもたちは「大人の切符」を買わなくてもいいのに、とは思ったが。

同年代の男性にとって魅力的な三十代の女性像を造形しようという、作者の基調音ともいうべき意図の一つは、「**水槽**」でどうやらかなりの程度まで成功したようだ。ただ主人公のいずれもが、「結婚」という形式を恋愛の延長上に、その当然の発展・進化形態として想定しているらしいことは、明らかに作品の幅を著しく狭くしてしまっているようで、残念でもある。

「**購読新聞**」の物語は、いかにもありそうな話だという気もするし、一種メルヘン調の少女漫画のようだという気もする。これを読んだ、私のある友人は『ちびまるこちゃん』を髣髴させる、と言った（ここでの「岡本照子」と家政婦の「鹿島さん」のやりとりなどに、そう思わせる要素があるのかもしれない）。ただ、父の自殺の話や、末尾のいわば全体の〝謎解き〟に当たる部分が、どうしてもそらぞらしく感じられるのは、作者が政治的問題を政治的手法で展開しようとしながら、実はそれらが厳密な政治性をもって扱われてはいないからではないかと考えられる。

それにしても「自分の家で何新聞をとっているか調べてきましょう」という「宿題」とはなんだろ

う。いかにもここに描かれているとおり、事実、いまでも小中学校ではこうした類いの「宿題」が平然と出されつづけているのだが、それにつけても「学校」というのは、プライヴァシーをはじめ、基本的人権というものをよくよく顧みない、ほんとうに救いがたい制度だとつくづく思う。
たとえば購読新聞なら購読新聞について。「できることなら言いたくない」紙名でも、挙げられる子どもはまだいい。公立小学校なら、いまでも新聞を一紙もとっていない（とることのできない）経済状態の家庭から通ってきている子どもだって、皆無ではないだろう（これは、俗に言う〝活字離れ〟の問題とは根本的に異なる）。そして各家庭の購読新聞をクラスで公表させるというのは、「岡本照子」が嫌がったとおり、公然たる思想調査にほかならない。保護者の職業にいちいち担任の教員が言及するという、驚くべき事態も、しかし学校という制度のなかでは、言わば常態にすぎないようだ。「生活科」なるものが制度化されて、学校やその職員によるこうした人権侵害は、ますますきわだってきている。

「あのころは誰でも、何日かに一度しか風呂に入ったり髪を洗ったりしなかったのだろうか。それともわたしの家が貧しかったから、たまにしか風呂を立てなかったのだろうか」——長く足を留めたい、たとえば「椿油」のこうした細部に、しかし人はいつまでも留まっていることができぬものらしい。「道子にひかれているというより、道子の住んでいる町、古いアパートの湿った畳の匂いにひかれているような気がする」と自ら認める「わたし」の在り方に——またそれを造形する作者の姿勢に、私は実はかすかな疑問を感じる（だが、同時にそうした姿勢が「カード・テーブル」のような作品を成立させているという関係も理解できる）。少なくとも日本の〝市民社会〟とは、いまだある独特の残忍さを残したものなのだろう。

「都心から少し離れた」町にも「ここ一、二年、外国人が多くなってきた」時期の日本の雰囲気が、それに対応する日本人の反応を含め、実によく造形されている小説が「**財布**」である。ただ、この場合の外国人というのが、新来の外国人、それもこの作品ではほとんど「白人」と同義で用いられているらしい点がいささか気にかかったが。ここに登場するのが、黒人であったり、あるいはアジア圏の人びとであったり、さらに在日朝鮮人であったりする場合、物語はどのように展開していったのか。もっともそれらは、最初から作者や読者の対象とする「小説」の範疇を逸脱するものとも、なったのかもしれないのだが。

「**カード・テーブル**」は、その巧みさに私が感嘆した作品である。カメラになぞらえるなら絞りもシャッター速度も焦点距離もフレイミングも、極めて見事に〝決まった〟カットの数かずに、書き手の人間観察眼が細部まで行き届き、現在の猥雑な風俗が、そのまま十九世紀フランス小説風の額縁に見事に嵌まり込んでいる。

わけても、歯科医の妻にビールをすすめてしまう父親のいる四人家族に向けられた作者の冷徹な眼差しはまさしく小説家のもので、収録作品のなかでも最も完成度の高い一篇と言えるだろう。ペンションで用意される料理の細目にいたるまで（読み手はその紙のような歯ごたえや薄っぺらな味さえ、想起することができそうだ）、八〇年代の日本のうそ寒さを、おそらくそれらを描写する作者自身のたたずむ位置まで含めて、ここまで容赦なく剔抉した作品は、本書でも数少ない。

発表媒体と作者の文藝ジャーナリズム上の位置を考えれば、ある時代の「政治的遺産」に関して、作者がぎりぎりの共感を示した作品が「**青いヘルメット**」だといえるだろう。そればかりでなく、小説の方法として、なかなか面白い構成の作品ともなっている。ただその分、ここでの教師の闊達な人間像には一種の風俗と化している部分がなくもない。

またこの男性を見ている作者の視点は、作中の〝落ちこぼれ〟の少年の眼に据えられているのではなく、往時の「学園バリケード」の〝内外〟での男子学生に対する、明らかに小市民的距離をおいた——しかしその実、「心の中では、同じ舗石を機動隊に投げつけるため握り締めていた」と、ともすれば自己規定・自己肯定しがちな女子学生のそれにほかならない点には、一種、厭わしいものを感じた。その結果、この作品では、往時の「彼ら」が抱え込んでいた思想的空疎さ、運動上の不徹底さ、集団主義の否定的側面などの問題点がいっさい不問に付され、あたかも主人公の塾教師と作者が同一化したかのような緩やかな自己肯定と自己慰謝とが、逆にあまりにも速やかに行なわれてしまってもいる。その点ではこの小説は、いずれにせよ「その時代」を生きながら、ほんとうには戦い抜かなかった人びと、むしろある懐旧のアクセサリーとしてのみ「その時代」を、その後の八〇年代「市民」社会のなかである種、雑駁な〝武勇伝〟として語りなおしたいような人びとにとってこそ、最も心地よいものであるかもしれない。

いささか意外なことに「コンビニエンスストア」を舞台とした小説は、本巻では「**日曜夜のショルダーバッグ**」だけである。その点には私は、「傘」における「外車」の場合以上に、このかんの日本社会の経済構造のあまりにも急激な転変を改めて確認する思いがする。停留所でバスを待つ人びとへのシナリオライターの片倉裕介の視線には、一種〝八〇年代的な叙情〟とでもいうべきものを感じた。「**賃貸契約書**」に出てくる、インド舞踊を習いにアメリカのダンス学校へ行くため、ホステスをしている、というような女性なら、たしかにいまどきいくらでもいそうな気がする。だが、現在の「銀座のホステス」は「夜の蝶」という言葉を、ほんとうに知らないのだろうか（残念ながら私は、それについて判断する材料をまったく持っていないのだが）。

「**指輪と文庫本**」の佳子と加奈子との友情の形や質感は、私にはいささか鬱陶しい。しかしそれこそが、「『へんな割箸』の場合などと同様、作者の真骨頂なのだろう。本作で最も奇異に感じたのは、男が膝の上に置いている「文庫本」の書名への言及が、作者によってまったく行なわれていないことだ（書店で買ったときのカバーがかかっていたのだろうか）。同じ「魔除け」が男性の場合は「文庫本」であり、女性の場合は「指輪」であるというのは、言うまでもなく奇妙である。その奇妙さに、作者がまったく無自覚であるとは言わない（何より、作者自身がそれを描いているのだから）。だがこの作品の筆致からすると、作者はその奇妙さが最終的に解消されるべきものだとも、必ずしも考えてはいないようにも見受けられる。

「**必殺アミタワシ**」では「女性学」という言葉の出てき方の、およそこれ以上ないほどの軽さが、実は現状におけるあまりにも体制補完的なその内実と見事に見合っているところが興味深い。私のこうした見方は、作者の企図したところとは、たぶん対蹠的であるかもしれないが。

読んでいるあいだにも、現在の日本の子どもはやはり幸福なのだろうという気がしてくるのが「**五本のローソク**」である。この幸福の質は、ある意味で欧米〝先進〟諸国の子どもたちの一部のそれとも、共通するものがあるかもしれない。ここにはいない子どもたち、その子どもたちのことを、そして私は考える。

現在ではどうか知らないが、一時期（おそらく七〇年代の末葉ちかくまで）「地方」出身者で「東京」の大学に進学した経験を持つ者にとっては「**マスク**」での田鶴子の姿には、多かれ少なかれある共感をもって受け止められるものがあるだろう。そしてたしかに、この設定の中では、いやでも読者は田鶴子の側に、それもかなり強く感情移入せざるを得ない。しかし私は、一年後、S大の構内で「合格通知電報受付のアルバイト」をしている田鶴子の姿には、早くも当初の「共感」を失ってしまうことも同時に告白せざるを得ない。たとえ彼女が首に巻いているのが、受験のときと「同じマフラー」であったとしても。

「『ねえ、ユウ』と信子は祐太の顔を見て、少しおどけて言った。『あんまりゼイタクさせてあげられなくて悪いけど、みみっちい子にならないでおくれ』」——こんなふうに母親が息子へと語りかけるとき、むしろ親子関係の容れ物の縁を溢れて、何かがこぼれだそうとしている。本書では数少ない、そんな家族制度が内側から緩やかに開かれようとする、そんな臨界点の一瞬、かいま見えた場面として、「**赤いカゴ**」のこの部分は鮮やかに印象に残った。

さまざまな手法が駆使され、私自身、その多くを面白く、ないしは、少なくとも凝らされた工夫の痕跡をある共感をもって忖度しながら読み進んできた本巻収録の掌篇小説四十二篇の中で唯一、読み始めて、ついに数ページで蹉跌したのが「**むらさき銘仙**」である。

それはひとつには私自身が、いわゆる「老人」問題——ないしは「行政」の用語で語られる〝高齢化社会〟問題を、実はいかなる意味でも人間にとって切実な「問題」としては認めていない、ということがある。私にとっては彼らのいう「老人」とは単に年をとった人間の謂いであり、そこに「老人」という別個の概念が設定されるとき、すでに微妙に問題のすり替え、変質が生まれてくるような気がしてならないのだ（また一方、日本のような腐り果てた国の「高齢化」を憂慮するより、乳幼児死亡率をなんとかしなければならない多くの国が、この地上には一方で存在するといった考え方も可能だろう）。

だが二番目の理由としては、「老人」の「内部の声」をもって語ろうとする作者の手法が、ここでは作品に必要な現実感を充分には充たしていない、といった点も挙げられるかもしれない。だとすると、実は私が感じた第一の理由と第二の理由とは、実はそんなに隔たったものではないらしいことにも気づく。

「**ズタ袋**」は、いわゆる夫婦間の〝テレホン・セックス〟とも言うべきやりとりによって成立する会話体小説であって、それ自体はべつに取り立てて論ずるべき事柄ではない。〝新保守主義の睦言〟の一つのサンプルが手際よく提示されているとも言えるだろう。ただ、人間をしばしば「世代」で形式的に分類しすぎるのではないかという危惧を覚えることのある作者の手法が、ここでもいくつかの点でやや気に懸かった。

たとえば「フフフ、バスの車掌さんなんて、現在の日本ではゼンメツしたんじゃなあい？」という言葉がある。まず、「ゼンメツ」という用語の粗雑さ、毒どくしさ。それが小説の会話のなかでこのように使用されてしまうことには、ビート某ら、やはり八〇年代以降の〝一種屈折した知性を商品としたお笑い藝人〟（？）らが、日本のイメージ産業のなかで果たしてきた言語と批評精神の衰弱の影響が色濃く投影していると言えるだろう。

しかも、この作品が書かれていた一九八〇年代後半当時の日本にも、バス車掌の女性が複数、それも作者の小説の舞台となった東京南西部に存在していた。都営バス、目黒駅発・東京駅八重洲口行き。私自身、一九九一年四月三日、たしかに通常路線では日本最後のバス車掌の一人となった高橋洋子さんの乗務する、この路線のバスに出発から終着まで、乗せてもらったことがある。もちろん、高橋さんが「肩から斜めにかけ」ていた黒いバッグから出した綴りからキップを買い、挟みも入れてもらってのことだ。その点については、ここで前出の会話がそのように処理されてしまう作者の姿勢は、「歴史」に対して誠実とはいえない。人びとの安全を願い、〝合理化〟〝利潤第一主義〟の非人間性を問いつめて「定年までバスに乗る」と語っていた高橋さんの闘いは、この小説が書かれたとき、なお毎日、続けられていたのだ。

なんということか、高橋さんの乗務が、私のただ一度、利用した、その直後、——一九九一年四月十六日、一枚の「辞令」をもって、突如、打ち切られたことを、不覚にもずっと後になって私は知った。だが、現在も私は、公共交通としてのバスには「車掌」は本来、必要不可欠な存在だと考えている。

そうか。あの「通学区域《スクールゾーン》のバリケード」は、こうして出されていたのだったか。そんな納得から始まって、積み重ねられてゆく細部がやがて「生活」の反動性という全体像を間然するところなく構築してゆく秀作が「**金のヒモ銀のヒモ**」である。作者としては珍しく、結論が明瞭に絶望的なものとなっている点も興味深い。澄子の憤りさえもが「かけがえのない私の家族」という宗教的色彩に塗りこめられてしまうことで、作品世界の絶望性は完結するし、ここでの作者はその外側から、この絶望を造形している。

二人の子ども（および夫）に対する澄子の孤独は、いかにも日本の都市部の多くの同年代の母親たちが少なからず抱え持っているものであるだろう。にもかかわらず、少なくともこれまでは、大半の家庭はなんとか崩壊もせずにまだ続いており、そして再生産されている。そのことが、むしろ私には恐ろしい。

前述した集英社版の二巻構成では、第一巻の『十一歳の自転車』に対し、第二巻は次の「借りたハンカチ」が表題となるのだが、なぜ本作から書名が採られなかったのか、不思議な気もする。

ある種、〝青年向け道学雑誌〟といった体の出版物に読み耽っている二十代の人びとが直接的な風景として私のまえに出現したのも、まぎれもなくこの八〇年代のことだった。そしてそれらの延長上に、今日、九〇年代末葉の日本社会が存在していることを思うとき、いまなおあるべき「文学」や

「思想」を希求しようとする人びとが、たとえ少数でも存在していることの方を、むしろ驚異だと考えなければいけないのだ、という気分にすらなってくるのは「**借りたハンカチ**」に登場するような青年がまぎれもなく実在するのを確認したときである。

「**女の印鑑**」は本巻収録の掌篇群のなかでも、最も多くを語らなければならない問題を直截に提示しているものの一つだ。だが同時に、そう考える一方で、それが決してたやすくは伝わりにくいものであることも、私はある程度、承知している。というのは、たとえば「自由」という概念をめぐって、それには「女性の自由」や「男性の自由」があるわけではない、最終的にはただ一つ、「人間の自由」があるだけだと考える私とは決定的に隔たった地点に、とりあえず「女性の自由」を設定し、しかも決してそれは仮設されたものではない、そここそがまさしく〃約束の地〃なのだとするような、ある種の極めて限定的・局地的な「フェミニズム」に、実に根深くこの作品や、ないしは作者の思想が依拠しているからだ。

(なお、前述した、自由に「性差」はない、ただ「人間の自由」があるだけだという私の考えは、しかし、たとえば民族差別の問題をめぐって「日本人も朝鮮人もない。同じ人間じゃないか」という〃論理〃とは、本質的にその意味を異にする。ここでは紙数の関係もあり、これ以上は立ち入らないが――)

「古くて新しい」川口映子の名がその「鮮やかな朱」に染まっていたという、「不動明王の火焔の色」に込められた憤怒を、私も尊重しないわけではない。だが同時に、それが「不動明王の火焔の色」だと記しただけでは、女性が永久にこの被支配の構造から逃れえない現実があることも、私はその一方で感じている。

たしかに結婚や離婚における女性への差別は重大だ。だがそれは、そもそも「結婚」という制度、は考える。

「家庭」という構造が、人間のすべてに最終的には抑圧的に作用することからくる結果なのだと、私

「女の印鑑」が志向している世界は、たとえば「夫婦別姓」といった、より〝自由〟な結婚制度への〝改革〟なのだろうか。だとしたら私は、たとえば「夫婦別姓」は既存の婚姻制度のより改良主義的な補強でしかないのだと答えたい。その管制下で容易に予想されるのは、一例を挙げるなら「別姓まで認められているというのに、なぜまだ婚姻制度に反対するのだ」といった、家族制度修正主義者たちの、懐柔とも恫喝ともつかない論理である。

では、どのような言論ならば、この家族制度修正主義の外に立てるのか。やや長い引用になって恐縮だが、次にそうした思想の端緒と私が考えるものを引く。

「男と女の結びつきは、法的制度や届出とは関係ないはずなのに、結婚は届け出ることによって成立します。それによって戸籍が作られ、子どもができれば夫婦の戸籍に入れられ、夫婦・子どもがセットになって、家族関係が示されるのです。しかも、戦前からの男中心の《家》意識は、多くの人びとに根強くあり、結婚したら妻は夫の戸籍に入籍され夫の姓に変わるのがあたりまえのように思われています。私自身、同棲者の姓で呼ばれたことが何度あるか分かりません。そのたびに嫌な思いをしてきました。恋愛中の若い女性が、相手の姓に自分の名をそっと書いてみたりするのも、そんな意識が作用しているのでしょう。《家》意識と戸籍は、性差別の上に成り立っていて、その頂点に天皇がいるのです」（遠藤京子「ふりかけ通信」第一号「産んだ女の知らぬまに認知届を出すなんて、強姦とおんなじ！」／一九八六年十月、路上や集会で人びとに配布されたビラ）

「私自身、結婚制度に疑問を持ちつつ、最初の『結婚』は婚姻届けを出しました。子どもが産まれ

てから、いろいろ考えた結果、婚姻届けと出生届を一緒に出したとはいえ……。そのときは、まだ、戸籍というものの見えない鎖の重さに気づいていなかったのです。自分たちさえ平等に民主的に暮らせばいいのだと。ところが日がたつにつれ、いろんなことが起こります。もし、私が急死したら夫の○○家の墓に入れられてしまうのかなあ、それはいやだなあ、とか、夫の妹の結婚式に際して、私はもちろん出席しませんが、親族紹介として、なんの断りもなく印刷物に載せられたりして、これはたいへんなことをしてしまったと思ったのです。その後、その夫と離婚しましたが、そのときも、婚姻届によって自分たちの意識が、目に見えない何かに囚われているのだと、思い知らされました。他のことがらでは、なんとなく世の中に流されることを拒否してきたはずなのに、戸籍はとんだ落し穴だったわけです」（同前「やっぱり戸籍はおかしい」）

「このような考え方から、二度目の『結婚』については、婚姻届は出さない、子どもの認知届も出さないということを話し合い、そのようにしました。出生届はこのような欄を認めないという立場で、《嫡出・非嫡出》欄を黒く塗り潰して出しました。ところがその男の、表向きはニューファミリーの理想的な夫、本質は戦前の家父長制となにも変わらないという恐ろしい人格を批判し、これ以上、生活を共にできないことを申し入れると、ますますその本質をあらわにしたのです。／暴力や暴言は以前にも増し、とくに酒に酔っての言動は許しがたいものです。（略）それらすべてにもまして、もっとも許せないのは、私のまったく知らないうちに、子どもの認知届を出してしまったことです。産んだ女が納得できない制度によって、無断で認知届を出すなんて、女を子産み道具としか考えていない証拠です。私はその男の子どもを産むために存在したわけではありません」（同前「私は私、誰のものでもありません」）

「妊娠したとたんに男に逃げられた女が、どうしても子どもの認知だけはして欲しいと男に迫る場面を、テレビなどで見たことはありませんか。そう、あれのことです。いままで、そんな場面ばかり見せられてきたので、あたかも子どもの〝認知制度〟って女のためにあるような錯覚を起こしてきました、ほんとうにそうでしょうか。（略）戸籍の父母欄には、四種類の記載方法があります。両親が結婚しているかどうか、父が子を認知しているかどうかで、記載を差別しています。認知がない子の父親欄は空欄です。認知届を出す出さないは、男の一存だけでできます。認知だけはと迫る女もいれば、一緒に暮らしたり、子どものめんどうはみれないけれど、認知だけはしたいという男に対して、そんな奴に認知はさせないという女もいます。ところが、認知は男の腹ひとつ。知らん顔もできれば、強引に届を出すこともできます。出せば受け付けられて、戸籍に記載されてしまいます。認知制度は女のためだなんてとんでもない。男の子孫拡大意識を満足させ、男中心の血統を樹立するためでしかありません。かつて、権力を持つ男たちは、世継ぎを作るためと称して、何人もの女に子どもを産ませ、彼女らを支配してきました。ぞっとするような血統意識、そこから発せられる言葉は『半分はオレのものだ、オレの子どもだ』」（同前「産んだ女の知らぬまに認知届を出すなんて、強姦とおんなじ！」）

「結婚制度も認知制度も決して女のためにあるわけではなく、それどころか男が女を支配するためのものです。主婦という座につけることで、経済力を奪い、《子はかすがい》などといってその夫の妻であることを強制してきました。そして、どんなに人格を傷つけられてもこれまで多くの女性たちが、少々のことは我慢しなさいと言われてました。味方のいないまま忍耐強く一生を終えていったのです。それを女の美徳としながら」（同前「やっぱり戸籍はおかしい」）

〝徹底した生を生きている人びとばかりをいちがいに賞揚することはできないし、またすべての人間がそうした生き方をできるわけではない〟――こういった俗耳に入れられやすい反論は、私にも容易に予想される。生の選択肢の無限の中間地帯での判断停止。迷いながらよりよき明日をめざす女性の自立。おそらく、その永遠に引き伸ばされた日常的な市民社会の、それぞれの地点（それぞれの家庭?）で、少しずつ〝自分にできること〟をしようとする、とされている人びとが、しかしたいていは容易に自足し、次の瞬間には、自分より一段苛酷な、ないしは当事者本来の生を生きようとしている人びとへの、厚ぼったい詰め物のような抑圧装置として作用するという見方を、実のところ私は抜きがたく携え持っている。

川口映子の憤怒が、単に結婚・離婚にまつわる女性の不利益の問題を超え、さらにいっさいの性差別の廃滅を遠望する地平へと辿り着くものであるのかどうか、現段階ではつまびらかではない。だが少なくとも私は、この「女の印鑑」の読者の思考が、たとえば〝それぞれができる場で、できるところから一歩を始めてゆく〟といった予定調和的な結論を暫定し、その現実の選択肢として婚姻届を出さないことではなしに、婚姻届を出したうえでの「夫婦別姓」が選ばれるような、そうした読み方へと収斂してゆくなら、それは諾うことができない。それら、一見穏当極まりない主張は、その実、「差別」の問題一般に関してすべてそうであるのと同様、逆にその当人よりいささかでも根源的な批判を持つ者、ないしは、その当人よりいささかでも苛酷な差別に直面している当事者にとっては、ただちに既存の構造を補完・補強し、抑圧的に作用する危険を持ってくるものであるからだ。

この距離は相対的なものではなく絶対的なものであり、しかもあえていうなら、本来は同一方向へと向かっているはずのヴェクトルにおいて、量が質へと変換されざるを得ないような、あまりに巨きな隔たりがある、というのですらない。両者は、実は正面から対立しているのであり、相容れないものなのである。

むろんこれらは、最終的には「結婚してしまった人びと」の〝悲劇〟にどこまで同情するかという問題に帰結するし、そのさらに彼方には現在の日本の市民社会を認めるかどうかという判断の問題が横たわっている。小説の問題に還元して言うなら、「女性」小説、ないしは「家庭」小説が単なる本来の「小説」一般へと到る過程の一つの困難を示しているということにもなるだろう。

なお、本文中の描写に気になる部分があった。別れた後の電話で前夫・蓑田盛夫が言う。

「悪かったよ。でも、お前だって俺のこと、今、あなたって言ったじゃないか」

現在の日本語における「あなた」は二人称代名詞として、必ずしも用いられる関係を一元的に規定する、さほど特殊なものではないだろう――少なくとも「お前」というような上下関係・支配関係を意味しはしない(現に川口映子が口にしたのは、自分が「あなたの妻ではない」という、極めて簡潔な事実確認に過ぎない)。にもかかわらず、この馬鹿な元・夫は何をうそぶいているのか。川口映子も、こんな愚鈍な反問をする夫に「あら、ほんと!」などと「思わず」同意してしまわないでほしいのだが……。

「**盆灯籠**」に登場する男の描かれ方についても、これまで述べてきたようなある物足りなさを私は感じないではない。ただ、この作品では「米子空港から市内へ入り、そこからローカル線に乗っ」て「だんだん山間部に入っていく」地域の村の生彩ある描写が小説に拡がりを与えている。

驚くべきことに純然たる神道儀式があまりにも無批判に〝文学〟的小道具として用いられていることに閉口したのが「**塩と米**」である。……こう書くと必ず、それは〝文学〟の自律性を政治主義的に歪める、すなわちいま流行の術語を用いるなら、ＰＣ(Political Correct)だと論駁する声が出てくることだろう。だとしたら、そもそもこうした治外法権化されねばならない「文学」の特権性とは何かを、さらに問い直す必要があると私は考えるものだ。……と、こう書けば今度は、いやしくも「作家」とあろうものが、そんなことを言ってはいけない、といった体の珍妙な〝たしなめ〟が出てきたりもする。

とりわけ日本という、この曖昧な〝近代文学〟(現代文学)の仮設された自律性が他のすべてにもまして優先され、たとえば商業メディアにおける「作家」という肩書が、いくぶんかの好奇といくぶんかの尊敬(?)といくぶんかの羨望といくぶんかのやっかみと少なからざる冷笑や侮蔑をもって遇せられる国における〝文学〟の奇妙な特権性を、一体、人は何によって担保しているのか。これはほんとうなら、多くの〝文学好き〟の読者が考えてみる価値のある問題だと、私は思うのだが。

「民度が低い」と言われたと告白する加山正代の人間像に過不足のないリアリティがある「**ベルト**」では、彼女や妻の存在以上に、二人の描写の余白に塗り残された第三の女、勝美の感情の複雑に屈折した形が興味深い。本書でも最も巧みに仕組まれた恋愛小説の一つだということができるだろう。

「**黒絹のストール**」は、最初に空中楼閣のように始まった物を、徐徐に「現実」に軟着陸させようとする作者の手腕を愉しむべき小説である。ただ、作品世界が最後まで必ずしも軟着陸しきらずに、なお宙に浮いたまま結末へと到っているのは、実は「本気で家政婦になるつもりなどなかった」「居ることだけが求められている妻」という語り手の「わたくし」こそが、最も現実感の稀薄な登場人物であるからかもしれない。

おそらく、自らの方法やモチーフを拡張したいという意識が、このころの作者にはあったのだろう。

「**海ほおずき**」は前作と同様、野心的な作品であり、そして私の好きな一篇でもある。「その傷痍軍人の義足の足元には、カズ子と同じくらいの女の子が新聞紙を敷いて正座し、うつむいていた」「でも少女たちの買ったものは、少年たちの買ったものより、いくらか長もちした」「順ちゃんは自分は縁日に行かなかったけど、弟には小遣いをやって行かせたんだなあ、と昭子は思った」——こうした場面に出会うと、私は小説を読んで得をした気分になる。そして「お嫁入り先にこういうものを持っていっちゃいけないのよ」と京子さんが昭子たちに分けてくれた「千代紙や、リボンや、栞《しおり》や、お手玉や、花オハジキや、ビーズ玉の指輪や、リリヤンや、絵日傘や、セルロイドの髪飾り」の博物誌のめくるめく儚げな懐かしさはどうだろう。これは「世界」で最も小さな「宝石匣」のなかの出来事だ。だが同時に、それなしでは人間が生きていることの記憶も揺らいでしまうかもしれない、そんな「生」の根源に染み渡ってゆくような懐かしさを湛えた、実は最も巨きな物語でもあるのだ。

「**百円ライター**」に描かれたような人間や人間関係はたしかに存在するだろうし、こうした〝物語〟を読みたいという意識の読者が根強く存在することも、私は承知している。ただ、にもかかわらず私自身に、これらは、たとえばTVドラマの領分ではあるにしても、ことさら「小説」において優先的に書かれねばならない素材だとは諾いえない思いもある。

「**へそパン**」の読後感は、私にとって必ずしも作者が意図しているようなものではなかったような気がする。というのは、主人公の山脇徳子という人物像が、同性のそれに対してよりは、どちらかといえば異性の眼にさらされる場所に造形されることで、作者が「諧謔」と考えるものが成立している要素が強すぎるせいかもしれない。

路上で時刻を尋ねられることが性交の同意を求める手続きであるような、そして「そしてある月、生理がなかなかやってこなかった」海外滞在経験を長年持っていた女性が、一方で「結婚」という制度に当たり前のことのように執着し、別れた男にもそれを質問する――。「**鍬とロザリオと毛糸**」を読むと、この世界の対極にあるような「恋愛小説」を、もしそうしたジャンルに手を染める必要があるとしたら、私は書いてみたいという気持ちになる（もっとも、言うまでもなく、そうした小説は、すでに単なる「恋愛小説」ではあり得ないわけだが）。いずれにせよ、欧米社会に長いこと身を置いている日本人女性の精神の在り方の一例と作者の位置づけるところが造形されている作品ではあるのだと思う。

「花束」の後半に出てくる「若いカップル」の〝救いのなさ〟は、そのまま現在の日本社会の実情そのものの投影であると、私は考える。が、それ以外の部分において、作者が最も積極的な「意味」として打ち出してこようとする〝哲学〟が、逆に私にとってはことごとく気にかかるものでもあった。「ゆっくりしか歩けない人間は、ゆっくり歩けばいいんだ」（傍点／引用者）という娘の言葉は、実はそれ自体、歩く速度についての暗黙の価値判断を前提にしていることに、どうやら作者は気づいていない。さらに「体の不自由さをわかってその上で愛してくれる男に会えたら、体の不自由さは彼女にとって宝物かもしれない」（同前）という父親のそれに到っては、いっそうそうした論理の構造が明らかである。

「歩く」という行為はたんにその当事者にとって「歩く」以上のものでも以下のものでもない。人と人とのあいだに「愛する」という行為がもしも成立するとしたら、それは、相手の何らかの〝条件〟を承認して「そのうえで」「してやる」「してくれる」ように行なわれるものなのだろうか。こうした〝障害〟観・〝障害者〟観は、たしかに現在の日本で最も受容されやすいのだろうが、私はそこに決定的な欺瞞を感じないわけにはいかない。

あらかじめ記したとおり、以上四十二篇の感想は、この作家に深い愛着を覚える読者――とりわけ、この作家の小説に、たとえば「自分のことが書かれている」かのように対してきた読者のそれとは、必ずしも同じ方向性を持った捉え方とはなっていないかもしれない。批評は、自らと同質の読み方を、さらに丹念に、また先へと進んだ形で行なわれたものに接する場合が、どうやら最も心地よいにちがいないことは、私も承知している。にもかかわらずそれら読者や作品と私とのあいだに生じてしまった懸隔は、おそらく作者の「世界」の基本単位となっている人間関係についての概念、夫婦や親子、家庭……といった尺度からすくい取られた現代日本の社会像に向かい合う際の彼我の姿勢の違いなのだろう。そう、私自身は考えている。

眼に見える灰色の分厚な壁、といったたちの良いものではなく、むしろスーパーの棚の水銀灯のような明るさがいよいよ強まるなかで、呼吸している空気の酸素が少しずつ薄くなってきているような感覚――。それが、私の記憶する八〇年代という時代の閉塞感だった。「戦後」社会が仮構したすべての制度や思考がかたはしからオジギソウのように閉じ続け、現在の荒寥たる状況を準備した時代。

これら四十二篇の掌篇小説は、見てきたとおり、そのすべてがそうした時代状況の十分に解析的な批評となりえているわけではない。だが、その時代を生き、呼吸した作家の手になる小説的証言として、重層的で多様な読まれ方を要請するテキスト群であると言えるだろう。それらは一九八〇年代の日本という擬似「市民」社会の、すこぶる生彩に富んだ標本函なのだ。展翅板に留められた鱗翅類が、たとえいささかあざとく人工的に映る場合があるにしても。

「世界」が何かの複製品であることに耐える。そしてまたおそらく自分自身もまた誰かの複製品であることに耐えている――。そんな人びとにとって、この作家と作品とが切実な親愛感を換び起こしつづける時代は、まだ当分、終らないかもしれない。

（作家）

（一九九八年執筆）

新しい「母」との出会い

水原紫苑

干刈あがたという作家が華やかに登場した時期を私は知っている。一九五九年生まれの私が、無為の二十代を生きていた頃だ。

不思議な名前が印象に残ったが、作品に近づいてみることはしなかった。私は歌舞伎やフランス演劇に夢中だった。極彩色のレトリカルな世界が好きで、小説は三島由紀夫までしか受けつけなかった。やわらかいもの、かすかなもの、傷つきやすいものは視野に入れないようにしていたのだ。どうしてそうなったのかはあまりにもこの場のテーマから外れてしまうので考えないが、とにかく私は、干刈あがたの小説が私の苦手な領域に属するものだと、読まないうちから想像していたのだ。

それから十数年が経った。干刈あがたの早すぎる死ののち、彼女を知っていた何人かに出会った。素敵な人だったよ、と誰もが言い、私は、今度は彼女の作品に近づいてみたくなった。無為と言えばやはり無為のままだが、三十代の半ばを過ぎ、何か変わりかけていた。ドラマチックな世界を好むことは同じでも、恒常的に短歌を作る生活に入って、いのちのしなやかな光彩にも惹かれるようになっていた。

『アンモナイトをさがしに行こう』は、私の初めて読んだ干刈あがたの小説である。読んでみて、素敵な人だったという意味がつかめたような気がした。作家の人間性と作品の魅力には深い関連があるが、無論イコールではない。けれど、干刈あがたの場合、作家の人間としての美質がそのまま作品の美質になっている稀有な例のように思われる。

たとえば、作品の導入部である「第一話一月二十九日」だ。

「カートリッジ・インクと原稿用紙を買いに行くために、私は一月二十九日の朝九時半ごろ家を出ました。」これが冒頭の文である。

「私はこれから、いろいろな子供の姿や生き方を書こうと思っています。自分が会った子、子供とかかわっているさまざまな人から聞いたりした、じっさいに生きている（生きていた）子供たちです。子供は刻々と姿を変えていく、その変幻の一瞬を周囲の人々の眼や心にとどめている、と思えるので、その見ている人の眼差しも含めて書けたらと思っているのです。」

表現という行為、中でも小説を書くという行為の中で、人がどれほどの屈折を重ねてものを言うかは、他人には想像がつかない。だから、ここでいかに真率な志が述べられていると見えても、それがすなわち作者の心であるとは言い切れない。しかし、私が打たれるのは内容を超えてこの文章から伝わって来る奇蹟的な直線のエネルギーである。魂からまっすぐに放たれた矢が、光の中を飛んでゆくような、張りつめた独特の力なのだ。「刻々と姿を変えていく、その変幻の一種」とはまさに光の描写である。変幻するのは、子供たちであると同時に、光に包まれた作者自身ではないか。干刈——ひかりとは、まことに本質をとらえたネーミングではないだろうか。

一話ごとに、話題はいろいろに変わってゆく。学校に行くことのできない妹ブンコを語る姉育子だったり、高校を途中でやめて働いて暮らす真《まこと》だったり——その変化が、単なる小説の技法としてではなく、実在する何枚ものきらきら光る鏡として読み手の側に入って来る。生きた鏡の集合体が、干刈あがたの世界なのである。

ひとつひとつのエピソードは、鏡の映像にふさわしく、繊細ではかない。どんなに現実に即したと思われる章でもそうだ。

たとえば、「第二話　暁の脱走」。育子はある夜、十一時ごろブンコを銭湯にさそう。この十一時ごろという設定も微妙でおもしろい。姉は妹を学区外の誰にも会わない銭湯に連れてゆくのだ。湯道具を持って学区内を一気に駆け抜ける姉妹の姿は、人間の少女だけがもつ幻影のような美しさだ。決して弱くはないが、やさしすぎるほどにやさしい。

そして、冒頭でも書いたように、実を言えばこうした傷つきやすいやわらかな心は、私の最も苦手とするものだ。自分の中にも認めがたいし、他者のそれも、見せられると始末に困って右往左往してしまう。

それなのに、干刈あがたの作品の場合、やはり困惑することは同じでも、もっともっと見ていたい、見て自分が浄められたい、という気がする。おそらく、干刈あがたという人は、他者を救済するなどという意志はもたず、純粋に自己の魂の透徹のために書きつづけたのだろうと思えるのに、遺された作品は、切ないが、不思議に人を救うのである。私とは縁もゆかりもない子供たちの、断片的に積み重ねられた生が、そのやさしさが、私の何かを洗ってくれる。

このやさしさは、一体何なのだろう。たとえば、母の視点というような角度から見た生の本質が、このやさしさなのだろうか。作家は現実に母でもあったし、作品にも母としての立場が表われて来るものは多いが、いわゆる母性の名で私たち、いや私が予期するものとは大きく異なっている。血の濁りや愛の蒙昧といった要素が、干刈あがたの世界にはほとんど感じられない。そうした暗い混沌とした母性ではなく、より明るく諧謔に富んだ母性、一種演劇的な空間性をはらんだ母性と言おうか。あるいは、父性に限りなく近い母性という感じがする。『アンモナイトをさがしに行こう』では、真《まこと》と母の関係がそうで、それはおそらく作者自身の母子関係に重なるものだと思う。

こうしたしなやかな、しかし傷つきやすい母性の存在は、男によっても女によっても、長い間認知されないままだった。千刈あがたは、新しい母性の扉をひらいたひとりである。

『アンモナイトをさがしに行こう』は、何故、子どもたちが描かれなければならなかったのか。考えてみれば、ここに集められた声のひとつひとつは、切実ではあるが、改まって何かを言おうとするものではない。ブンコのエピソードも、真《まこと》のエピソードも、それ自体として声高に主張はしない。彼らが学校というシステムから逸脱した個人だからと言って、そのことが直接作品の主題として前面に押し出されるというわけではないのだ。これが教育問題に一石を投じる書などでないのは無論である。ただひたすらに人間というものの手に余る美しさを、四方八方から響かせるために、これらの声は選ばれているという気がする。それには、作者が言うように変幻きわまりない子どもの輝きが最もふさわしかったし、ふさわしいのだということを認めるまなざしを、千刈あがたの母性はクールに保っていた。

千刈あがたの文学を、「おばさんの文学」というふうに名づける人々がいる。この場合、彼らにとって、「おばさん」は必ずしも蔑称ではなく、従来の文学の観念で片付けられない作家の登場に対する戸惑いを示しているのだろう。

私は千刈あがたを「おばさん」や「主婦」という既成のカテゴリーに入れたくはない。彼女はたしかに何か未知のものに近づこうとしているのだ。子どもたちや女たちの抱える当面の問題に誠実な反応を見せながら、そのもっと遠くにある人間の本質的なはかなさとやさしさと強さを照らし出そうとしている。それは多分、今までも文学が手をつけようとしなかった、あるいは見ようとはしなかったものではないだろうか。

私は千刈あがたの作品を読みながら、二十代の私が夢中だった、そして今も愛する作家たちのことを考える。三島由紀夫、太宰治、泉鏡花、夏目漱石、谷崎潤一郎、川端康成……日本の作家ではこれらの人々の名がすぐに浮かぶ。平凡と言えば実に平凡、また偏っていると言えば言えなくはないラインナップだが、こうした人々が遺したものと、千刈あがたが拓こうとしたものを考えてみると、とてもひとつの文学という名では括れないだろう。

千刈あがたの仕事がどれほどの達成を示したのか、私は判断する立場にない。だが、少なくとも彼女はきっと、文豪たち（と呼んでいいのか迷うが）の知らない地平に出て、花を摘んだのだ。それは禁断の花というのでもなく、ただ、見えないはずの花だったのであろう。

正直に告白すれば、私は嗜好としてやはり、厳然と「文豪」側の文学が今も好きである。大輪の妖花のたぐいに魂を奪われる。

しかし、千刈あがたの世界は私の心を打つし、その世界に近づくことで、私も人間として宥《ゆる》されるような安らぎを感じるのだ。宥されるとは却って傲慢な言葉かも知れない。人は、はかないまま、やさしいまま、そして意外に強いまま、存在していいのだ、生きていいのだ、という張りつめた母の声を聴くように思われるのである。

この「母」はきりりとシャープで美しい。女神アテナはゼウスの頭から生まれたといわれるが、あるいは、千刈あがたの世界における「母」も、子宮ではなく心という器官に子をみごもり、心から子をこの世に生み落としたのではないか。女の身の冥さやかなしさは、子宮の闇と共に長く語られて来たが、それを支える心は心でまた、別の物語を紡いでいるのかも知れない。その物語に自身耳を傾けようとして千刈あがたの存在は、早すぎる死によって地上から消え去ったが、彼女の問いかけは忘れられることがない。

（歌人）

（一九九八年執筆）

心の姿勢のよい人

井坂洋子

電車が駅につく。おりるとき、車両とホームとのわずかな隙間から、熱風に吹きあげられた。一九九八年の夏。

駅の階段をおりていく。下からゆっくりのぼってくる人たちの顔に疲れのだるい膜がかかり、しきりに汗をぬぐっている。駐車場のたくさんの自転車の銀色に光る車輪。

ここを通りすぎるあらゆる人たちのこまかな傷は、夏陽ですら届かないが、それらは小さく折りたたまれたまま衣服だけが軽くなる。胸を大きくあけた若い女の人の、首すじから胸にかけてのなだらかな線。なにも見ようとせずに公道を清掃する人もいる。みな傷や悩みから自由なのだろうか。清々《せいせい》と生きているのだろうか。

ファーストフードの店では音楽が鳴り、制服姿の女の子たちがいっせいに明るく、いらっしゃいませと言う。

この世に席が与えられているよろこびをしみじみ感じられないままに、日々にさらされている。みな、そうなのだろうか。

干刈あがたの小説には人間がたくさん登場するけれども、なかでも『窓の下の天の川』は、エキストラ陣がやけに多く、声や靴音だけの出番の人もいる。

アパートの二階に住む「わたし」が、一階の人のたてる物音や近くの小学校からのスピーカーの声に耳をすませたり、窓辺から往来を眺めていたりするからだ。離婚を経験し、息子も独立して、ひとりで暮らしている女性の、手持無沙汰なようす、気配に鋭敏になっているようすがうかがえる。

が、それよりも、自分の目、自分の見方というものを強烈にうちだしているこの小説の「わたし」は、けれども決して孤立して生きているわけではなく、天の川のように大勢のなかのひとりなのだということなのかもしれない。

「今この地上にいる何億人かの人々のなかでわたしと関係をもつ人々は、ほんのごく一部にすぎないという気もするし、すべての人々は水のようにつながっているのだという気もする」

「わたし」という小石を水中に投じると、まず家族という身近なところへ波紋がひろがり、恋人や友人や知りあい、そして見知らぬ人々へ、ゆるやかな波紋となってひろがっていく。「わたし」という小石はひとつではない。また別の「わたし」が水中に投じられ、波紋がひろがる。何億人かの「わたし」のつくる波紋が交互にぶつかり、複雑な絵模様となっている。そんなことも連想される。

この小説は、エキストラ陣も多いが、クライアントの女性、医師、短い間関係をもった男の愛人と妻など知りあいの範疇《はんちゅう》というのだろうか、少し距離のある人々の出入りが多い。物語を軸とせず、ベースとなる日常に光をあてているのでそうなるのだろうが、その点でも珍しい小説だと思う。

たいした関わりではなく、無視することもできる人たち。特別な興味もない。でもそれぞれに顔とことばをもっている。それを見のがさず、聞きのがさず、距離のあるままに彼らを観察し、鏡として自分をうつしだしている。

もと夫や、息子のリュージや実母、むかしからの友人という身近にいる（いた）人々と等分に知りあいの範疇が顔をだす。身近な人もそうでない人も、みないちようにというところが、画期的である。そして、いちようにならない唯一の者が自分である。自分とのつきあいの濃さがこの小説の味だ。「自問自答」というか自己検証というか、通念で通りすぎてしまえるところを、いちいち立ち止まって、答えをだす。ひとことで言えば「わたしは思った」という小説なのだろう。干刈あがたの知性と感性がこの小説ほど明らかに透けてみえるものもない。

心の動きやことばの意味など「あいまいなもののあいまいさを正確」にとらえていて、横に傍線を引きたいような的確な物言いが随所にある。

「一人でいることは孤独というコトバほど素敵ではない。便座と一緒だったりする」

「一つの家庭の中で、親は子を、夫は妻を、収入のある者はそれで養われている者を、保護しているつもりでも、子にとって、妻にとって、養われている者にとって、それはときに息苦しいものだ。与える者の無意識と、与えられる者の意識の差は大きい」

「体については、じぶんのからだを意識するときには、輪郭のはっきりしない、外と内の区別がない感じで、からだ、と書きたくなる」

また、子を出産して、名づけるくだりで、「それはわたしには、やわらかいあかちゃんには似合わない、重くて黒っぽい、ぶかぶかの、ごわごわの服のように思えた。(……)ただ、うでのなかにいるのを感じるだけでみちたりているものに、名前をつけることそのものに、暴力を感じたのだった」

こんなふうに並べてあげていってもきりがないが、感じたことを微細な感触まで含めて、ためつすがめつし、感触を裏切らないよう周到にことばをだしてくる。認識のなかに対象への愛情が含まれることも間間《まま》ある。

世の通念を捨て、自分の頭で答えをだすぐらいのことだったら(それだってすごいけれども)、できる作家はいるだろう。

　でも干刈あがたはもうひとつ上をいっている。自己検閲の強権性を出発点とせずに、自分のなかの弱く感じやすく脆い部分が火急の声をあげている。その声にいちばんに耳傾けているのだ。

　それは同時に、向きあった相手の、弱い部分を尊重することでもある。

　毎日いっしょに暮らしていてさえ、相手のことに注意して、意識を向けていなければ、相手のことなどわからないし、観察だけではまたわからないことも多い。相手のことをわかろう、知ろうとする愛情に近いものがあって、相手のことばと裏にある心の声を聞き、自分もともに同じ場所に立ってはじめてわかることがある。

　そうするのが自然で、心にかなっているからなのだろう。心の姿勢のよさを感じる。自分のなかや、他人のなかの意地のわるい部分やゆがんでしまった部分、シット心にはあまり耳を貸さない。

　黒い部分を小説のなかで、まったく消すようなことはしていないが、こだわると生きづらくなるのを知った上で、回避している印象をうける。

　もと夫の現在の妻が、癌で入院していることを聞きつけて、「バチが当ったとか、いい気味だとか思わない方がいいわ。お花ぐらい届けたの？」と「わたし」にわざわざ電話をかけてくるいやな人の黒いエピソード。「わたし」は電話を切ってから、考える。

「そう言ってもよかったが、その二つのコトバを（註・バチが当った、いい気味だ）、自分の口から声に出していうのもいやだった。もし声に出して言ったら、どういう文脈で言ったかと関係なく、そのコトバそのものの力によって、ゆらゆらと邪悪な霊気が立ち昇り、みず江さんのところまで流れていきそうな気がした」

　社会の常識よりは、社会とこすれあうときの個人の悲鳴のようなもの、形（式）よりは心のほうに肩入れしているこの小説の、思いのほかことばについての記述が多いのは、裏に感情が貼りついているといってもことばは形のものだからだろう。慎重にあつかっている。

相手がしゃべっていて、間《ま》があり、相手のことばがうまれ、形をなすまでじっと待っているシーンもいくつかある。ことばのうまれてくるゆたかな土壌や貧しい土壌。その土壌までをも見通そうとするかのように、だ。

ことばは不足のときもあり、不正確なこともあり、ことばでなくただ声だけだしたいのに動物ではないからことばにしているときもある。

なのに、ことばはひとたびうまれてしまえば自律する。それが、ことばのもつ強い力だ。誤解もうむし、刃物になることもある。そのことに自覚的になってもなりすぎることはないのだが、ふつうはとても鈍いし、荒い。

また荒くなければ人と即興で（というのもおかしな言い方だが）しゃべるなんていう芸当はできなくなってしまうだろう。

文章にして書くとなると誰でももう少し時間をかける。ことばをくみあげ、形にする過程を意識する。「窓の下の天の川」では、なるべく正確に言おうとして「わたし」が何度も言い替えるところもあり、日ごろの荒く説明不足になりがちだったところを堪《こら》えていたが、書くことでただしたいのだという欲望からの解放がうかがえるように思う。

ところで、「わたし」は離婚後、二年の間に何人かの男性とつきあっている。「ねた」と記していることなどを顧みても、恋愛というよりはヘンレキといったほうが近いようなのだが、少しも薄暗い感じではない。「わたし」の清潔感はそこなわれるどころかみがきがかかっている印象だ。どの男にも嫌悪を感じなかったし、今も感じていない、それだけの選択をしたなどと潔いためだろうか。

男とねたあと、肩書きや名前がなくなり、体の感触だけになる。

エロスの、本質的に無軌道な部分に足を踏み入れていて、これだけをとりだしてみると、女版ドン・ファンのようだなと思う。肩書きや名前という社会的な仮面がはがれることに快さを感じながらも。

たとえば、男が主人公であり、「女とねたあと、名前がなくなり、体の感触だけになる」と書かれていたら、私を含めて女の読者はいい気持がするだろうかと思ってしまう。

けれども、文章はこう続く。

男とねたあと、肩書きや名前がなくなり、体の感触だけになる。それも、名前がつく前の、あかちゃんと母親に似ている。

男女の性愛に、「あかちゃんと母親」を重ねたために、エロスの無軌道さが、愛に満ちた透明な行為にくらがえってしまう。

干刈あがた流マジックの魅力。いかがわしさとすれすれでも、それを掬《すく》うときの優雅な手つきによって全然別ものになる。

ある男とラブホテルにいったエピソード。男はなにもできなかった。部屋にはカラオケセットがある。

「カラオケでもうたうか、と彼が言った。そんな、馬鹿馬鹿しい、とわたしは笑った。お腹がヒクヒクと震えた」

その後、男から電話がかかってくる。妻が疑っているからなにもなかったことにしてくれ、と。あのおかしな夜のことは、気に入っている玩具の指輪くらいには宝物になったのに。ただのガラクタになってしまった。


おとなの女性を見せつけられる。男たちの上を渡っていくときの知性というか……。

全体にやわらかいフェミニズムの思潮が底のほうに流れているけれども、この作家にはひきだしがいっぱいあって、「自問自答」のまじめさ一本槍ではない。まじめさだけではとりこぼしてしまうことも多いのだ。

高校の時、「少年は好き。でも少女はいやね。ベタついた感じがして」と女ともだちが言っていたことを思いだす。「女って、私は動物だと思っているから」、最近知りあいの女性が吐きだすように言ったときも軽い違和感をおぼえた。女の人が女を評すときに、なぜこうも近親憎悪のようなよくない響きをともなってしまうのだろう。

知性をもった動物なら、ただの知性よりもすぐれているのではないか。相手や自分のナチュラリティや欲望、感情を認めたうえで、ともに手をつなげるところをさがすことができるのに。じっさい、そのことはとてもむずかしいにしろ。

干刈あがたは、永瀬清子の詩を愛読していたようで、『現代詩文庫・永瀬清子詩集』に解説の文章が載っている。それによると、まだ日本にフェミニズムの思想が表だっていなかった六〇年代前半に、彼女は男子の多い大学に通っていたらしい。

男子学生たちは、社会の不平等には抗議しながら、女子学生には従来の女らしさを望んでいて「ギモン」をもったと書かれている。また、仕送りしてくれる母の「深いあきらめの溜息をついて薄暗い風呂場の焚き口にうずくまっている」姿がうっとおしく感じられた、と。

永瀬清子の詩については、遠回りな表現だが適確な評をしていて、心に残る。

「彼女自身が自分の中のうす暗がりと周囲の闇を見つめる眼光の強さ自体が明りとなって、彼女の立っている場所の闇とつながっているこちらの闇を照らしてくれる、そんな感じでした」

「窓の下の天の川」にも似たようなことばがある。

「わたしは、女がじぶんの暗さに眼をこらしてそれをみつめる強い眼光によって、ああ、あそこにもあんな人がいる、とわたしの孤独を知らせてくれるようなものが読みたかったわ」

干刈あがたは自分の願いを「わたし」に託してこう書いたのだろうが、その願いを他ならぬこの本によって果たしたと思う。

今、立っている場所の暗さを確実に照らしだすことによって闇というものをとらえている。そして「わたし」、いや、干刈あがたというひとりの女性作家の姿が暗がりから明瞭に見え、その手や声や温度を感じ、読者は自分が孤独ではないと知るのである。

（詩人）

（一九九八年執筆）

干刈あがたの青春

増田みず子

文学というものには、時代の波があって、強力な作家がまとまって何人もデビューしたり、大作が次々に発表されたりすることがある。昭和五十年代の後半も、今から思えば、わりあいに小説が繁栄した時期だった。よく書かれ、よく売れ、新人作家もどんどん誕生していた。

昭和五十七年一月には文芸誌『海燕』が創刊された。夏には海燕新人文学賞も創設された。その第一回目の受賞者二人のうちの一人が干刈あがたさんである。

その受賞パーティに私も珍しく出席していた。第一回の受賞パーティだから盛大にやりたいということで、縁があって創刊二号から『海燕』に作品を発表させてもらっていた新人作家の私は、担当の編集者のKさんに、ぜひ出席するよう申し渡されたのである。

Kさんの話では、干刈あがたさんは早稲田の政経を中退、子どももいて離婚し、受賞作はその離婚のことを書いた小説だということだった。

その話を聞き、授賞式で挨拶するしっかりした彼女の態度を見て以来、私の頭のなかには、知的で行動力のある現代ふうのかっこよい才女といった干刈あがた像がインプットされた。

私自身は、ほとんど誰も知らない大学を出て、小説とは畑違いの職場に勤めながら自分流の小説を書いて新人賞もとれずにいる、という状態だった。離婚どころか結婚も出産もせずにいて、小説に必要な人生の何も経験していない、というようなコンプレックスを抱いていた。

だから、華やかな受賞パーティの主人公である有望な新人作家干刈あがたを、私は会場の片隅から遠く眺めながら、ひそかにうらやんでいたのである。

離婚する前に結婚、結婚する前に恋愛、というような人並の手続きを踏まないで大人になってしまった自分というものが、作家になるにはふさわしくない経歴であるような気がしてならなかった。干刈あがたさんの経歴は、いかにも小説家らしい経歴に思われた。

Kさんは、干刈あがたさんの作品について、「なかなかよいですよ、いくらでも書けそうな人です」と評していた。

その言葉通りに、その後の干刈さんは旺盛に作品を発表し、島田雅彦さんなどと並び、たちまち『海燕』の看板作家になっていった。私は思うような作品が書けず、ぐずぐずと思い悩んでばかりいて、華やかに活躍する干刈さんの作品はあまり読まずにいた。

今、干刈あがたさんの作品を読み、改めていくつかのエピソードを思い返してみると、確かに私と干刈さんは対照的な人であったという思いが強まる。

澁澤龍彦さんというたいへん個性的な作家がいて、一時私はこの人の作品ばかり読んでいた。先に書いたKさんも、澁澤さんの熱烈な信奉者だった。ある日会った彼は勢いこんで、こんな話を私にした。澁澤さんに「ディネーセンの作品は素晴らしい。『アフリカの日々』と『七つのゴシック物語』は世紀の大傑作だから、だまされたと思ってぜひ読むとよい」といわれた、澁澤さんが今まであんなふうに興奮して人に本を勧めたことはない。すぐ読んでみたら、これが実に素晴らしかった、あなたもだまされたと思ってぜひ読んで見てください。

私もKさんにそんなふうに興奮した調子で本を勧められたのははじめてだったから、早速いわれた二冊を買うために書店にいった。そして私はすっかり『アフリカの日々』のとりこになってしまった。あとで読んだ『七つのゴシック物語』はそれほどには感じなかった。自然を描いたものと、物語を描いたもののちがいとでもいえばよいだろうか。

読後感をKさんに報告した。するとKさんは、「実は千刈あがたさんにも同じことをいって勧めたんですよ」と何だか嬉しそうにいった。「千刈さんは『七つのゴシック物語』の方に感激したらしいです。僕も、最初からそうじゃないかと薄々は予想していたんですよ。お二人の個性はまったく対照的ですからね。僕としては予想が当たって、いい気分です」といった。

私はそのとき、ああ、そうなのか、千刈あがたさんという人は、『アフリカの日々』よりも『七つのゴシック物語』を選ぶ人なのか、とみょうに感心して思ったのである。現代風の行動的な才女という彼女の印象に、もうひとつ、ロマンチストというイメージが加わった。

今度、千刈あがたさんの小説をまとめて読んでみたら、なるほどこの人は『七つのゴシック物語』を選ぶ人だとあらためて頷く気持ちになった。

千刈さんが大事にして書きつづけてきたものは、女である自分と自分の分身であるコドモが寄り添って生きていく暖かく充実した物語なのであろう。男や夫との間には得られなかった、生きている喜び。これからもしっかり生きて行こう、心細いけど、子どもと自分のために、できるだけのことはやろうという心がまえ。千刈あがたさんの小説のテーマは、いってみれば、「ちゃんとした生活をするための物語」なのだ。彼女はずっとそのことを書いてきた。

やりたいことと、それに向かう意欲のある生活。愛する者と協力しあえる仲間があること。個性があれば、その個性をいかすこと。そういうものを最優先させる毎日を送りたい、と千刈さんは心から思っていたにちがいない。

その望みを素直に小説のテーマにしつづける現代作家というのは、案外に見当たらないものである。そこに彼女の文学の特徴があるといってよいだろう。たとえば私は彼女と対照的に、「ちゃんとした生活ができないことのいいわけ」のようなものを書きつづけてきたような気がする。ほかの多くの現代作家も、現実ときちんと向かいあうよりは、現実逃避の傾向をもって書いているように感じられる。干刈さんの小説の女主人公も、小説一般の女主人公としては珍しいほどに地味で脇役的な存在である。

とくに、この巻に収められた長編小説『ウォーク in チャコールグレイ』の女主人公信子は、小説の主人公としては似つかわしくないくらいにきまじめな優等生で、ちょっと離れるとすぐに人波にまぎれて見分けがつかなくなりそうな少女なのである。けれども、読み終えるとじわじわと彼女の人柄が身にしみてきて、いつの間にか、昔、近所にいた優しくて勉強のできるお姉さんのように、ほのかに記憶に刻みつけられていることに気づく。

この作品は、彼女の晩年近いといってよい一九八七年六月から書きはじめられ、二年半後の一九八九年十二月に完結、単行本は一九九〇年五月に刊行された。その九〇年四月ころから彼女は体調を崩し、入退院を繰り返すようになっていたらしい。

発病する直前にその物語を書きはじめ、単行本になった段階では、はっきり病を得ている。この作品の刊行から最初に危篤におちいるまでに、たった二年しかなかった。

そういう時期の作品である。それにもかかわらず、あるいはそういう時期の作品だからなのか、彼女の作品のなかでこれがもっとも長大で重い作品になった。

作家は、まだ生きる時間がたっぷり残っていると実感している時と、自分はもうこの先あまり長くは生きないだろうという予感を抱いている時とでは、書きたい作品はおのずと違ってくるはずだ。これから長く生きるのなら、まだたくさん書かなければならないという意識が働く。しかし、あと一つか二つしか作品を書く時間しか残されていないと直感すれば、何を書くか、真剣にテーマをしぼるだろう。

小説家にはそれぞれ作品を書く理由と必然性がある。干刈あがたさんも、ほかに何でもできる自由があるのに、ものを書くことを選んだ一人なのだ。最初からいくらでも書けるだろうと太鼓判を押された彼女の才能と資質は、ここに来てぐっと圧縮されたはずである。

彼女は、それまで現在の自分にスポットライトをあてて書いてきたが、ふと命の窮屈さを感じて立ち止まり、青春時代にどんな将来を夢見ていたかを、思い返してみる気になった。その結果生まれたのが、この作品『ウォーク in チャコールグレイ』であると考えられないか。

干刈あがたさんの代表作はほとんど自伝的小説であるといってよいと思うが、『ウォーク in チャコールグレイ』は、唯一の長編青春小説である。この作品のあとにも、彼女は少女時代を振り返って書いたような短編をいくつか残している。

信子は、三十年前の若き干刈あがたの自画像である。そう思って読むと、後の離婚や子どもとの生活をテーマにした『樹下の家族』『ウホッホ探険隊』『ゆっくり東京女子マラソン』『ワンルーム』などの代表作の女主人公たちのほとんどすべてが、信子の成長した姿なのだろうとなっとくできる。彼女たちは、いつどの作品の中にいても、現在の生活をたてなおすことに力を注いでいるのだ。成長して二人の子持ちになった女主人公たちは、信子にくらべると、おしなべて明るく、あきらめがよく、用心深いが、いくらかおっちょこちょいで人がよい。

十九歳から二十一歳までの信子は、自分を臆病者と思っている優しい人柄のしっかり者で、用心深さと大胆なところがミックスされた性格は、全作品の女主人公に共通しているが、それが若いころからの干刈あがたさんの性格の特徴でもあったのだろう。陰気ではないけれど陽気ともいえない。

信子の父親は、返還前の沖縄出身という屈託を持って東京で警察官として暮らしてきて、ずっと重荷と怒りを引きずってきたような人であり、そのために家庭もぎくしゃくして、幸福といえる状態にはない。父親は信子に従順でつつましい娘でいることを押しつけるだけだ。もっと自分の個性を生かしてのびのび暮らしたい、というのが信子のひそかな夢である。

彼女は、学費を自力でまかなう約束で、父親の反対をおしきって早稲田に入学し、夢の実現の第一歩を果たす。憧れの大学に入ってやりたいことをやる、彼女の場合は新聞をつくるということだったが、その夢がかなったのはいいけれど、父親との約束のおかげで金銭的な苦労がつきまとう。学生生活イコールアルバイト生活のようなものになってしまった。その苦労は最後まで続き、結局、中退せざるをえなくなったのである。大学に入学して、学生生活を放棄するまでの物語を、干刈あがたさんは、大作に仕上げた。

干刈あがたさんの文学の中心にあるものは、挫折から立ち直って、新しい充実の生活を手にいれるまでの物語であって、これは、ふつうの人間が誰でもやらなければならない、生活のための普遍的な努力なのだ。

彼女の作品が多くの人に好まれるのは、生活の手本になるようなことが生き生きと描かれているからだろう。

しかし、公平に見れば信子の父親の気難しさは当時の社会としてはふつうのもので、信子の家庭も、決して特別ではなく、ありふれた家庭の一つだった。信子が少女だった時代の日本には、明るく楽しい家庭など、ほんの一握りしかなかったはずだ。裕福でもないのに娘をすすんで大学にやりたがるような父親がいたら、それこそ変わり者の父親だと思われていたにちがいない。

そういうことがわかるのはずっとあとのことで、どんな時代でも誇大化して考えるものだし、そういう誇大化された悩みを悩むのが青春時代の仕事であるのかもしれない。

私の年代は戦後のベビーブームとかで大量生産された時代である。女性の大学進学もずいぶん普通になったが、四年制大学に進学する女性はまだまだ少なかった。それでも少しずつ増えてきた女子学生のために、学科によっては急遽、女性トイレを新設するといった状態であった。

それより何年か先に大学生になった彼女の苦しい状態はだいたい見当がつく。

信子は、六〇年安保のデモに高校生として参加し、今から三十六年前の昭和三十七年に一浪して早稲田の政経に入学している。大学が自由と希望の要塞であった時代である。大学生は特権階級で、エリートだった。女子が大学に行くこと、それも男子が多い大学に数少ない女子学生として混じることの誇らしさは、今の人たちには想像するさえむずかしいだろう。

信子の生活力は、その時代の生活力であろう。私も学生時代にいちばん欲しいと思っていたのは生活力だった。誰にでもそうだったろう。好きなことをするためには親から自由になる必要があって、家を出るためにはどうしても生活力が必要だった。この小説は一面、信子の家計簿のような性格ももっていて、細かい収支が記録されている。その数字も、同時代を体験した私には懐かしく貴重な資料である。信子は、一年半で経済的にいきづまって学生生活を捨て、就職することになるが、夢が、新聞をつくることから、自由な生活をすることに変わってしまった結果である。自由な生活とは、お金に不自由のない生活である。そしてここで見落としてならないのは、新聞をつくる夢を捨てたかわりに、就職試験で、文章を書くという彼女の能力が新たに発見されていることである。

信子が数年後に同僚と結婚し、子どもが生まれて、やがて離婚し、直後に作家干刈あがたとなって

『樹下の家族』でデビューし、華やかな作家生活を送り、そして作家生活十年を経ずに燃焼して、早々とこの世を去っていった。
もしこの長編を干刈あがたさんが書かずにいってしまっていたら、私はなんとなく干刈あがたさんを縁の薄かった作家として見過ごしていたかもしれない。この作品を残してくれたおかげで、同じ時代を生きた友人として、今後も長く干刈あがたさんを記憶してゆくことになるだろう。

（作家）

（一九九八年執筆）

解説

小嵐九八郎

この二年七カ月、ちょっと理由があり金が入用で、スポーツ新聞、レディース・コミックの原作、小説の下読みとなんでもかんでも仕事を入れている。だから、河出の人から、干刈あがたさんの選集の解説を、といわれたときも、朝日新聞に小説を連載していたこととお亡くなりになったことはうすぼんやり知っていたけれど、どういう小説を書いていたのか、どういう生を歩んだのか、いかなるキャラクターなのかはまるで無知なのに、「ありがとさん」と答えてしまったのだった。干刈さんと交叉しなかったのは、こちらが文筆のみで生きはじめたのはいまから七年ぐらい前で新参者であること、主な収入源が娯楽小説で、あとはあくまで自称に過ぎない歌人だということなのだと思う。

うしろめたさに両耳を背後へと引っ張られる気分と、いいのだ白紙だからこそクールに読める、悪口を書いても死者は死者、てな居直り気分をごちゃ混ぜにして、干刈さんの生の順を追って、『ウホッホ探険隊』、『ゆっくり東京女子マラソン』、『月曜日の兄弟たち』、『しずかにわたすこがねのゆびわ』、『黄色い髪』、『ラスト・シーン』、『名残りのコスモス』と小説を読み進め、もっと知りたくなって『40代はややこ思惟《しい》いそが恣意《しい》』のエッセイを追加した。八冊しか読めなかったのは、旅先なので他を入手できなかったからだ。

宿の縁側で、喫茶室で、破れ襖つきの八畳の部屋で、茶を啜り、コーヒーを飲み、酒を呷りながら三日間費やし読んでいくと、イメージできない作家に対しては、まずはおのれとの共通の感覚、匂いを文章に探すのだと解りかけてきた。それでいくと、干刈さんは、一九四三年の早生まれで一つ半年上、学年は二つ上、ほぼ同じ世代といっていい。両親は奄美の沖永良部島出身で上京、おれの方の両親も東北の外れのごく小さな町の出身、なんとなく敗戦前の都市への働き手の集中の雰囲気が生前から漂ってくる。沖永良部島は新婚旅行の地、海が怖いぐらいに澄んでいて、おいしくないけどパパイアがたわわに実っていた。少年達は話しかけられても真っ赤になるだけで黙っちゃう、いいところであった。干刈さんは小説の中では映画好きの少女だ、美空ひばりと鶴田浩二が主演の『あの丘越えて』、香川京子が出た『ひめゆりの塔』、中原ひとみと江原真二郎が私生活上でも結ばれたはずの『純愛物語』などちゃんと見ている。たぶん、これプラス嵐寛十郎の『鞍馬天狗』などのチャンバラもの、屋久島の大雨の中に息絶えていく高峰秀子のいいかげんな相手森雅之を憎みたくなる『浮雲』なんていうのも見ていると思う。当時の少年少女は、映画が待ち切れずに小説を読むしかなかったのである。それでだんだん青春期に突入していって、成績よりも好きな異性が行くからあの高校へとかの空気の中に入り、「二十歳になったらキスをするとして、それまでの五、六年が、永遠のように長く感じられた」(『ラスト・シーン』に収録された『純愛物語』)というのを潜《くぐ》り、浪人。あれ、同じ大学の同じ学部だ。あそこは陸《ろく》でもない教授によって陸でもない学生が大量生産されるから途中退学が正しい、干刈さんは根性を持って卒業しなかった。そう、男の性愛観についてもしかと理解している、「なぜ結婚したのと聞くと、あの頃は女を抱くには結婚するしかなかったと答える人が多いのよ。俺たちの頃は赤線もなくなっていたし、今のように結婚前に女が男と関係を持つことも少なかったし、逆に関係を持てば結婚せざるを得なかったって」(『しずかにわたすこがねのゆびわ』)と。続けて、「それは女も同じだったわ」といい、おれはナンセンスであろうが、あ、女性もそうだったのか、貧しくもいじらしい時代だったのだなと鼻汁をチリ紙で拭いだす。

　やはり、干刈あがたさんは、主観で語れば、少し前の、飢えと制度へのコンプレックスを、戦犯であった岸信介に一割五分ぶつけ豊かさと強さの象徴のアメリカに八割五分ぶつけて解消できた六〇年安保世代とは異なる。また、腹を空かさずに済んだぶん、アナーキーになれた、団塊の世代にも染まれない。二つの狭間にいたのである。世代論なんて下らないという人がいる。世代っていうのは歴史をまともに照射されて世代なわけで、おれの畏怖する中国の荘子のように「無用の用」、「蝸牛角上の争い」、「死生一如」みたいな考えに至って歴史がないと断じれば許されるけれど、軍国の妻と処女性について絶望した太宰治の恋人と〝援助交際〟の妻を見れば判然とする、世代論は七割ぐらい正しいのである。それでいくと、敗戦直前に生まれた人々は栄養の回りが悪かったゆえに太目はいなくて背丈は小さい。六〇年安保を大学生で通り過ぎた人々みたいに無内容とおおらかさを兼ね持たず、七〇年安保を過ぎた人々ほど無責任と野放図な色あいを持たない。ちょっと上の世代を心の中で舐め、わずかに下の世代には照れて文句をいえず、辛気臭い。従ってというべきか、凄いゲージツ家とか、漫画家とか、純ブンガクをする人は知らないけれど娯楽作家などとか、あんまり聞いたことがない。性愛についてといえば、六〇年安保を大学三年生で指導し、一九六六年頃には某党派の大幹部であったある太っ腹の人は、「おい、九八郎。そりゃ、性欲が溜まったら蒸し風呂に行って抜いてもらえ。愛する女には、心でだ」といとも簡単に告げたことがある。また、日大、東大のバリケードの盛んな頃の一九六九年になると、エールを交わしに訪ねたある大学とある大学では、屋上で赤旗にくるまって、あるいは靴下の饐《す》えと臭う寮の隅で堂々と抱擁しあっていて、それも二つの場合、どうもおとつい生協で、昨日デモの隣りゆえに知りあったばかりの新一年生同士らしく、仰天した後に、涎をこぼし、俯いて帰ってきたことがある。千刈さんは、全共闘運動を経てほぼ二十年後の水商売のママをやっている女性に、「お店に来る男の人って、みんな下心あるんです」「お店を閉めて出る時、なるべく二人だけにならないようにしてるんです」「でも二人になる時もあります」「私を誘わなかった人、一人もいません」「一人も、ですよ」「一人ぐらい、いてもよさそうなのに」といわせている（『しずかにわたすこがねのゆびわ』）。ここの六行は、男の下心に隠された〝義理を遂行する優しさ〟と、不惑に近い女性の〝過ぎた誉り〟への気配りが不足しているとしても、とどのつまり、我らの世代の嘆きであるような気がしてならない。食糧不足の一九四二年から一九四六年五月までの短い五年間弱に生まれた人々は、かく、愛と性の一致を、幻想であることもちょっぴり知りつつ、しかし、厳しく強いられ、求める世代である。この、へへーん、と鼻先を大空に向ける気分は、どの世代にも解ってもらえずに久しい。一九六九年の東大安田城攻防をこの世代がプログラムしてからおよそ三十年間、珍しいわァ、いてもいなくてもいい年代ね、暗いぜよと、いわれて時が経つ。

こうやって、千刈あがたさんの本に同質性を発見して嬉しくなるのであり、目立たないけれど食いついて生きていく登場人物は、どうしてだろう、緑茶でもなく、コーヒーでもなく、やがてしっくり酒に合う。それも、麦焼酎のオンザロック。たぶん、これは、男が欠落しても女と子供によって成立する家庭にこだわるように見え、それだけではなく、何らかの形でものを生み出そうとする千刈さん自身の踠《もが》きが、読み手に切実過ぎるほどに迫ってくるせいではないのだろうか。いまから十年以上前と推測されるが、千刈さんは、NHKの「女性が社会へ出ることの意味」という番組で、「外で働く女性は人間の自然に従った女の働き方を職場に持ちこみ、家にいる女は老人育児といった命に近い部分を無視しがちな社会について考え、両方が環状になって能率重視の社会を考え直すことが必要だと思う」と語ったそうである（『40代はややこ思惟《しい》いそが恣意《しい》』）。この部分で判断すると、千刈さんは、単純に女の進出ばかり考えているのではなく、生産力至上主義の近現代の業《ごう》について悩みながら、家族に目を向けていたと分かる。

ただ、ここいらにくると、対外的にはこういう深い考えに敬意を表するけど、対内的には、男の一人として格闘が起きる。一九〇九年生まれの太宰治は、「家庭の幸福は諸悪の本《もと》」と『晩年』で書いているらしい。また、「子供より親が大事と思いたい」と『桜桃』で登場人物にいわせているらしい。この場合の親とは、自分の父母ではなく、父親たる自分である。で、その通り、妻以外の女の人と心中しとげた。限りなく西暦〇《ゼロ》年近《ちか》くに生まれたイエスは、『ルカによる福音書』では、「もし、だれかがわたしのもとに来るとしても、父《ちち》、母《はは》、妻《つま》、子供《こども》、兄弟《きょうだい》、姉妹《しまい》を、更《さら》に自分《じぶん》の命《いのち》であろうとも、これを憎《にく》まないなら、わたしの弟子《でし》ではありえない」と語っておる。他のところでは母のマリアを追い返したと出てくるし、子供がいた雰囲気はイエスに一滴もない。ここいらあたりから、干刈さんの文章と真向うには、麦焼酎のオンザロックでは間に合わず、まだ飲んだことのないポーランド産のズブロッカを生でやりたくなる。かみさん殿の紐《ひも》を一五年間やらせてもらい、一五年間家に帰っていなかった男としては、女性の自立と家庭を一本のぶっとい綱のように捩る干刈あがたさんが、絶壁のように思えてくる、ただし、仏様の作った。そういや、仏様も妻子を捨てているはず……。

と、いいかげんに生きる男に冷や汗を溜めさせる干刈さんの文章なのである。これは、娯楽小説ばっかり書いてきた付けみたいなものも含んでいるようだ。小説の要素としては楽しい、面白い、わくわくするというのは大切なのであり、そして、たぶん形式としては恋愛と謎解き及び蘊蓄《うんちく》という、人類の本能に基くものが奔流であるしかない。しかし、『黄色い髪』のように、母と子だけの家庭の温み、教育現場の救いがたさと一縷の望み、偏差値教育と括弧付き非行と生徒自身の足で立つことを、〝子供を可愛がり、占めず、独立させていく〟立場からのみ書いていき、読み手を引きずっていくのであるから、頭を垂れてしまう。思えば、小説が求められているのは、こういう眼差しの具体的な社会性でもあったわけで、一と言も言葉を交わしていないのに、「九八郎くん、きみも骨のあるのを書きなさいね」とあの世から励ましてくれるみたいな気分もするのである。エンターテイナー全ての作家にも。

かといって、夫婦の破綻、育児、社会への進出を密室的に描くのではなく広い視野から解き放って描くばかりでは、干刈さんへの支持は、敗戦後はじめての女性の思想家との噂もある上野千鶴子さんを遙かに凌ぐことはできなかったと思う。やはり、文体に現れた感性がものをいう。エッセイでは、「私は暗い性格がなおったわけではなく、気にしなくなっただけだと思う。これは年月のおかげだと思うので、若くて暗い性格の人は、当分そのまま生きてください。そのうちなんとかなるでしょう」（『40代はややこ思惟《しい》いそが恣意《しい》』）、特に最後の一四文字が良く、盗み癖、とりわけ他者の恋人を盗みたくなって、精神科医にドンファン症候群と決めつけられた友人に是非教えたいゆとりのある言葉である。「あれ以上言っても通じやしない。無駄になるだけならいいけど、もっと悪くなる。もの言えば、くちびる寒し、反抗的と決めつけられる。字あまり」（『黄色い髪』）。これは主人公の娘が教師への不満をつぶやくところである。定型詩の俳句のリズムに収め切れない少女の真っ当な怒りがあり、これも、おしまいの四文字に煮つまっている。干刈さんが初期作品で突っ走りはじめた頃は、感性もまた文章に凝縮している。『ゆっくり東京女子マラソン』から抜いてみると、「半ダースの子供たちにカルシウムを吸い取られたせいか、歯が虫食いトウモロコシのようになっている」がまずある。干刈さんは、どえらい賞をもらっちゃって生きてる大文豪のように譬喩の大袈裟なる大連発はしない人だが、すっと父母会の参加者の一人の偉大なる母親がイメージできる。自称歌人にとっては、吐息が出て、そろそろ短歌を作るのはよそうかと思わせる。「ダース」「トウモロコシ」という片仮名をも漢字と平仮名に、あっさり吸いこんでいる。「十歳も年上の夫にただ従っているだけだった満子は、初めて自分の意志を訴えた。無骨で無口な夫が、錆びた蝶番をこじ開けるようにして言った」では、夫との関係性を簡潔にいい、かつ小説の前提、次は何か、を期待させる。まだある、「今の私は時間に追われているわけではないと、ミドリは二郎が蟻に飽きるのを待ちながら、何度も洗い晒したGパンの膝のような薄い色の空を見上げて深呼吸をした」との個処。ここの我が子のもどかしい回り道を見つめる前半と、後半の空を見上げる母親の目に映る大空の対照は、戦前の平塚雷鳥が身悶えして忘れかけ、戦後のウーマンリブが行いによってだけではいかんともしがたかった隙間を、ある意味で冷酷に描きだしている。女性が歴史的に、どう足掻いてもいきつけず、いきついてしまう静かな抒情が、「Gパンの膝のような薄い色の空」ではないのだろうか。こういうところは、干刈さんの小説に、かけがいのない決め手としてひっそり幾度か出てくる。おまけに、この小説の最後の一行「洋子はゴールに姿を見せなかった何人かの人のことを考えていた」。我が秋田の草深い外れのふるさとでは、ビリか境界のあちらに蹲る人を、「げっぱ」と呼ぶ。ここが、どうしようもなく、干刈さんの遺言のようにさえ思えてしまうのは、なぜか。

解説の類は先に読むか、後に読むものか。後に読むのがいいみたいだ。下らない先入感に惑わされず、おのれの個別そのもので、他人から切り崩せない読後感を持てるから。

それでいくと、『ラスト・シーン』は、敗戦後のトイレットペイパーを新聞でなしていた頃の、娯楽のまさに熱ある王様は映画と自分に目醒めた少女の、ついには、その一番の上映場所が壊されていくまでの語り継ぎである。一作が一人立ちしている連作である。男から見て我らの世代以前の憧れの吉永小百合が、女から見るとこうもクールに分析できちまうのかという驚きもある。しかし、おれ個人は最後の『ラスト・シーン』が好きだ。勝手な読みだが、バブル経済がビールの泡へとなりゆくその泡を愛すような、現代のいきつく果ての知の優位ではなく、脆《もろ》い情に縋って茫然とするみたいな……。

『名残りのコスモス』では、そろそろ死が近づく頃の作品ゆえに、これは思い込みだろうか、物語を作らないように、読み手と自分を同じ場所に置く、場合によっては読者の方が大地に対する空《そら》のようなところに放ってしまう短編群となっている。特に『名残りのコスモス』では、擦れ違いこそ生とも思わせ、肩の骨は脱臼したままで良いという流れを流れとして逆らわず、認め、溶けていく小説である。原稿用紙八枚か九枚で、これが書けるかと泣けてくるのである。この手の名手中の名手、おれが竦みあがる田中小実昌さんならどういうだろうか。物語を作らないというのは、真実、難しい。作ってないと思わせるから、胸郭に、恐ろしいほどに、入っていける。でも、作らないのを作るのは、宝くじより難しい。

歌人の道浦母都子さんは、「干刈《ひかり》は、光よ。あがたは、地方なの。彼女の命日は、コスモス忌っていうんですよ」とS音も美しく問いに応えてくれたが、本当だろうか。だったら、九月に墓前にいきたい。『すばる』（'92年11月号）では、「その視線に耐えられるだけの仕事」と干刈あがたさんはいったと、同じく道浦さんは書いている。「その」とは、何か。

（作家・歌人）

（一九九八年執筆）

キリマンジャロに死すべくもなく――干刈あがた

福島泰樹

干刈さん、昨夜、下谷の酒場で長田洋一さんと飲みました。カウンターの上に、奄美の酒を立てたことも不思議な気がしてなりません。

片隅のテレビが、貴乃花の連勝を告げると同時だった、静かにグラスを傾けていた長田さんが、語りだしたのだ。

「干刈さんが亡くなって十年になります。実は、今年も命日の六日に、彼女ゆかりの青梅で干刈あがたを偲ぶ会があって、行ってきました」

もう、十年になるのか……。私は、黒糖焼酎「えらぶ」の栓を抜き、どくどくとグラスに酒を注いだ。グラスに揺れる漣の向こうに、過ぎ去った歳月が飛沫をあげている。

あれは九段下のグランドパレスであったろうか。私は第一回「海燕」新人文学賞の受賞パーティの賑わいにいた。編集者に付き添われて、受賞者のあなたは私のところへやって来た。両肩まで流れる豊かな髪の真ん中に、まるみをおびた貌がはにかんでいた。地味なワンピースが人柄をあらわしていると思った。一九八二（昭和五十七）年の年の瀬ではなかったかと記憶する。

君去りしけざむい朝《あした》　挽く豆のキリマンジャロに死すべくもなく

干刈あがたよ、いま大阪へ向かう新幹線。一昨夜、長田さんと別れた後、屋根裏の書庫を這いずり回り、君の著作の何冊かを見つけだしたのだった。受賞作「樹下の家族」が掲載された「海燕」八二年十月号も、埃はかぶっていたが無事だった。

小説の中で君は、私の歌「君去りしけざむい朝《あした》　挽く豆のキリマンジャロに死すべくもなく」を引きながら書いている。

「私やMと同じ頃に、同じ構内にいたらしい福島泰樹という歌人が、わが身を失われた世代のキリマンジャロの雪に映したように」「一つの時代との別れの朝にはまだ一条の爽やかさがあるが、それに続く日々との、ギリマンとギマンの朝のキリマンジャロの荒寥」。

そう、「ジョン・F・ケネディが死んだ。／円谷選手が死んだ。／三島由紀夫が死んだ。／エルビス・プレスリーが死んだ。」「ジョン・レノンが死んだ。」に序《はじ》まる「樹下の家族」は、「壮大な零からの出発」といわれた一九七〇年以降の、行き場を失った時代のすぐれた時代論でもあった。「フライドチキン」など町に氾濫する商品の、ちんけな西洋名までもが、あなたの目を通して眺めると新鮮な響きをもって、つややかに息づいてくるから不思議なものだと思った。

パーティの夜を境に、共通の知人などがいたこともあって、私たちはしばしば会い酒を飲んだ。やがて、あなたが浅井和枝の本名で自費出版した『ふりむんコレクション／島唄』が、あなたの友人で長野にお住まいの菊地悦子という人から送られてくる。

「ふりむん」とは、奄美諸島の沖永良部島の方言で、あなたの解釈では〝心を揺らしている者〟とか〝髪や衣を振り乱している者〟、あるいはその逆の〝ぼんやりしている者〟の意。「ええ、ふつうに暮らしている中で、ふと兆してくる狂気とか、馬鹿げたこととか、そういうイメージでとらえてみたんです」と後に、あなたは話してくれた。

これを読んで、私は初めて干刈あがた（柳和枝）その人に出会ったような気がした。

父は柳納富、母はアイ。共に鹿児島県沖永良部島和泊町の出身。

父は、十四歳で神戸に渡る。船舶のきつい労働に耐え、やがて上京。苦学して警察官採用試験に合格、島の娘と結婚。東京府西多摩郡青梅町に警官の子として生まれたあなたは、暗い闇のなかに浮かぶ幼年の記憶を書いている。「私の父母の家には、時々眉の濃いさびしい眼をした人々が寄り集まった」。彼らは、夜更けまで酒を飲み、「呪文のような言葉」を交わし、意味の分からない唄をうたった。それは、美空ひばりの歌とも、ラジオ歌謡とも、小学校で学ぶ歌とも違っていた。あなたは「地底からわき上ってくるような、ものがなしい単調な旋律」に恐怖している。

当時、奄美諸島は沖縄と共にアメリカの占領下におかれ、島との往来も断たれていた。

祖国復帰は、島を故郷とする人々の痛切な願いであった。奄美では日本復帰協議会が結成されたが、渡航許可は却下され、夜闇にまぎれ何度となく陳情団が密航をくわだてたが、鹿児島到着もむなしく、東京へ向かう車中で検挙されたりして、多くは失敗に終った。

「昭和二十八年十二月二十五日、クリスマスの朝、母は新聞を開くと叫び声をあげた。一面トップに、奄美本土復帰の大見出しが出ていた」。さらに、学校で驚く。朝礼台の上から、校長がそのことを告げたのだ。「暗い唄につながる父母の故郷の島のことが、そのように話されることに驚きとまどった」。

干刈さん、実は私も、その日の朝刊の「奄美本土復帰」の巨大な活字を、「アマミ」という聞き慣れない音《おん》とともに、五十年近くたったいまでも鮮明に思い起こすことができる。おそらく、父母達の喜びが十歳の私に感応したのであろう。

そう、あなたが言うように、私たち（共に昭和十八年の早生まれ）は、戦後史と自分史が、重なって歩んできた世代なのだ。五球スーパーラジオからは、「尋ね人」が、戦争で生き別れになった人々の消息を尋ねていた。戦禍で家を亡くした人一千万、外地に残された人は三百万を超えた。私は、いまでもアナウンサーの「尋ね人を申し上げます」という口調を真似ることができる。

昭和二十三年の「帝銀事件」、二十四年の「下山事件」、二十五年の「金閣寺炎上」、二十六年「講和条約」、二十七年「血のメーデー」。これら入谷金美館の銀幕に映し出された「ニュース」の画像も、鮮明に思い起こすことができる。講和条約のラジオ放送は、坂本小学校の校庭で全校生整列して聞かされている。安藤先生の目には、涙が光っていた。

あなたも、おそらくは青梅や杉並（四年生の三学期に転校）の映画館で、これらのニュースを観ていたことだろう。奄美復帰の報をあなたはこのように書いている。「私は今でもありありとその時の気分を、あの戦後の時代の初々しさと共に思い出す」。

年が明けると、東京在住の奄美の島々の出身者は、一堂に会するのだ。場所は、大森海岸（品川、大森には海岸があったのだ！）、座敷からは船のマストが見えたという。蛇皮線が高鳴り、貧しい身形で会食をしていた人々が、やがて美しい色とりどりの衣裳をつけて踊り出す。幼いあなたには、貧しげな人々が「あんな美しい衣裳や楽器を次々に持ち出してくるの」が不思議に思えてならない。「最後には舞台の上と下とが一体となってうたい踊り、うたいながら泣き出し、踊りながら抱き合った」。

しかし、十歳のあなたは、醒めた傍観者であった。「私はそれらの踊りや唄が好きなのではなかった。むしろ苦痛で嫌でたまらなかった」。

昭和三十五（ここからは、西暦で記述します）、即ち一九六〇年、高校三年のあなたは、高校新聞部連盟の呼びかけに応え、安保闘争のデモに参加。

「高校生は大学生の列の一番端に並んだ」「大学生の群から拍手が湧き起こって、各大学の校旗が揺れた。赤旗が林立する中で、東大のスクールカラーの青旗《ブルーフラッグ》が美しかった」。そして、東大生樺美智子の死に、強い衝撃を受ける。「樹下の家族」は、彼女への呼びかけで終わっている。

「美智子さん、あなたが考えていた革命とはどのようなものでしょうか。私もまたカクメイを考えています。もう一度〈世の中〉とか〈人間〉とかの言葉を臆面もなく使って、ものを考えたくなっています。この二十年という変化の激しい時を生き、今は母親となった私は、片足は現代人の岸に片足は生物の岸にひっかけ、急速に離れていく両岸のために股裂きになりそうになりながら、女性性器に力をこめて踏み耐え、失語症的奇声を発するこっけいな女性闘士《アマゾネス》にならざるを得ませんでした」

彼女への呼びかけこそ、以後十年に亘る（十年をもって突如、切断されてしまう）作家干刈あがたの出立を告げるブルー・フラッグであったのだ。「美智子さん、その朝〈今が大事なとき。今日は行かなければならない〉と言って出かけていったという美智子さん、私はどこへ行けばよいのでしょうか」。

「ゼミへゆく」と微笑み母に告げしまま六月十五日帰らず永久《とわ》に

干刈さん、いま大阪中津の高層ホテルの一室。外には、九月の雨が煙っています。昨夜は、キタの曾根崎は「ジンジャーマン・カフェ」なるライブハウスで、私の「短歌絶叫コンサート」があったのです。人はさっぱりでしたが、歌は一人への呼びかけです。千人であろうと十人であろうと、公演する姿勢を変えるわけにはいかない。声が涸れるほど叫んできました。あなたが、私のステージに初めて足を運んでくれたのは、一九八一年十二月。明大前のキッド・アイラック・ホールで開催された「曇天」であった。

そのことを知ったのは、あなたとの対談（「早稲田文学」'83・12）であった。受賞パーティから十か月ほど経過している。その間、あなたは「樹下の家族」の三部作ともいうべき、「プラネタリウム」と「ウホッホ探険隊」を書き上げ、作家の地歩を固めつつあった。「ウホッホ探険隊」は、芥川賞候補作となり、私は目黒区原町のあなたの家で、受賞の報せを待った。この時、近くのアパートにお住まいのあなたのお母さんにお会いしている。気品ある方であった。

対談に話を戻そう。「泰樹さんの歌を知ったのは、本ではなくコンサートなんです。私もその頃は活字よりも、むしろ肉声につよく惹かれてまして、父母の故郷の奄美の島唄の収録や、ライブの作詞なんかをやっていたんです」。

あなたが初めて父母の故郷沖永良部島を訪ねたのは、大学二年（二十歳）の夏だった。あなたは、しみじみと書いている。島の人々は、「タビ（いつかは島に帰ってくる意）」で生まれたあなたを温かく迎える。「あなたのお母さんはタビで何人子を生んだの」「タビの子は肌が白いねえ」「よくタビからお帰りになった」。

『ふりむん……』の一節を書き写しながら干刈さん、泣きたい衝動にかられているよ。（ガラス窓を滴り落ちる雨のせいか、いやこの感情は宿酔いのせいだろう）。

「やがて人々の間に黒糖焼酎がまわると、一人が立ち上がって踊り、ほかの人々は声を合わせてうたいはじめた。なんという唄なのか、どういう意味なのかはわからないが、それは幼児の闇の中で聞き慣れたあの旋律だった。さっきから揺れはじめていたものが、急にどっと崩れた。手足がふるえて、あとからあとからこみあげてくるものを押さえることができない」「私が泣いているのではなく私の血が泣いているのだ、という気がしていた」。

千刈さん、三年前におかあさんが逝き、次いであなたが心血を注いで育てた（相棒の）息子（次男、圭君）が死を遂げたということを、長田さんが悲痛な声で話していたよ。

おかあさんも、ついにタビの途上で亡くなられたのですね。君の可愛い相棒たちにボクシングを教えたことがあった。いつか電話で圭君がそのことを懐かしんでくれた。

それでは千刈あがたよ、あなたの根を張り葉を広げた（タビで倒れたあなたの家族たちが集う）樹下に、雨宿りさせてもらう日まで。いま少し、やり残している仕事に精を出すこととする。短い間の付き合いだったが楽しかった、有難う。


（歌人）

（『葬送の歌』03・1）

III　干刈あがたを語る

新人賞受賞のころ

寺田　博

干刈あがたさんにはじめてお会いしたのは一九八二年九月十日の数日後のことだった。十日に第一回の「海燕」新人文学賞の選考会が開かれ、当選作「樹下の家族」を書いた干刈さんに、当時四谷にあった福武書店東京支社の入っている東急ビルに来ていただいた。地下の喫茶店で話をしたが、干刈さんは寡黙で、弱々しい感じだった。それでも二児の母であるという家庭環境やそれまでの執筆の経験などを、こちらの問いかけに応じて言葉すくなに語られた。私は選考会の現場報告をし、次作を準備するようにお願いしたと思う。

「海燕」はその年の新年号を創刊号とし、阿部昭、飯島耕一、木下順二、小島信夫、佐多稲子の五氏を選考委員として創刊から新人文学賞の募集を開始したので、待望の当選作だった。候補作を決める時に、「樹下の家族」の主人公が六〇年安保以降の社会現象や世相風俗に敏感に反応し、それでいて繊細な神経を働かせている点、ものいわぬ世代といわれた四十代の主婦が文明社会と家族の関係を言葉にしようとしている点などに共感したが、流通語が多用されたり、結末部分がムード的に流れている難点もあって、選考会での評価が待たれた。結局、阿部昭氏だけがもう一つの当選作、細見隆博さんの「みずうみ」だけを推され、ほかの四氏は二作当選とするということで決まった。

そのあたりの事情について佐多稲子氏は「世相をも鮮やかな背景にした一人の女の心象であって、その広がりに応じた強靱さを持つ作である。七篇中でもっとも確かな筆力を感じさせ、途中で挿入される過去も、現在からはみ出さぬ線内におさめているが、ときおり、意図的に取り上げられる通俗語が、作者の意図を離れて文章全体の格を崩しているようにおもえた」と書かれている。文章に厳しい阿部昭氏が文章の格の崩しかたを拒否されたのもやむを得ないことだったと思う。ただ、千刈さんには最初から文学少女ふうの作品は書くまいという姿勢があって、文明社会のひずみが生活者のほうに押し寄せてくるその接点の矛盾を、風俗的心情的に描こうという意志が強かった。

後年、阿部氏が「樹下の家族」を批判したことについて、千刈さんは「阿部昭さんと〈三度〉と私の関係」(『どこかヘンな三角関係』)に、阿部氏の厳しい選後評読んだ時、愛読者だったので打ちひしがれたとさらりと書き、ある高校国語現代文の目次に千刈さんと阿部さんが並んでいることが書かれている。それを読んで私は、千刈さんの作家としての芯の強さを改めて感じた。

それから千刈さんは次々に作品を仕上げ、私も多分一度も没《ぼつ》にすることなく、掲載した。

八二年十一月号に「樹下の家族」を掲載した後、八三年二月号に「プラネタリウム」、同九月号に「ウホッホ探険隊」、八四年二月号に「月曜日の兄弟たち」、同五月号に「ゆっくり東京女子マラソン」、同八月号に「幾何学街の四日月」、同十二月号に「ワンルーム」、八五年四月号に「裸」、同十二月号に「しずかにわたすこがねのゆびわ」というふうに、三カ月から半年おきに三年間、集中した執筆が続いた。受賞後まもなく千刈さんは離婚し、「ウホッホ」と「ゆっくり」が芥川賞候補となり、八四年度芸術選奨新人賞を受賞し、「しずかに」は野間文芸新人賞を受賞した。この三年間に千刈さんの身辺を襲ったためまぐるしい出来事はただならぬものがあったろうと思う。その責任の一半は当方にもあると思うが、ペースを乱さず執筆を続けた千刈さんの精神力と筆力に敬意を表さずにはいられないのである。

ところで、もう一つ私にとっての事件があった。千刈さんが亡くなった後、親友だった毛利悦子さんに聞いた話だが、ある時、千刈さんは私宛に小説家廃業宣言を書いた手紙を、私には出さずに毛利さん宛に送ったということだ。私は未だに千刈さんの真意をつかみかねているが、一つだけ思いあたるのは、ある時「そろそろ主人公を母親や主婦から解放して女を書いてみたらどうですか」という意味のことを言ったことだ。その一つの答が「裸」という作品だったのかもしれない。離婚した女の性愛を主眼に設定されたこの小説は、あるいは千刈さんは発表したくなかったのかもしれない。しかし私は、明るさの乏しい、苦渋にみちた作ながら、この作家の側面を示す風俗小説として発表したかった。この作品を書いたことで、作家としての強靭さをもっと身につけてほしかったのである。

その後、私は編集現場から離れ、千刈さんと会うことも少なくなったが、一九八八年から八九年にかけて「海燕」に連載された「アンモナイトをさがしに行こう」や朝日新聞連載の「黄色い髪」を部分的に読んで、さらに別の世界に旅立たれたような感じを受けた。そのうちにゆっくり話をしようと思っていたが、病に倒れられたことで果たせなかった。早逝がいまだに残念でならない。

（元「海燕」編集長）

干刈さんの思い出

佐伯一麦

一九九八年九月五日、私は、干刈あがたさんを偲ぶコスモス忌に参列した。

朝一番の東北新幹線で仙台から上京し、東京駅から中央線で立川まで行き、そこからさらに青梅線に乗り換えて、午前十時過ぎに青梅駅に着いた。

駅から法要が営まれた宗建寺まで、青梅街道の宿場町として発達した鄙びた街並みをぶらぶら歩いている途中、黒光りしている木造の工場だったらしい建物に引き込まれていた電気の動力線が断ち切られているのを見て、かつて青梅縞、青梅綿として知られて盛んだったという織物の工場跡だろうか、と想像した。寺の境内には、東北ではその年あまり花を付けなかった百日紅が満開だった。そして、至る所で、コスモスが風に揺れているたおやかな光景があった。

「昼間は大手町の自動車会社で部品カードづくりのアルバイトをして、五時に退社すると、ビルの谷間の道を日比谷まで歩いていって、今度は劇場の案内係のアルバイトをしたの」

という干刈さんの大学時代の苦学生ぶりを聞いたのは、一九八五年の秋のことだった。

その休日の午後、当時川崎市の多摩区に住んでいた私は、二度電車を乗り継いで、干刈さんの自宅に近い洗足駅で降りた。探し当てた家の玄関で来意を告げると、待ちかまえていたようにすぐに扉が開いて干刈さんが顔を出し、八畳ほどの部屋に招き入れられた。そこには男の子が一人いた。君が長男か、と確かめてから、挨拶を交わした。壁際には、仕事机と見える大きく頑丈そうな机があり、隅にソファーベッドがあった。

「お母さんたら、いっつもそこで寝てばかりいるんだから」

と男の子が言い、

「憎まれ口ばっかりたたくんじゃないの」

と干刈さんが応じた。

離婚して母子家庭になっていることは知っていたが、その経緯を描いた作品同様、からりとした明るさが漂っている家庭の雰囲気だった。そのころは、干刈さんはもう売れっ子の作家となっていたから、仕事中ここで仮眠をとることもあるのだろうと、私はソファーベッドに腰をおろしながら想像した。

まだ陽があるうちから酒になり、干刈さんはつぎつぎと手料理でもてなしてくれた。ご母堂の故郷だという沖縄の泡盛の古酒が滑らかに喉を通り、大いに舌鼓を打った。

その日の訪問は、実は干刈さんから所望されてのことだった。芝居志望の長男が中学を卒業したら高校に進まずに働きたいといっている。ついては、その相談にのってやってくれないか、というものだった。私は、高校を出てすぐ働きだし、肉体労働のかたわら小説を書いて、その第一回目の受賞者だった干刈さんと同じ海燕新人文学賞をもらって間もないころだった。

ご馳走にあずかるばかりで、私はなにもこれといったアドバイスを与えることができなかった。ただ、一度でいいから、職安に行ってみるといい。そこではさまざまな仕事があることがわかるが、また中卒で働く条件の厳しさも思い知るだろうと、私は彼に言った。「はい」と緊張した顔で、彼は頷いた。

それから後は、干刈さんと雑談に花が咲いた。話題は、自然と互いのアルバイト体験となった。私が、電気工になってから見知った、都市の地中を電気や電話の無数の地下ケーブルが走り、上下水道が縦横に入り組んでいることや、ビルの壁の中や天井裏にも配管がぎっしりと埋め込まれている様を話すと、

「わたし、そういう建築現場の話を聞くのも、見るのも好きなの」

と干刈さんは目を輝かせて言った。そして、今度はおもむろに、さっきの自分の体験を語りだしたのだった。

それをきっかけに、何度か電話や手紙のやりとりがあった。私が肋膜炎に罹って自宅静養を余儀なくされたときには、お見舞いまで頂いた。

「こういうときはなんといっても現金がいちばんでしょう。思いがけない不労所得が入りましたから、どうぞ気にせず使ってください」

原稿用紙に鉛筆での走り書きが一緒に入っていた。私は、一生恩に着る思いでそれを受け取った。

その恩を返すことができぬうちに干刈さんは亡くなった、という無念を抱きながら、私は七回忌法要の末席に列なっていた。すっかり大人びた風貌となったご長男が、遺族を代表しておられた。まだ芝居を続けています、と彼は、式が始まる前に、再会を懐かしんだ私に言った。

法要の後の記念講演で、元「海燕」編集長だった文芸評論家の寺田博氏が、干刈さんのデビューに直接関わった思い出をはじめ、時代の言葉に敏感だった感性などに触れながら干刈文学を語った。特

に、投函はされなかったが、作家活動の悩みのさなかで、「作家をやめます」と千刈さんが記した寺田氏宛の手紙の存在を知った驚きを披瀝した件が印象的だった。

書いた物が出版できるという作家の立場は、特権的であることを免れない。そして、ふつうであることにこだわりぬいた千刈さんは、生活者と表現者の狭間に苦しみもし、前述の寺田氏宛の投函されなかった手紙を書くこともあったのだろう。

それでも私は、生身の千刈さんの姿が蘇ったようで、来てよかった、と思い、心が少しやわらぐのを覚えた。そうして、

「でもね、千刈さん、あなたほどにふつうにこだわり徹したというのは、実は非凡な行為だったのではありませんか」

と、千刈さんに向かって呼びかけていた。


（作家、友人）

カウンセリング干刈

田場美津子

女子学園の端に建つ学生寮。一階にある寮監室でこれを書いている。干刈あがたはここに私が就職する前の年に他界してしまった。

机の前に、「私は私のことをやり、あなたはあなたのことをやる。私はあなたの期待に応えて行動するためにこの世に在るのじゃない。そしてあなたも私の期待に応えて行動するためにこの世に在るのではない」と記された紙がある。読めば読むほど干刈が言いそうな内容と思ってしまう。だが彼女ではない。ゲッシュタルト療法の創始者パールズの文章である。

ゲッシュタルトセラピーが「今ここ」を最も重視し、「現在・経験・気づき・現実」を大切にする点も、干刈の作品世界と似通っている。ひょっとしたら彼女は、この療法を創作に活用していたのではないだろうか。

彼女と出会った十九年前、私は心理のカウンセラーではなかった。だから気づかなかったが、今なら分る。干刈の作品は優れてカウンセリング的だ。サバイバーから贈られた、読んでよく効くケアサポート小説と言える。時を経て再読するたび、ヒト類は地球家族の問題児で、緊急にカウンセリングが必要だと、深刻に考えさせられる。

たとえば、一九七〇年代前半の千刈の、実体験がもとになったという「姉妹の部屋への鎮魂歌」。当時はまだ社会問題として浮上してなかったドメスティックバイオレンスが、克明に描かれている。

作中の妻は夫にコップを投げつけられ、額に三針縫うほどの傷を負った。姉娘は父親に顔を殴打され、一月近く眼帯で隠し続ける青痣になった。もう一人の娘は父から沸騰した湯を脛にかけられ、大火傷の傷痕が残った。三人の女たちは一人の男に、暴力によって虐待されていた。

ここまで書いて、私も男に殴られたことを思い出した。彼は結婚後も、目の周りが痣になるほど、私を殴打した。口下手だった彼は、会話力ではなく、腕力を鍛えていた。作中の父や私の前夫のように、力による抑圧はオトコ類共通のスキルらしい。

生前の千刈と、そういう体験談を語りあうことができていたら、もっと深く彼女と知りあえただろうに、悔しくて堪らない。千刈の多くの読者たちもこの臍をかむ思いは共通して抱いているに違いない。

ところで、暴力から身を守る方法は色々ある。私のように軽度の場合、三十三歳で離別したが、作中の妻は重度の暴力を受けながらも、五十七歳まで辛抱し続けた。その我慢強さを、娘たちは世代の違いとして越えていく。

結婚という方法で家を出た姉娘の清子。千刈も彼女のように、結婚で暴力による抑圧から逃れたのだろうか。父から夫へとオトコ類の間を移動し、救われたのだろうか。清子は言っている。「自分の現在の暮らしの静かな明るさと自分の中にある闇との間に立って明るい方に心をむけようとしているようです」と。

妹は姉と異なる方法をとった。澄子は父に対し「弱い者いじめはやめなさいよ」と言い、母に対しても「夫の悪口なんてみっともない」と言うことのできる女性に成長した。そのうえさらに、単身パりへ旅立った。

千刈はポツンと言っていた。「同じ歳のせいか、田場さんは妹と似てる感じ」と。その時は、与し易くないと言外に言われたような気がした。だが、今になって思い返せば、千刈の言葉どおりだと思う。

小学生の頃のことだ。家族を捨てて愛人に走ったくせに、父は仕事でこちらに来るたび、泊めてくれと言って家の戸を叩いた。母や弟は父に楯突かない。私だけが怒って戸を開けなかった。その話をしたことはなかったが千刈は、澄子と似た私を見抜いていた。

手術後の彼女が退院した頃、家に電話をかけたことがある。私には尺度があり、声をどこから発するかでその人を測る。千刈の声は臍の下あたりから出て来、揺るぎがなかった。病状を淡々と語る彼女の声に、私の胸の不安な波立ちは凪いでいった。だが、「ブラッと遊びにおいで。改築したから泊める部屋はあるよ。夜だけ一緒に食事しよう」と誘われた時には、人恋しく心弱くなったのかと切なく感じた。しかしまさか亡くなるとは、夢にも思わなかった。

静かで温かい千刈の声は、あれ以来聞いていない。もしも彼女が黄泉がえるなら、あの声をまた聞きたくて問うだろう。

「心のツケを体で払って命を縮めたのですか。男のツケを女が払って命は擦り切れたのですか。このままでは命が先細りしませんか」

なぜか奇妙な濁声が返ってきた。

「やがて戦の鉄の暴力が荒れ狂い、この世はあの世になる。心配しても始まらん」

千刈は声を呑んだまま、没したのだろうか。それとも彼女は、その後の社会の変貌に強く驚き、悲しくて声が出ないのだろうか。

（作家、友人）

誄詞

長田洋一

六年前、わたしは『干刈あがたの世界』（全十六巻）を企画した。氏の七回忌を迎える時であった。常に等身大であり続けた作家・干刈あがたゆえに、死してなお、その作品が息永く読者の心に染み込むことを願ったからだ。
その時のパンフレットに私はつたないながら刊行の言葉を記した。日を重ね、年月日は経ったが、内容と気持ちは変わらない。ゆえに、自身に対し怠惰な感はぬぐえぬものの、ここにその全文を採録し、氏の十三回忌の霊前に届けたいと思う。

刊行のことば
私たちが干刈あがたを失ってはや六年が過ぎた。干刈あがたは、私たちの前に『樹下の家族』（海燕新人文学賞）で颯爽と登場し、同時代を生きる女性達の魂の同伴者として熱狂を持って迎えられた。デビューして世を去るまでの十年間というほんの短い期間に、芸術選奨新人賞を受賞した『ゆっくり東京女子マラソン』をはじめ、野間文芸新人賞の『しずかにわたすこがねのゆびわ』、新聞小説として社会的反響を呼んだ『黄色い髪』など、力作を次々とものにしていった。そして、現代家族のゆらぎ、女性の自立、人間同士の新しい絆、教育や老いの問題など、時代の課題を担う希有な女性作家として、一歩一歩誠実に仕事を積み重ねた。

真面目不器用に映るまでに真摯な干刈あがたの姿勢は、現代に生きる私たちが抱えざるを得ない深い断念や孤独をさえ覗き込み、悲しみや切なさや辛さを超えた明るさに到達している。世紀末の混迷深まる今日こそ、間違いなく干刈あがたの作品がその真価を発揮する時である。その仕事は、時代を超えた光を放ち、これからも苦しみ悩みながらも、時代を真剣に生きようとする人々の心の糧となり続けることだろう。

（河出書房新社編集者）

赤い木馬

大槻慎二

「ほかにも死んだ人は沢山いるけれど、その死を自分の生と重ねて思い出せる人は、今これだけだった。それを聞くと、ある時期の自分をまるごと思い出してしまう歌のように。」

干刈さんの出世作『樹下の家族』を読み返そうとして、その冒頭で頁をめくる指が止まってしまった。例の「○○が死んだ。○○が死んだ。……」というリフレインの直後に来る一節である。

いま干刈さんのことを想うとき、これほど自身に迫る言葉はない。なぜならば私にとって干刈さんこそ、まさに「その死を自分の生と重ねて思い出せる人」であるから。

そうして福武文庫版カバーの折り返しにある〝著者近影〟に見入って、不覚にも涙腺が弛んだ。優しい、いい表情のポートレイトである。この写真を撮影したのは、おそらく海燕新人賞受賞後間もない頃だろう。ということは四〇歳前後。その年齢を自分がすでに越えてしまっていることに、気の遠くなるような悲しさを覚える。

干刈さんとの個人的な思い出をつらつらと綴っていけば、おそらく与えられた紙幅を数倍超過してなお終わらないだろう。それは自分の分《ぶ》ではないので、三つだけ箇条書きに記すことにする。

一、千刈さんの担当となったのは、妻の方が先だった。当時「オレンジページ」で働いていた彼女は「物は物にして物にあらず物語」の連載担当だった。偶然だが千刈さんと同じ町内・西小山が私たちの生活の場だった。碑文谷のダイエーにも千刈さんのお宅にも、自転車で数分走れば行くことができた。

けれどもちゃんとした話をするときは、決まって目黒駅前の書店の地下にあるレストランを使った。

一、娘が生まれたとき、千刈さんは産院まで来てくれた。訳あって自宅から遠く離れた深大寺の助産院で産んだ。千刈さんは産室に入るなり、察して近所の喫茶店まで連れ出し、コーヒーを御馳走してくれた。「息が詰まるでしょう」。あの時、この一言でどれほど救われたことか。

しばらくして、千刈さんから自宅に子供用の赤い木馬が届けられた。

一、代々木の東海大学附属病院には幾度もお見舞いに行った。窓のすぐ下には首都高速四号線が見えた。ある日曜日、妻と娘を連れて病院を訪れた。病室まで娘を連れて行くという妻と、諍いになった。衰弱している千刈さんに幼い子どもの生命力はきつかろうと思ったのだった。

それが千刈さんとの最後の面会になった。

その後数年して、私は離婚した。娘は今年十四歳になる。いただいた赤い木馬は、いまも彼女の部屋のどこかにあるに違いない。

…………。

あらためて千刈さんとご一緒した仕事のことを考えてみる。いくつかの代表作を文庫にいただいたほか、連載当初から単行本までお付き合いしたのは『アンモナイトをさがしに行こう』だけだった。

その頃は朝日新聞の小説連載を終えた直後で、干刈さんは疲れ果てていた。その作品『黄色い髪』はさまざまな意味で干刈さんにとって大きなもので、題材からいって読者の反響も大きく、その分、疲労も相当なものだったろう。

『アンモナイトをさがしに行こう』は、『黄色い髪』の姉妹編でもあり、そこから受けた傷を癒しつつ書き継いだ作品でもあった。が、単行本にしてしばらく後、歌を引用した歌人との間にトラブルがあり、結果、不幸な成り行きとなった。

それ以外に短いエッセイの類いの原稿はいくつもいただいたが、小説でもっとも軽快な思い出として残っているのは「もう一つ」という中編である。たしか「海燕」の百号記念の依頼に応えて書いていただいたものだが、その時にはすでに、干刈さんの軀は癌に冒されていた。

干刈さんは晩年の十年を、作家として疾走した。著作は二十冊を越える。多作といってもよいだろうが、干刈さんは本質的には寡作な作家だったのではないだろうか。それを時代が許さなかった。「ゆっくり走ろう」と自分に言い聞かせながら全速力で駆け抜けざるを得なかった。

もし自分が、編集者としてキャリアがよりあつく、分別がもっと深い人間として干刈さんの傍らにいたならば……一体何が出来たろう。恨むべきは二十代、三十代の頃の自分の度量だ。

けれども、十三回忌を迎えるいま、これだけは言っておきたいと思う。戦後文学（＝近代文学）の終焉と現在の文学との間にある深い淵に女性のサイドから独自の橋を架ける可能性をもっていた小説家は、干刈あがたを置いてほかなかった。

そしてその穴を埋める仕事は、まだない。

（元・福武書店、朝日新聞社出版本部　文芸編集部）

こだわりの作家・干刈あがた

岩崎悦子

干刈あがたさんと同世代である私は、一九六八年から二年間ハンガリーに留学した。当時、社会主義国であったハンガリーでは、女性が働くのが当たり前の社会であったし、そこで知り合った西側の女性たちもみんな当然のように働いていた。そして、ハンガリーでは、離婚も多かったが、再婚も多かったし、私の知り合った西側の女性たちは、結婚という形こそ取っていなかったけれど、男性と一緒に暮らしていた。

帰国後、一年半のハンガリー大使館勤務を経て、私は出版社に入った。そこに四年間働く中で、私が帰国後、生きにくいと感じたのは「女性問題」だと考えるに至った。とはいえ、職場での「女性問題」はあったが、シングルの私にとり、働くことは当たり前のことで、むしろ「女と男の関係性」の問題に生きにくさを感じていたのだ。

出版社をやめた二年後の一九七九年、私は、ユック舎という出版社を設立し、「シリーズ・いまを生きる」（その後、一四号まで不定期でつづく雑誌のような本）の第一号『女・31歳』を刊行した。その後ユック舎をつづけていく中で、さまざまな女性に出会い、その出会いを通じて、逆にユック舎をつづけるエネルギーをもらったと私は思っている。その中でも、干刈さんとの出会いは、とても貴重なものである。それは、彼女の作家活動の出発点の思いと、私の出版社設立の思いにどこかつながるところがあったからかもしれない。

干刈さんは、永瀬清子さんの「木蔭の人」という詩を読んで、「『木の蔭』の妻から見ると、なぜむこうに立っている彼女は、『一人あえぎ』『苦渋』の中を歩かねばならず、『すぐれた』男のうしろには妻がいるのに、おそらくおなじほどすぐれた彼女のうしろには夫あるいは男がいないのだろうということまで、『じっと』見つめたくなる。……」と書き（『40代はやや思惟《しい》いそが恣意《しい》』所収、「道子さんと清子さん」）、その対句として『樹下の家族』を書き始めたことを、後に知った。

その後の干刈さんは、子どもを持つ女性たちの生き方や、子どもの問題などを通じて、八〇年代の女性の生を等身大に描いて、多くの女性たちの共感を得ていったが、私個人としては、「ワンルーム」と「裸」が好きな作品である。

私は、それ以前から日本の女性作家の作品をわりとよく読んでいたが、円地文子や瀬戸内晴美の情念の強い女性像には、違和感を感じていた。あるいは、私たちの世代より若い、山田詠美の登場をとてもおもしろいと感じはしたが、あまりのこだわりのなさに、やはり共感を覚えるとは言えないものがあった。

確か、瀬戸内晴美は「女は子宮で考える」と言われたことがあると記憶しているが、私たちよりも上の世代の女性、しかも作家となるような女性は、作家本人に「女らしさ」や、男とは異なる女に課せられた価値規範を打ち破る、ほとばしるようなエネルギーがあるのだろう。そうした女性作家たちの描く女性像は、強烈な情念の持ち主になるのもうなずける。そして、時代が下がり、よきにつけ悪しきにつけ「性の自由」が謳われだした時代の女性作家は、性を表現することにこだわりや、てらいがないのも、これまたうなずける。

私はユック舎を始める少し前に、津島佑子さんの想像妊娠をした離婚女性が主人公の『寵児』（七八年刊）を読んだ。主人公が想像妊娠するという設定に、男との関係から来る感情（心）がこだわりとなって、からだにまで変調をきたすという、「心とからだの関係」を描いていることに、とても斬新さを感じ、「シリーズ・いまを生きる」の対談のホステス役にお願いした。また、ユック舎の最初の事務所兼住まいの一室を津島さんが事務所として使い、一年ほど親しくさせてもらったが、津島さんはとてもこだわりの人だと感じた。

「ワンルーム」は主人公の夫が事務所として購入した、十室ほどのワンルームマンションが舞台で、住人群像もおもしろいが、管理人役を務める奥さんの「心とからだ」の揺れがみごとに描かれている。そして「裸」は、元夫とその再婚した妻との旅行に子ども一人を送り出した後の主人公が、離婚後付き合った男たちや、妻とも知人である男との関係を日記のように描く中で、「男と女の関係」や「性」を心から絞り出すように辿っていく。

作家という存在がそうなのかもしれないが、干刈さんもとてもこだわりの人だった。特にこの作品は心や性を言葉にする際のこだわりが一番よく感じられる。「離婚からの出発」（『40代……』所収）で、「日本ではまったくといっていいほど、離婚後の女の性の問題が語られていない」と書いている。シングルの女性にも重なる問題だけに、おそらく身を切られるほど、書きにくいテーマだったかもしれないが、もっともっと書いてほしかった。

（ユック舎編集者）

干刈さんのこと

柴野次郎

本を一冊作らせていただいただけのことなのに書きすぎかもしれませんが、干刈さんのことを想うたび、じつは僕は自分の母のことを考えます。母は、僕が干刈さんと初めてお目にかかったころに、干刈さんと同じ病気で、この世を去りました。大正の最末年生まれの彼女と、戦時中にこの世に生を享けられた干刈さんとの間には、二十歳近い年齢差があります。しかし、僕には、干刈さんと、自分の母との間の、二十年を越えた近似性を想わざるをえないのです。ある意味で、幸せに満ちたとは言いがたい育ちをした敏感な少女たちがたどらざるをえなかった厳しい人生。そして、人生半ばでの、死に至る病。辛いことです。ひどいことです。男ということだけで、同じような条件の下に生まれ育ったとしても、より厳しくない人生を生きたであろう多くの人々、そしてその延長上で能天気に暮らす自分自身。粛然とせざるをえません。文字通り、立ち竦む想いです。このような想いをさせる仕事相手は干刈さんだけでした。

（朝日新聞社編集者）

干刈あがたと私

池田祥子

小説家は小説家、普通はそれ以上でもそれ以下でもない。好きな小説家がいるように、あまり好きではない小説家がいるだけの話である。しかし、私にとって干刈あがたは単なる小説家ではなかった。私が「干刈あがた」を「生身の人」として初めて意識したのは、一体いつだったのか、彼女の『樹下の家族』を読んだ時からだったのか、今となっては記憶は定かではない。確かに『樹下の家族』は「小説」というよりも何だか「私（たち）のこと」を代わって書いてもらったような、とてもスンナリ胸に落ちてくるものがあって、当時付き合い始めていた彼（小説家の卵？）にもこの『樹下の家族』を読んでほしくて駈けて持っていったのは覚えている。それでも、その時はまだ関心は『樹下の家族』の方に向いていたような気がする。

それから二、三年経った頃だったろうか、『ゆっくり東京女子マラソン』を元に書いた彼女の小さなエッセイ（朝日新聞）を手にして、私の同僚が「何だかあなたと同じような感じの人ですね」と呟くのを聞いた。そこでドレドレとそのエッセイを読ませてもらった時、彼女が私と同じ一九四三（昭和十八）年生まれと知った。しかも、択りによって、同じモノを見、同じように感じながら生きてきた者同士、と思ってしまった。だから、その後の彼女の作品を読めば読むほど、彼女の綴る言葉、彼女の書く内容のどれもが丸ごと私の体に吸い込まれてしまうような錯覚を覚えるものだった。この「分身」にも近い親近感、親密感の深まりは、もちろん、私が一方的に彼女に惚れ込んでしまったことに他ならないのだろうけれど。

朝日新聞に「黄色い髪」が連載されるようになった時、私は、毎日欠かさず、真っ先に読んだ。そして、その頃友人たちと一緒につくった教育図書の中で、私は「学校に絡む家族の問題」を担当し、干刈あがたの文章を冒頭に書き始めた。

「私はやっぱり、片親家庭とか離婚家庭は問題家庭だと思いますよ」……「夏実ちゃんのように親を亡くした子なら、命に敏感になるでしょうし、離婚家庭の子なら、世の中の制度のようなものに疑いをもったりするんじゃないかしら。今の世の中が一番考えてほしくないことを考える子たちなのよ」

それから、干刈あがたと私はもう少し現実にも近づいていった。ユック舎の岩崎悦子さんが黒衣役になって作られた東京・世田谷区の杉の子保育園（星野勤園長）編『保育園とフェミニズム』に、干刈あがたはゲストの一人で登場していて、私も園長の星野勤さん絡みで少しだけ登場していたというわけだ。彼女はその時のゲストとして、次のような発言を残している。

「特に私は小説書いていくうえで、子どものことはごまかして書いちゃいけないってすごく思うの。特にああいう進学なり離婚のことなりって言うのはね、つくって書いたりして、本当はそんなにいい結果にいかないはずなのに、いい結果にいってめでたし、めでたしみたいなの書くのって、すごく私は自分の気持ちに合わないのね。だから、失敗なら失敗も正直に書いたりしながら、行く方向とそのプロセスみたいなのを大事にして、いつかはわかってくれるだろうと思う反面、わかってくれなくてもしょうがないけれども、言いたいことだけは言っとこうとか、そんな感じです」

また、丁度同じ頃、私のささやかな著書『〈女〉〈母〉それぞれの神話——子産み・子育て・家族の場から』（明石書店）を、引用させてもらったお礼も兼ねて干刈あがたさんにお送りしたら、丁寧な葉書のお返事を頂いた。コスモス会の会員になった今、その彼女の葉書を懸命に探しているのだが、どこに仕舞い込んだだか、いまもって見つからない。それも残念なことの一つである。

しかし、一番残念なのは、それぞれの結婚や離婚、仕事を持つこと、子どもと関わること、母親であることと一人の女であること、セックスに関して、等など、もっともっと率直に、直にいろいろお話したかったたし、何よりも「女・子ども」の世界を怖いほど赤裸々に、彼女にこれからたくさん書いてほしかったのに、……その悔いと恨みは晴らしようがないことである。

（短大教員、読者）

早稲田キャンパス時代の干刈あがたさん

山田正彦

一九九三年の夏、私は激しい選挙戦を戦い、三度目の挑戦でようやく自民党を相手に当選することができた。直後、まだ選挙運動中の半袖ポロシャツと白い運動靴姿のまま、私は三十年ぶりの北海道夏期大学の同窓会野幌会に参加した。

そこで初めて干刈さんの話を聞いたのだった。あの時の彼女、そんな高名な作家になっていようとは、まったく想像もしていないことだった。といったら言い過ぎかもしれない。大学時代の彼女を知る私の心のどこかに、彼女はあの柔らかい文体の微妙な表現の技で、どこかでなにかを書きつづけているに違いないといった期待があった。

私の心は躍った。

しかし彼女はガンを患い、すでに一年前になくなっていた。

早速、届けていただいた『ウォーク in チャコールグレイ』を、久しぶりに彼女への思慕にかられながら、貪るように読んだ。確かに私たちの学生時代、「早稲田キャンパス新聞」創刊当時のことが、驚くほど詳しくディテイルまで描かれている。読みながら何度も、じっと私の中で三十年前を思い返した。

彼女は地味で小柄な、それでいてどこか惹きつけるところのあるひとだった。こう表現したら天国から怒られそうであるが、〈うさぎ〉さんのような目をクルクルさせながら、彼女のお父さんの出生地である沖永良部島に初めて行った時の感動を語ってくれた。私もまた五島列島で生まれ育ったので、島のことは兄貴格で夢中になって語り合ったものだ。

彼女は温和で普通はあまり喋らなかったが、それでいて芯が強かった。あるとき新聞の編集会議で、いつも一方的におしまくる金富正明君（卒業後新日本製鐵に入社）が、彼女から何かのことでかなり激しい反撃を受けて、驚いて私にボヤいたことを覚えている。

奇しくもその後、私は雑誌『島へ。』を発刊することになる。雑誌がどんどん廃刊になっているときに、新しく雑誌を発行するなど無茶苦茶だと皆にさんざん言われた。しかし資金もなくて新しい雑誌の創刊に挑戦するのは、学生時代に「名古屋うどん（そばやの二階）」で創刊した早稲田キャンパス時代と全く変わらなかった。雑誌の広告とりに回りながら、当時の干刈あがたさんもこうして広告とりをしていたのだなとあらためて思い返したものだった。雑誌『島へ。』も四年目に入る。干刈さんが元気でいたら、『島へ。』に、かつて語ってくれた南の島の満天の星空の話でも書いてもらえたのではないだろうか。

彼女とは新聞つくりを通じていろいろな思い出がある。が、ひとつだけ言いたいことがある。当時の私は新聞記者を志望していて、小説のなかにあるような政治家志望の野心的な学生ではなかったような気がする。

そのことを、当時衆議院議員で親しくしていた栗本慎一郎さんが、「週刊スパ」で二週にわたって「干刈あがたと山田正彦」のタイトルで面白く述べてくれた。栗本さんは五島にも遊びに来て、一緒に海を眺めて「光っている小波が稲の穂のようにさーっと靡く」のを見ながら、干刈さんのことを語ったものだった。

いずれにしても私にとって、彼女が著名な作家になっていたのは感動的なできごとだった。誘われるままに一周忌に参加して、お母さんと妹さんに三十年ぶりにお会いすることができた。「あれ、山田さん」とずいぶんと驚かれていたが、しっかりと覚えておいていてくれたのは嬉しかった。

私は大学四年の時思いもかけず肺結核を患い、新聞記者になれず、やむを得ず司法試験に挑んだ。合格してからは、郷里の五島で牧場を開き牛を四〇〇頭ほど飼って、すっかり都会とは縁のない田舎暮らしを続けていて、干刈あがたさんが彼女だとは知る由もなかったのだ。

いつしか私も五冊の本を書き上げて、昨年十月に出した『輸入食品に日本は潰される』は半年で五刷になり、朝日新聞、日経新聞などにも紹介され、ひそかに喜んでいる。

彼女がいれば、どんな批評がいただけただろうか。

先般、衆議院議員三期目の当選を祝って、学生時代のキャンパス新聞の仲間が集まってくれた。その場で後輩の齋田義孝君が面白いスピーチをしてくれた。彼は干刈あがたさんの小説はすべて読んだと自負しているが、この『ウォーク in チャコールグレイ』だけは他の小説とは異なっていると力説しながら、メモを読み上げて滝口哲也と別れるとき次のように書いていると紹介した。

「本当に、滝口さんのような人が政治家になれるんだったら、どんな手口で、どんなふうになっていくのか、見ていたいような気がします。なれたら面白い。なれるんじゃないかという気がします。貧乏な人間が最初からあきらめてしまっていることを、やっていくのを見たいです」

今、私も読み返しながら、彼女の思いがどこにあったのかは分らないが、政治家として、誰にもできないようなことを一つでも仕上げて、「人生生きていてよかった」と思えるように、残りの人生をかけ抜けたい。

（衆議院議員、大学での友人）

傍らにあなたがいて……

毛利悦子

あなたが九月の爽やかな風に迎えられて静かに旅立ってゆかれて十二年、あなたの本を並べた書棚の前に立つ時、無念な思いとともに、あなたにめぐりあえた幸せを思います。

都立高校の古い木造校舎の教室で同級生として出会い、それぞれの家庭環境を背負いながら、新聞班での「富士新報」の発行に打ち込んだ三年間でした。あなたはとても口数の少ないおとなしい人でしたが人の輪の中で周りをよく見ていて、その場の雰囲気にとけ込んで楽しい人でした。

「私は結婚しないかもしれない。してもずっと遅くだと思うわ」といっていたあなたも仲間と足並みをそろえて結婚、育児に勤しむ日々、私は少し間を置いていた時期もありましたが、おそくまで独身でいたために、よくあなたに誘われてコンサートや写真展にご一緒していました。

そんなある日、「自費出版で本を出そうと思うの。誰かに言っておかないと、あきらめてしまいそうだから。恥ずかしいけど聞いておいて」と。それから四カ月、『ふりむんコレクション／島唄』が出版されました。印象的なとても美しい本でした。それにもまして、才能が噴出したような力のある内容に感動しました。知人や書店を回って本を売る経験もしましたね。

あなたは『ふりむん』を「ためていたものを全部はきだすように書いたのだと思う」と言われ、その後、『樹下の家族』を「正式なルートで自分の書くものを問うてみたい」と第一回「海燕」新人文学賞に応募されました。

新人賞を頂いたとき「受賞は出発してご覧なさいという声に聞こえました」と言って、作家の道に踏み込んでゆかれたのです。

ちょうどその頃、お互いが境遇の変化に入り込んだ時で、あなたはこんなはがきをくれました。「私は何も言ってあげることもできず、ただ傍らで見ているよ、といえるだけ。そして、私がこれから進もうとしている残酷な道への歩みの傍らにあなたがいて見ていてください、とお願いします」。「見ているよ」この一言にどんなにいたわられ励まされたことでしょう。互いに見合いながら、私はあなたからどれ程たくさんの宝物を頂いたことでしょう。あなたが率直に深い声で話すとき、あなたの心のありようがとてもよく響いて、私自身の思いも引き出されます。取り留めなくなってしまう私の言葉にじっと耳を傾けては、ささいなことまで汲み上げて、何倍も広がりのある話を聞かせてくれました。

いつもしみじみと心に染みて幸せでした。

『ふりむん』を自費出版したとき、書くことで人を傷つけてしまうこと、そのことで深く傷ついてしまうこと、辛い経験をしてしまったあなたは原稿を納めては深く落ち込んでしまう繰り返しでしたね。

私はただ聞くばかりで「小説はあなたの手を離れて歩き始めたのだから、歩かせてあげたら。きっと誰かに出会って大切にされるわ」そんなことを言うのが精一杯だったのです。

次々に発表する作品は評価を得て期待を込めたさまざまな声が届き、また厳しい批評もある中で

「まだまだ書きたいことがたくさんあるの」といいながら走り続けたのですね。

〝残酷な道〟とあなた自身が言って進んで行った〝作家の道〟で力尽き倒れたあなたの傍らにいて、私はなすすべもありませんでした。あなたに近づく病魔にもっと早く気づくべきでした。この取り返しのつかない現実がとても悔しく、とても無念です。

編集者の方の紹介で受けた診察の結果が出た日、「前がん症状があるって。来てくれる」。電話を受けて駆けつけた診療所の待合室で、あなたの肩がとてもか細く見えました。

その日、一九九〇年三月末日。この日から二年半、最後まで病名を告知されることなく、患者、浅井和枝としての入院生活、「まだまだ書きたい」心の中でどれほど苦しみながら、その無念さと戦ったことでしょうか。

弱音や愚痴を一言も言うことなく、周りを気遣って静かに耐えて逝かれたあなた、痛ましさと感動が今も心に響きます。

そして、一周忌の法要に集まったみんなで毎年コスモス忌として続けてゆこうと決めました。

青梅の宗建寺に建てられたあなたのお墓は奥多摩の青い山に抱かれて静かです。幼い日のあなたを包んだ自然が私たちを迎えてくれます。新幹線に乗り青梅までの旅をして初めて参加された読者の方、何年越しかにやっと来られたという方、久しぶりの方、毎年参加される方、誰の心の中にも、あなたが生きていることを思います。

そして私の中のあなたは。あなたの声が、眼差しが返ってこない現実が、身にしみて辛かった長い時間を経て今、事あるごとにあなたから頂いた言葉の宝石を取り出してみます。

私が親元を離れて一人暮らしを始めた引越し先へ追いかけるようにくださった手紙。

「体に気をつけて。お互い、いっしょうけんめい生きてきたんだし、先も、あと何年かわからない。惑乱するときにはして、揺り戻しも引き受ける覚悟をして、自分の人生を生きようね」

一緒に生きてゆかれると思っていたこの時から、二十余年になりました。そして私はやっと今、自分の人生を生きる実感を持ち始めたところです。こんな私の傍らにあなたがいて、見ていてくださいとお願いします。

（高校での友人）

ひかり　ふたたびの　ひかり

池田威夫

　都立F高山岳部の同期生が、昨年暮に南アルプスで急死するという事故があった。その学友を偲ぶ会で、Aから手渡されたのは千刈の『ウォーク in チャコールグレー』。

　千刈がいた新聞部と山岳部は旧校舎の階段下の部室も新校舎に移ってからも隣りあわせで、口にこそしなかったが、互いの部活に敬意を払っていたように思う。千刈たちが旧制高女時代の新聞を倉庫の隅で見つけて、あの「雨踏み分ける君を見むとは」の歌に触れた時を同じくして、山岳部も同時代の週番日誌を手にしていた。そこには、教師達の検閲を意識してか、戦時を生きる女高生の姿が、いずれも美しい文字で綴られていた。

　これらの資料をF新報に再掲載できないものか、新聞部と山岳部が密かに相談したように記憶している。この企画は結局ボツになるのだが、千刈たちは学校との交渉を粘り強く重ねたに違いない。千刈は、「継承」ということを大切にしたいと言い、それはタテのつながりだけではないとも言ったが、時代に取り込まれながらも、当時の少女たちが時代に何を見、何を感じていたかを字義通り継承したいと考えたのかも知れない。

　千刈や僕たちの高校時代は、いわゆる六〇年安保を境にして、この国が大きく右旋回しようとする只中にあった。漠然としながらも否それゆえ戦争に対する不安は、時代のなかで増大した。全校的な盛上がりはないものの、新聞部や山岳部は、放課後になるのを待って、あるいは授業を抜け出して国会周辺に行った。反安保高校生会議のデモの中で干刈とスクラムを組んだ記憶がないのは、僕たちは授業をサボって先に行き、彼女たちは授業を了えて参加したからだと思う。もとより干刈は目立たない存在だった。デモ指揮は、N高に恋人がいるという派手な子がとっていて、干刈の姿は見えない。それは、生徒会や部活の日常でも同様だった。おそらく言葉を交わしているのだが、印象に残っていないのだ。

＊　＊　＊

すなわち、干刈が一年のアルバイトの後に早大政経の新聞学科に入学したことは、全く知らなかった。デモと山行に明け暮れていた山岳部の多くは浪人。予備校の登録を済ませたものの、翌日からは中野駅北口のクラシック専門の喫茶店にたむろして、山と音楽と異性のことしか考えていなかった。その報いとして、一浪の果てに僕は干刈と同じ新聞学科も受験するのだが、全く歯が立たず再び浪人。翌年、干刈たちが『キャンパス・ジャーナル』第3号を売っていたその新学期、二文演劇科に滑りこむ。入学したものの、僕は学部にはほとんど行かず、学生劇団のひとつに所属して、10号館裏の演劇長屋に通っていた。六〇年安保後、全学連主流派は分裂をくり返していた。旧ブントの影響下にあった僕たちは、早大新聞を買いこそすれ、干刈たちの新聞には目もくれず、稽古とデモに没頭していた。

つまるところ、政経学部のあるメインキャンパスでも、彼女たちが「遠足」に行ったという文学部キャンパスでも、干刈に出会うことはなかった。いわゆる第一次早大闘争は、干刈より一年遅れた僕が三年になった春のこと。四年生のはずの彼女は、すでに大学には見切りをつけていたのかも知れない。干刈がコピーライター養成講座に通いはじめた頃、僕はバリケードのなかで身体を壊し、学生運動の現役を引退する。唐十郎の情況劇場が、文学部裏の通称箱根山で旗揚げを行った頃である。

＊　＊　＊

千刈がコピーライターとして新たな歩みを始めてから、やはり約一年遅れで僕は早大OBを中心とする劇団に入り、コピーを書くことになる。デザイナーになっていたF高同期のWが、見かねて仕事を回してくれたからである。千刈が同業者になっていたことも、どんなコピーを書いていたのかも僕は知らない。やがて作家としてデヴューしたことはAから聞いていたが、関心をもたずにいた。

一方で、『ゆっくり東京女子マラソン』というタイトルに、僕は大きな衝撃を受けていた。『しずかにわたすこがねのゆびわ』にしても同様だが、僕は、これら千刈の表題を超えるキャッチフレーズを書けたことがない。時代の気分と書き手の内実を見事に言い当てている。

『ウォーク in チャコールグレー』の山木信子に会いたいと思った。千刈にもう一度会いたいと思った。晩冬の早稲田に行った。信子が季節の度に仰いだ図書館の蔦はきれいに取払われ、そこここに清潔なテラスが設えられていた。学生たちはおしなべて明るく大人しい。レンガ造りの「らんぶる」は戸閉めになっており、軒を並べていた古本屋も殆どなくなり、僕は変化を好まぬ老人になっていた。

千刈あがた。おおだかな人であった。寡黙な人であった。それだけ深く書ける人であった。「雨踏み分ける」千刈のテクストは、ふたたび若い書き手に継承されつつある。

（高校の友人）

夕鶴のように

鈴木貞史

後の干刈あがた、柳和枝を初めて見たのは中学2年のとき、荻窪病院の中庭だった。私が相撲を取っていて骨折した右足のリハビリに病院通いをしていた頃だ。彼女は蓄膿症の手術か何かで入院していたようだ。第一印象は憂い顔の美少女という感じだった。無論、彼女の方は私のことなど認識してはいなかったと思う。

そして杉並区立中瀬中学三年D組に進級したら、同じクラスに彼女がいた。とにかく、恐ろしく勉強のできる子だった。英語・数学何でもござれ。文系・理系どっちもOK。彼女は最初の大学受験のとき、確か薬科大学を受験していたと思う。

高校は彼女が都立富士高、私が西高と分れたが、高校に行ってからの方が親しくなった。家が近かったため、腰の軽い私が、彼女の家をちょくちょく訪ねていったのだ。彼女の電球一つの薄暗い勉強部屋で当たり障りのない映画や小説の話をしていたような気がする。

一度だけ私が高二のころ同じクラスの女の子に片思いしていることを打ち明けたことがあった。柳和枝はお姉さんのような温かい励ましの言葉をかけてくれたと思う。

ある晩など、私があまりに遅くまで柳家で話し込んでいたため、お袋が迎えにきたことがあった。

あれにはちょっと参ってしまった。

とにかく私にとっては数少ない貴重な高校時代のガールフレンドの一人だった。ただ、当時から勘の鈍かった私は、彼女の家に複雑な家族事情があったことなどは全く気づかなかった。おめでたい話である。

彼女が早稲田に進学してからはちょっと付き合いがとだえた。再び偶然出会ったのは忘れもしない新宿三越裏の純喫茶「プランタン」。

お互いにフィアンセといっしょだった。私は今もいっしょにいるカミさん連れ。彼女はT製薬時代の同僚の男性だった。当時けっこう流行っていた「幼なじみ」という歌の歌詞を思い起こすようなシーンだった。

彼女の葬儀のとき、昔の旦那さんに会ったので、プランタンのことを話したが、彼は覚えていないようだった。二十五年も前の話だから無理もない。

その日をきっかけにしたのだったか、新入社員として駆け出しの編集者になっていた私は、ネタに困り、彼女に何かいい企画はないかと泣き付いた。「私、四月にフィリピンに行ってきたのよ」という彼女の言葉に私はすがりついた。私の初めての依頼原稿であり、彼女にとっても恐らく初めての原稿依頼ではなかったか。その玉稿が当時のファッション誌「若い女性」の読み物記事として三ページを飾った。

私は入社して半年ぐらいしか経っておらず、鬼のようなN編集長にプランはボツにされるは、原稿は徹夜で書き直させられるはで散々な目に遭っていた。そのため私は柳和枝の原稿も恐る恐る編集長に提出したのだ。ところが、一読後、「なかなか面白いね」というではないか。鬼がなんと一発OK！

後の干刈あがたは生まれるべくして生まれたのだ。そのあとは、私が付き添いで彼女がインタビュア兼ライターという仕事を二人でいくつかものした。当時のスピードスケートのスター選手だった鈴木恵一さんのときは、彼女も好感を抱いたようで「感じのいい素直な人ね」などと言っていた。

いちばん思い出に残っているのは吉永小百合のインタビューだ。当時まだ河田町にあったフジテレビ、六本木の吉永小百合事務所、小百合の自宅と三回に渡るロングインタビューだった。彼女も吉永小百合も早大に籍を置いたこともあり、年齢も近く気が合ったようだ。「率直でスターぶらない人」と言っていたように思う。

それから十五年後、彼女は第一回海燕新人賞を受賞し、干刈あがたに変身して登場した。私もこのとき文芸出版部に在籍しており、彼女との縁をアピールして担当者にしてもらった。講談社の主催する野間文芸新人賞を受賞した彼女にお祝いを言いにホテルの会場へ行くと心細そうに柱の陰に立っていた。「おめでとう」と言ったとき、はにかんで笑った彼女の表情は十代の頃を彷彿させた。

文庫出版部に異動になった私は、早速彼女に文庫判サイズの小冊子〝イン・ポケット〟の長編連載小説を依頼した。二年半の長きに渡って毎月彼女から三十枚の原稿をもらったのが、『ウォーク in チャコールグレイ』だ。

毎月月末の締め切り日が近づいてくると彼女の家に電話をかけるのだが、いつも「明日でもいいい?」とか細い声で返事をしてくる。私は何日待ったっていいと思っているのだが、彼女は済まなそうに「あと一日いいかしら」などと悲痛な声で言う。

彼女は命を削るようにして原稿を書いてくれた。そして本当に彼女は自分の命を削ってしまった。まるで夕鶴のつうが自分の羽で機を織って飛んで行ってしまったように。

（元・講談社編集者、中学校の友人）

千刈あがたこと浅井和枝さんとの思い出

新堀克子

　ある日、中学校の父母会の帰りにクラスのお母さんから「あの人の本の中に、あなたのような人が出てくるわよ。」と言われました。浅井君のお母さんの書いていらっしゃる小説の中に私がモデルのような人物が登場しているという話でした。

　私は、中卒で入社したカメラメーカーに勤務しながら三男一女の子どもを育てていましたので、とても忙しくて地元のお母さんたちとも父母会の時などしかなかなか会えません。その本は何だろう。読んでみたいなと思いながら果たせずにいました。

　そんな折り、いろいろなストレスが股関節にでて、保育園仲間の「鍼療所」に整体治療を受けに行きました。するとマッサージして下さっている女先生が「ある日、とってもきれいな出血の時があってね」と突然話しはじめました。それは私が中学校の全体会会場の各クラスごとに分かれた父母会で、我が家の子どもたちに〝性教育〟した経験を話した内容でした。私はてっきり他クラスの子を持つ彼女が、割と近くにいて聞こえていたのだなと思いました。しかし、そうではなく、「千刈あがたさんの本にでていたの。あなただとわかったわよ。」とのこと。その時、彼女は、ＰＴＡの役員をやっていて講演会に千刈あがたさんをお招びしようということになったので何か読んでおかなければと図書館へいき、借りてきた『ゆっくり東京女子マラソン』に書いてあったのだと話してくれました。その続きも私が喋ったままに語られていてびっくり。私も早速、図書館の近代文学コーナーへ出向き『ゆっくり東京女子マラソン』を借りてきました。すると、その他にも〝自殺した母親の話〟〝PTAの茶話会〟〝Gパンの母親〟〝少年野球の女の子〟〝グラウンドの予約〟などあちこちに私の体験談がでていて本当に驚きです。浅井さんは父母会でメモもとらずにいたように思っていたのですが…。

間もなくの授業参観の時、すでに授業が始まっていたのでそっと教室に入ると、何とそこに浅井和枝さんがポツンと一人で……。いろいろ質問したい思いがドッと押し寄せましたが、耳元で「いつも家で書いていらっしゃるんですか?」「ええ」それが初めて交わした会話です。

次男の浅井圭君と我が家の長女は小学生時代からよく同じクラスになり、小柄でおとなしそうな和枝さんのことは父母会でお見かけしていたのです。「一度お話したいと思ってました」と私が言うと「私もよ。今度ウチへぜひお出で下さい」「ハイ、又、会社を早退した時にでも」と別れました。家に帰ると「折角ですから、今からどうですか?」と電話があり、「ハーイ」と喜んでとんでいき、今までのことをタップリ話し合いました。

やがて、娘が高校に入り同級生になった、歌手の加藤登紀子さんのお嬢さんと親しくなった話をしたら「私はおトキさんの歌詞を頼まれて書いたことがあるの。毎年、暮れには彼女のコンサートに行くのよ。今年は、ぜひ一緒に行って三人でおしゃべりしましょうよ。」と誘ってくれました。

そして、おトキさんに初めて会う前に、私が東京労音(音楽鑑賞団体)のサークル活動をしていたこと、私が妊娠を機に責任者を押しつけた後輩がすっかりのめり込み、東京労音の委員長(当時)になっていて、おトキさんのコンサート活動とご縁があること、娘たちが仲良しのこと、そして干刈あがたさんとのことなどを書いた手紙を出しておくようにとアドバイスしてくれました。私は、早速、長々しい手紙を書いてその日がくるのを指折り数えて待っていたのでした。

ちょうどその頃、彼女は『黄色い髪』を朝日新聞に連載中と分かりました。我が家は、朝日新聞をとっていません。友人に頼んで回して貰って読むことができるようになりました。すると、私のような登場人物（男の子ばかり四人の母）がいて……。我が家は私が家で髪をカットしていたために坊ちゃん刈りだった次男が高校入試申し込み用の顔写真を撮って貰えなかった話を父母会で発言していたのです。（当時の目黒九中はスポーツ刈りか坊主刈りでないとダメだったのです）

「どんなに苦学しようと学校の先生になりたくてなった人たちは、エリートだと思う。零細業者などの辛さは分かっていない。床屋にいくお金も無い時があることを知らないのだと思う」など、更に違う角度からの中学教師に対する批判なども言ったと思います。

その作中の「私」に対して、作者は批判的に書いていたのですが、私との付き合いが始まってから「頭の良い人だと思った」と認識が変化したことが書かれていて、思わず笑ってしまいました。

そのころは、お互いにいただきものがあったりするとおすそわけしあったりして、時間ができると結構頻繁にお邪魔して話をしていました。奄美から取り寄せていらしたお酒をいただいた時は、「彼女お酒が強そうだな」と思いましたが、当時はアルコールのお付き合いはありませんでした。今なら一緒に飲めるのになぁとつくづく残念に思います。

「今度ね。目蒲線の各駅毎の話を書きたいの。武蔵小山のことはあなたが書きなさいね」。私が中学時代を武蔵小山で育った話を覚えていたのです。「とんでもない。武蔵小山商店街の商店主とか知り合いが大勢いるから紹介するし資料集めは協力するわよ」。何だかとっても楽しみになりました。

ところが肝心の和枝さんが入院することになってしまいました。「私は今回は駄目そうだから、コンサートはあなたと娘さんで行っておトキさんに会ってきて」と頼まれました。

十二月末、新宿シアターアプルの「ほろ酔いコンサート」。ほろ苦さを感じながら、終了後の楽屋へ案内していただき、千刈あがたさんの入院をおトキさんに伝えました。娘がプレゼントした臙脂色のバラの花を抱えたおトキさんと三人で撮った写真を和枝さんの病室に届けました。

私が次にお見舞いに伺った時は、抗ガン剤を投与中のようで、カーテンで仕切られたベッドに起きあがり吐き気と闘っているような表情でテレビを観ているところでした。私まで辛くなるシーンでした。「私が退院したら、こちらから連絡するから、もう病院にはこないで」と言われてしまいました。「判った。じゃ電話を楽しみに待ってるね」それが最後に交わした会話になってしまいました。

亡くなって自宅に戻ってきた彼女は、ますます小顔になり整ったお顔をしていました。天才や美人は、薄命の人が多いといいますが、とっても惜しいし悔しいです。

平和が脅かされて、子どもたちの未来がとっても不安な今の日本の現状に報道機関が腰砕けになっていることを彼女の筆でビシバシと書いて欲しいとつくづく思います。

それは、残された私たちの仕事でもありますが。

（子どもを通した友人）

いまもニラミを利かすひと

柳　伸枝

千刈あがた亡き後、新たないのちを授けて下さり、千刈を生かして下さった方々、また、作品を読み継いで下さる方々に、深く御礼申し上げます。


去年の暮れ、千刈の長男に赤ん坊が生まれました。

長男は「煙草がすいたいから」と、赤ん坊との面会をすませた私を駅まで送ってくれ、「ときどきなみだ眼になったりしながらやってるよ」と、慣れないながらも、初めての経験を充分に愉しんでいるようでした。

「おかあさんに見せたかったわね」

素直に頷いた後、切実な声を発しました。

「あぁ、手伝って欲しかったなぁ」

「おかあさん不器用だから、結構ヘタクソかもしれないよ」

すかさず、憮然とした声が返ってきました。

「でも、ぼくや圭を育てたんだから」

なんだ、わかってるじゃないの。
赤ん坊が誕生するということは、ひとりのあたらしい父親が生まれることなのですね。

ごめんなさい。干刈あがたの本を私はほとんど読んでいません。なんだかハラハラして、いつもすぐに閉じてしまいます。そんなとき、思い出すことばがあります。

「ひとりひとりの作家と同様に、どんな本も、避けて通ることのできない難関をかかえている。そして、嘘をついていない、ほんとうの本であり続けるため、そういう落ち度をその本の中に残しておく決意をしなきゃならなくなる」（マルグリット・デュラス『エクリール』より、田中倫郎訳）

「余計なこと書かないでって言ったでしょ！　みっともない」
アネキ風を吹かす干刈は、いまも健在です。

（干刈あがた妹）

Ⅳ　千刈あがた作品論

〈あがた〉の光をつむぐ——干刈あがたの文学世界

与那覇恵子

干刈あがたという、ちょっと変わったペンネーム。そのペンネームには、作家干刈あがたのものを書く者としての姿勢が示されている。「ペンネームの由来」[1]は、次のようである。〈あがた〉は漢字を当てると〈県〉で、中央に対する地方などの周辺を指す。東京でも小さな町の日常は周辺となる。また「女子供」も周辺とみなす。〈あがた〉には中心を担う論理とは異なる、小さなものへ向ける論理が内包されている。〈干刈〉には日々の小さな出来事を刈り取るという意味が込められている。その音は〈光〉の響きにもつながっている。日常の世界をつむぐ作家、それが干刈あがたである。

第一回「海燕」新人文学賞を受賞した『樹下の家族』（『海燕』82・11）発表前に、干刈あがたは浅井和枝の本名で『ふりむんコレクション　島唄』（80・5）を自費出版している。「ふりむん」とは気のふれた者、おバカさんという意味だが、作者は「静かに心をふるわせている者」「ふらりと日常からはずれてしまう瞬間」として捉えている。この掌篇集には、自分を取りまく暮らしに敏感な感性とそれを乗り越えようとする意志が交叉している。

この本の「島唄」の部分には「奄美郷土研究会」の会員となって採集した島唄に現代語訳が付けられてある。最後に置かれた「沖祝女《うきぬる》」には「この唄を見つけた時、私はとても不思議な気がした。何か薄い紗《ベール》のむこうから射し込んでくる光を感じた」とある。「私は遅れて生れてきた祝女《のろ》なのではないだろうか」とも記されており、「自然界との交感を言葉」にする「姉妹神《おなりがみ》」への意思もみられる。現在では失われつつあるが奄美・琉球諸島全体に共同体の未来を予祝し、一族の男たちを守る姉妹神信仰は広く伝播していた。作家として現在のおなり神でありたい、とする渇望が「沖祝女」には認められる。しかし現代のおなり神の日常もまた厳しいものであった。

1 「私」の日常から

『樹下の家族』には、自分の位置を見つけられない女の声が響いている。この作品はジョン・レノンの死んだ一九八〇年十二月八日、三十七歳の「私」が新宿で、一九六〇年生まれの沖縄の青年と出会った日が現在時として設定されている。「私」と青年との出会いの間に不在がちの夫と二人の子供との不安定な日常の様相が、「私」の一九五〇、六〇年代の思い出や現在の子供たちとの会話の断片で綴られていく。

戦後、日本と分断された〈島〉の出身である父母を持ち、政治を家庭と結びつけたジョン・F・ケネディの大統領就任演説に感動し、高校三年十七歳の時に六〇年安保のデモに参加、樺美智子の死に衝撃を受けた「私」は、その後二十代で結婚して七〇年代前半には二人の子供を産んだ。東京生まれの「私」は、戦後の貧しい生活も体験しているが、高度経済成長期の豊かさも享受している。だが今は、豊かさのために〈家庭〉が不安定であることに戸惑いを感じている。

この「私」の設定に対して、「海燕」新人文学賞の選考委員であった佐多稲子は「世相をも鮮やかな背景にしたひとりの女の心象であって、その広がりに応じた強靱さを持つ(2)」と、小島信夫は「三十代後半の主婦の頭や心の動きが、このようにヴィヴィッドに出ている作品はなかった」と評価した。

文章に関して飯島耕一は「軽薄そうな外見ではじまるが、この作には意外に小説の形式感覚もあり、文章もまず気持よく読ませた」と述べている。

もちろん否定意見もある。木下順二は「冒頭、青年との出会いの軽妙な手順や、主として会話でその青年を見事に描いていく手法に始まって、世代や性格の巧みな書き分け、生活や風俗のきらびやかで細密な描写、ことごとくといっていいほど私は感心した。が」「〃で、どうなんだ？〃と聞きたくなる」「作品の世界の先にどういう展望があるのかが分らない」と、疑問を呈した。阿部昭は「作品の外見はともかく、内実は衣食足って暇をもてあまし情報に溺れる都会の主婦の、いつ果てるともないお喋りである。作者はそうでないと言うかもしれない。それならこの種のスクラップの遊びに耽ることと自体結構な暇つぶしである」と、辛辣に批判した。

『樹下の家族』には、日常の言葉で〈時代〉を描くことの困難さが横たわっている。この小説には「今日のひとつの生活」(佐多)、「今日という時代」(飯島)、「今日的情況」(木下)が浮き彫りにされているが、木下順二の「〃で、どうなんだ？〃と聞きたくなる」ような未来像が示されていないことも確かである。「私」もまたその状況からの出口を見つけられず不安に陥っているのだ。『樹下の家族』には、日本の経済が頂点に登りつつあった状況において、〈進歩〉を旗印に歩んできた戦後日本の社会に対する居心地の悪さが〈母親〉の立場から捉えられていた。子育てや家事を妻に任せて仕事に夢中になっている夫に対して、「私の内なる声は、女よ自立せよ、自走せよ、とは言わない。お前は男が好きなら、男の足を引張れ」という。その「私」(妻)の声は、女も仕事を持つ(自立する)ことが当然と見なされ専業主婦を批判する声が女性の側からも大きくあがった一九八〇年代において、時代に逆行するかのようにも聞こえた。その一方で、家庭に息苦しさを感じていた同世代の女性たちは、自分たちの声を伝える者の登場を感知した。「私」は「今の私が何不自由なくシアワセで、そんなことくらいしかこだわることが無いからなのかもしれない」とつぶやきつつ、「私はあなたが好き、男が好き、仕事も認めている、働いてくれて有難いとも思っている、でも、もう仕事はいいから、こっちへ来て……」とも叫びたいのである。そこには夫が、父が、家庭から消失しつつある状況への妻の、母の、深い危機感が秘められていた。

現在でこそ子供の危機に関して〈家庭〉における〈父性〉〈母性〉の重要性が説かれているが、働き過ぎる夫の稼ぎで生活している妻の発言を、暇な主婦のタワゴトと切り捨てた評もあった。しかし「生物としてのリズム」で子供を産んだ女が家族の危機を感受し「走り続ける社会の中で次代を担う子供をダメにすることは、突っ走ることを引き戻す役に立っているのではないか」とも語られていた。

〈進歩〉と〈豊さ〉が過ぎ去った今、その声は予兆のように響く。

「私」は、かつて一つの生き方の象徴であった樺美智子に、自分の今後を問う。

美智子さん、あなたが考えていた革命とはどのようなものでしょうか。私もまたカクメイを考えています。もう一度〈世の中〉とか〈人間〉とかの言葉を臆面もなく使って、ものを考えたくなっています。この二十年という変化の激しい時を生き、今は母親となった私は、片足は現代人の岸に片足は生物の岸にひっかけ、急速に離れていく両岸のために股裂きになりそうになりながら、女性性器に力をこめて踏み耐え、失語症的奇声を発するこっけいな女性闘士《アマゾネス》にならざるを得ません。

干刈あがたは、樺美智子への語りかけの必要性について「いったんあの時代に引き返さないと、自分がものを言う出発点が確認できないという気持ちだった」(『思想の科学』88・7)と語っている。志なかばで逝った樺美智子は〈制度〉の何をあの時、変えようとしたのか。日常性に埋没してしまいそうな暮らしの中で、その問いは〈今〉を生きる者の問題として干刈に迫った。従来どおりのよき妻、よき母を演じることは不可能だと認識しつつ、新しい出口も見えない。分裂した意識を抱えて出発するしかない。樺美智子を引き継ごうとする意思、しかしそれは社会変革という大仰なものではなく、自分の生活の場である〈家庭〉が出発点となる。

干刈あがたは三十代になって永瀬清子の詩と巡り合っている。永瀬の詩に触れて「私は自分が生活経験を重ねてみて、女が家の中にいることや子育てで身動きできないこと自体が不幸なのではない、その中には考える種がいっぱいあり、命に近いところにある豊かさをいっぱい感じられる場所なのに、そのことに気がつかないことが不幸なのだ[3]」ということに気づき、「そこからものごとを見つめたり考えたりしたい」と、思うようになる。

自分の日常にきちんと向き合うことから干刈あがたの文学は始まった。『樹下の家族』の「私」は、そんな一九四三年生まれの干刈あがたとオーバーラップする。「私」は「個人的事情や生理に忠実に生きよう」と語る。干刈あがたが次に「忠実」に向き合ったのは、自身の「離婚」のことであった。

2　子供たちとの日常から

『プラネタリウム』(『海燕』83・2)には、離婚にいたる前の、父/夫不在の家庭における母/妻と子供たちの日常がユーモアとペーソス溢れる筆致で描かれている。長男シミジミと、母親の元に男が通ってくるのを淡々と語る同級生、との会話。恐怖映画のノリで父を仕事場から呼び戻そうと画策する次男ホトホトと長男との会話。母と子供たちとの会話。そして不在がちの父に打つ「アナタニ　トッテハ　シゴト　イガイノコトハ　カテイモ　コドモモ　ザツヨウナノデショウカ。アナタハ　カテ

イガ　フチンノ　コウクウボカン　ダト　オモッテ　イルノデショウカ」「SOS。キチヨリゼンセンニツグ。シキュウ　キカンセヨ。SOS。キチヨリゼンセンニツグ。シキュウ　キカンセヨ」のメッセージは、ユーモアに溢れているぶん、せつない。ここでも妻や子供たちの声は夫（父）に届かない。しかし、長男が空箱でつくり出した星座に母は、「無限の闇の広がり」に漂う親子三人の姿を幻視するが、そのことは「哀しみ」ではなく「歓び」であった。暗黒空間に浮遊する三人にささやかな光を放つ星座に、母は父のいない家族の絆を感受している。

『ウホッホ探険隊』（『海燕』83・9）は、「離婚を家庭崩壊という『結果』でとらえるのではなく、新しい『出発』だと考える」視点から書かれている。[4] 一九八二年の離婚当時、作家としてデビューしたばかりの干刈あがたは三十九歳、自営業のかつての夫は四十二歳、小学校六年生の長男は十二歳、小学校四年生の次男は十歳で、彼らをモデルにしたこの小説で彼らの〈新しい出発〉を描いていく。

ところで干刈あがたは、『ウホッホ探険隊』は自分の心と眼がとらえた子供たちの様子と自分の思いをきちんと書いたつもりの作品だと語っている。だがもしかしたら子供の心を傷つけているのではないかという危惧もあったようで、書き上げた時中学一年生になっていた長男に読んでもらい、彼の承諾を得て発表したという。つまり〈新しい出発〉は母と子の共同で始められたといってよい。しかも「離婚を考えてる人がかなり切実に読むだろうから、正直に書かないといけないと思[5]」い、子供たちの言葉はほとんどつくらず、彼らの話した通りの再現を心掛けたという。この作品は母と子で創った「私小説」といえだろう。この小説の魅力も、子供たちの喋り言葉にある。

「離婚のことを考えると、頭脳がつまずいちゃう」など、一見軽妙に思える言葉は幼いながらも置かれた状況を既成の言葉ではなく自分の納得できる言葉で受け入れ、表現しようとする姿勢を示している。「僕たちは探険隊みたいだね。離婚ていう、日本ではまだ未知の領域を探険するために、それぞれの役をしているの」「お父さんは家に入って来る時、ウホッホって咳をするから、ウホッホ探険隊だね」と語る長男の言葉には、父と別れて暮らす新しい家族形態に向き合って行こうとする子供の意思があふれている。そこには親と対等に現実を引き受けようとする幼い決意がある。両親が正式に離婚した後、母子三人は、「一人がふと気持をはぐらかせば、たちまちカスリ傷やヒッカキ傷から血のにじむ危うさを秘めたドタバタ劇」を演じていく。母親を気遣いながら彼らは「離婚家庭が暗いとは限らないというテーマの、幼くやわらかな抵抗劇」をしなやかに演じる。

三人の生活は一般的には〈母子家庭〉と言われるが、父親が遮断されているわけではない。父親は別の女性と家庭を営みながら、彼らの家庭の外から支援するという役割が期待されている。子供たちは母の家庭と父の家庭の両方を行き来するという家族形態である。両親の離婚後、久し振りに父の仕事場に出掛けた長男は、泊まりたい、本を買ってほしいとうまく言えず、父との関係に「ちょっとアガっちゃった」りもする。また父親が家に来る日は兄弟とも落ち着かず、帰ってしまうと「ああ疲れた。早く寝よ。お父さん来ると、気い使うんだよな」と、本音とは微妙に異なるセリフを吐いたりもする。子供たちにとって二つの〈家庭〉のあることがいいのかどうか、この小説では明確に述べられていない。彼らは〈未知の領域〉を模索し、新たな家族形態を構築するために、いま〈演技〉するだけである。

『ビッグ・フットの大きな靴』（『文學界』84・9）も、また〈離婚家庭〉の物語である。ここには文芸誌の新人賞を受賞して小説を書き始めた母親朝野育子と、中学二年の長男一歩に小学六年の次男拓二が登場する。この小説では、子供たちに人気のあるプロレスラーミスター・ビッグ・フットを隊長とするテレビのサバイバルゲームへの出演をめぐる長男の挑戦の物語と、離婚してものを書くことの「根っ子の問題に」直面させられている母親の今が、交互に展開されていく。離婚して子供を育てながらものを書くことを始めた育子の戸惑いと自立の思想は、次のように記されている。

女性たちが家だけに閉ざされずに自分を生かす場がもう少し開かれれば、男性たちもその分だけ楽になるだろうとおおもとのところでは育子は考えているが、自分の身を分けて子を産み、乳を含ませる女の感性が、家を離れた時に感じる痛みや不安やめまいから、自分はシッペ返しされるかもしれないと感じている。破綻するかもしれないという予感がある。試みの時代の中に私はいる、と育子は思った。家の中でぬくぬくと生きてきた女たちが、甘やかされすぎて夢をみて、失敗した時代があった、と後の世の人々が言うかもしれない。だが、さまざまな試みの中からしか、現実的な答は出ないのだと思う。

働くだけの女にも、専業主婦にも、子育ても家事も仕事もこなすスーパーウーマンにも、どちらにも荷担しない育子の姿勢が語られている。しかし「家を離れた時に感じる痛みや不安やめまい」といった時の〈家〉は、どうやら子供を産み育てる場としての母と子の家であるらしい。ここには「私」の〈産む性〉への強いこだわり、〈母性〉を放棄したくないという思いが見られる。


「放せよな！」

と一歩がまた拓二を蹴ろうとする。

「一歩、やめなさい！」

と育子が叫ぶ。

育子は拓二に押えつけられたまま、眼を閉じた。

「眼をそらすなよ！　卑怯だぞ！」

育子はまた拓二と睨み合った。ああ、もうずっとこのまま、何も考えないでいたい。これでいい、この三人だけでいい、私たちは求め合っている、こんなに激しく、と育子は思いながら涙を流しつづけた。拓二もすすり泣きつづけた。腕が自由になるなら、育子は拓二の背を撫でてやりたかった。


離婚して仕事を始めたが家事が疎かになってきた育子に拓二が絡み、そこに一歩が入って三者三巴になったケンカの場面だが、この後子供たちも家事を分かち合う。吉本隆明は「この作品を、母親と子が限りなく同じレベルになることで『家』の解体を、いわば明るくおしすすめてる物語として読めば」「現在の平均的に知的な母子の感性が緻密に、けっして破綻や危機の感情を望まないという戒律を保ちながら鮮やかに描写されている」（『ハイ・イメージ論Ⅰ』福武書店・89年刊）と述べる。さらに干刈あがたの父親不在の母子家庭小説は、「現在の女性にとって、じぶんを子供の水準にまで退行させてえられるじぶんの子供とのあいだの親和力は、何にもかえがたく、いちばん平穏で安堵感をもたらす」という世界観を表していると指摘する。

確かに干刈あがたの小説では、母と息子の親和関係を維持するために、女として夫に向き合う妻の役割を放棄（離婚という形で）して、優しくて逞しい父親の役割を家の外の男（たとえば離婚した夫やビッグ・フット）に委ねているといえるかもしれない。〈家〉はあくまでも母と子のいる世界なのであって、そこに父や夫は排除されている。

「男と対峙しない」あるいは「男を必要としない」母子空間が、『ビッグ・フットの大きな靴』では〈理想郷〉として夢みられているのかもしれない。『ふりむんコレクション　島唄』の中の子供時代の干刈がモデルとなっている掌篇や、その中から新たに書き下ろされた『真ん中迷子』や『雲とブラウス』（ともに単行本『樹下の家族』福武書店・83年刊所収）には、父との激しい葛藤が描かれている。『真ん中迷子』の父の側にも母の側にも立てない少女文恵。『雲とブラウス』の失踪した兄を探す高校三年の妹。二人の少女は家庭に息苦しさを感じているが、そこには後に離婚することになった干刈あがた自身の不仲な両親の影が射している。トラウマとしての自身の父子関係を排除した母子家庭の姿は、干刈あがたにとっての可能的で幸せな子供時代であり、失われた故郷を反復して求めるように彼女を促し続けているように思われる。

3　「母」の日常から

干刈あがたの小説群に登場する離婚した妻（母）たちは、自分の選択が子供にとって最良だったのだろうか、といつも自問している。『ウホッホ探険隊』の「私」は夫婦喧嘩を繰り返す両親を見て育った娘であり、母親が首筋に包丁を突き立てる瞬間に止めに入る役をし続けてきた娘である。子供たちのためだと言って夫の暴力に耐えてきた「私」の母親は、子供たちの結婚後、離婚した。そんな家庭に育った「私」は、離婚の原因を「夫に甘えたり親しんでいくことの薄かった、家族とか家庭とかいうものにどこか臆病で、疑り深い暗い眼をもっていた」自分にあるのではないかと、自分を責めている。「私」の母親は男の権威をふりかざし、ときには酒乱となって妻子に暴力を振るう夫が原因で離婚したが、娘の「私」は、働き過ぎる夫に従いて行けなかった。

『月曜日の兄弟たち』（『海燕』84・2）にも、一九六〇年代末頃に「甲斐性ノアル夫」と結婚するも、七〇年代の高度経済成長の波に乗って家庭を妻に任せ「仕事ヲ拡ゲ成功スル」夫の価値観に疑問を抱いて離婚する「私」が登場する。〈家庭の愛〉を得られなかった「私」は〈家庭〉に対する思いが深い。それゆえに妻や子供をないがしろにした（おそらく夫は妻子を養うためだと仕事を正当化するだろうが）夫との関係に、「私」はもはや価値を見出せなくなっている。

「私」には、すでに自分の母親のように「子供のために自分さえ我慢していれば」という発想はない。しかしその一方で子供時代に得られなかった家庭生活における愛情の欠落ゆえに「私は男の人を深く愛せない人間なのではないか。ひどく冷たい女なのではないか」という反問も繰り返す。「私」が求めているのは経済的豊かさではなく〈家庭の愛〉のようなものであるが、仕事一筋の夫にその思いは伝わらない。結婚生活十五年で夫に期待するのを諦め、子供たちがとても愛している父親と彼らを離す決意をして離婚を言い出した「私」の痛みは重い。結果的に「私」は、父子から〈家庭の愛〉を奪った加害者ともいえるのだ。だから夫に「別の女性がいるのを知った時」、嫉妬するより「むしろ救われたような気」もするのである。

生んだ子供に対する責任、自己決定したことに対する責任を「私」はすべて自分で引き受けようとする。干刈あがたと等身大ともいえる母親は完璧にそれをこなそうとする。だが、子供たちを納得させ、自らも納得する、そんな離婚後の新しい家庭の手引き書はどこにもない。自分たちで見つけ出さなくてはならない。それが〈探険〉に出発した者の使命といえるだろう。

『ゆっくり東京女子マラソン』（『海燕』84・5）では、仕事一筋の父親の不在で〈母子家族〉化した家庭で生きることを余儀なくされた女性（母親）たちの物語である。ここに登場するのは心臓病でいつまで生きられるか分からない母、離婚して二人の息子を育てている母、不在がちの夫と育児に疲れ自殺した母、痴呆症になり始めた姑の面倒をみる母、仕事を持つ母などで、共に小学三年生の子供がいる。その母たちがＰＴＡの役員となり学校に関わる過程を通して家庭と学校の風景が描出されていく。家族形態の異なる四人の母親の視点でストーリーは展開される。当然それぞれの〈家庭〉が抱えている問題は様々である。その中で一九八〇年代の、仕事を持つ母であり妻である女性の本音を代弁しているのが、仕事と育児の両方をこなしてきた吉野ミドリの発言であろう。

「私、仕事をやめるわ」とミドリは言った。「そのかわり長期戦で育児をするの。女の子は自分の能力を生かすことに負い目を感じない女になるように、男の子はそういう女を理解して共に生きる男になるように」

一九七七年に創刊された生活情報雑誌『クロワッサン』は、八〇年代になると結婚して子供を産み、しかも仕事もこなすキャリア・ウーマンを称讃する記事が多くなった。メディアは夫の理解や協力のないままでは女だけに様々な負担をかけることになる、という問題を隠蔽し、仕事と家事のできる女を称揚した。だが干刈あがたは、いったん仕事から離れ、子供を育てることを優先させた女性に肩入れする。ミドリを通して、仕事も〈家庭〉も中途半端にならざるを得ない女の位置に否をとなえたのである。しかも現在の夫（パートナー）に期待できないという諦念を、未来に期待するという前向きな姿勢に逆転させて。

「短い脚。ガニ股。お尻はドテッと落ちている。きっと、くるぶしなんか坐りダコがぐりぐりしているわよ。重い荷物を背負ってきた日本の女の歴史を体現している肉体なのよ。男たちはどうしてこの体の美しさ、哀しさ、いとしさがわからないんだろう。」

離婚して子供を育てている結城明子のこの言葉は、会社や企業の役に立つ人間だけを評価する社会風潮に対して、人間の生活基盤を支えているのは子供を産み育てる行為なのだと「母親」を再評価するものといえよう。

多様な価値観の中で揺れ動きつつも母親たちには生命の再生産という一つの方向性が示されていた。しかし、親の都合である状況に置かれた子供たちの前途は不透明である。小説の最後は、東京の父と福島の母にそれぞれ引き取られた小学生の厚と登兄弟が親に内緒で福島の駅で落ち合うという形で終わっている。彼らの今後の行方は示されていない。そこには変化の波にさらされ、親の価値観とは異なる価値の〈風景〉に立たされた子供たちの姿があるばかりである。

自分たちの時代をどのように生きていくのか。『しずかにわたすこがねのゆびわ』(『海燕』85・12)は、作者干刈あがたのとまどいも含めて、同世代の女性たちに向けられたメッセージ色が濃い。

芹、百合、葵、蕗、梅といった植物名を配された登場人物名に、川村湊は「花物語」風の少女小説趣味を指摘(「類型と虚無」『海燕』86・3)しているが、それは貶めではない。一九七〇年代から八〇年代にかけて女性作家の小説には、あらゆる制度に立ち向かう女たちが数多く表現されていた。そのような中にあって干刈あがたは「誰もが経験するようなごくありきたりの生活」を小説化してきた。川村氏の「平凡な妻たち、普通の主婦や母親たちの物語」を描いた「美しい作品」だという評価は、まさに作者の意図にかなうものであろう。

さて、登場する〈平凡〉な女たちは宣伝部の土井芹子二十三歳、受付けの小庭百合子二十四歳、同じ受付けの吉田藤子三十歳、秘書の大門梅子二十三歳、宣伝業務課の板垣蕗代二十五歳、デザイン課の枝折戸葵二十四歳、予備校に通うアルバイトの水口梗子十九歳である。彼女たちは強壮ドリンク剤「ファイタミン」が当たって「東京郊外に新しい工場が完成し」、さらに生理用ナプキン「マーガレット」で市場に乗り出そうという勢いに乗っている製薬会社で出会う。

作者の要約によると「一九六〇年代半ばごろを出発点として、二十四歳前後のいわゆる結婚適齢期の女の人たちが、結婚を前にして何を感じ考え、どのような結婚を選択し、結婚生活を経て八〇年代になった時、四十歳前後の女としてどのように生きているか、という約十五年間の物語[4]」ということになる。小説の時代背景は高度経済成長の時期から経済大国とよばれるようになった頃までである。この時期、価値観は多様化していった。女性運動も男女同権を目指したウーマンリヴから個としての多様な女性の生き方を模索するフェミニズムへと変化した。干刈あがたはそのようなプロセスも見据えた上で女とは、女である自分とは何かを問うていく。

しかし、干刈の描く女たちはあまり先鋭的ではない。処女性や結婚適齢期にこだわる意識、年下の男との結婚へのためらい、子供を産めない（産まない）ことの後ろめたさなど、母親世代の価値観と共有する部分も多い。青春を一九五〇年代以前に体験した母親の世代と、それ以降の娘の世代に、女を捉える視線において大きな相違があるのは当然である。しかし干刈の描く娘たちは「母親たちと違って、たいていの人が若い頃一度働いた経験」があり、「社会についても自分の能力もいささかは知っている」けれど、「一昔前の理想の母親像へのノスタルジー」もあり、母親たちを全面的に否定できない。そんな〈過度期〉に自分たちはあるのだと認識して、母親たちとの繋がりも断ち切れない自分たちの置かれた現実をきちんと見つめることから何事も出発しようとするのだ。とくにそれが明確に出ているのが〈子供〉に対する意識であろう。七〇年代の大庭みな子や高橋たか子、富岡多恵子、三枝和子などの小説には逆説的な意味も含めて、個としての女の存在を脅かす神話化された母なるものに対する〈母性（産む性）拒否〉の発想が顕著であった。しかし八〇年代の干刈は、まず〈母性〉を前提にして女を考えようとする。

太田鈴子は「性差から超越された性へ」（『昭和文学研究』第28集・94年）の中で、この小説で「母性は、あまねく描かれている」と指摘している。確かに離婚したけれど芹子には二人の男の子が、梗子にも二人の男の子が、蕗代には二人の女の子、葵にも女の子がいる。彼女たちに結婚と出産は一続きのものと見なされている。四十歳近くになってもう子供は産めないかもしれないと考えている百合子は、他の女性の産んだ子供を育てることで「自分の命を生かして伝えたい」と思うようになっている。また百合子の中学時代の友人杏子は、子供三人を残して死んだ女性の代わりに子供たちを育てようと決意して結婚した。杏子は「あの子たちのお母さんの魂が私の中に入ることで、私も生かされていると感じるのよ」と語る。

『しずかにわたすこがねのゆびわ』には、〈産む性〉として「女が共有している体感のようなもの」に期待する作者のメッセージがちりばめられている。どういうふうに育てようか、何を受け継がせようか、育てていく過程で発見するものもあり、子育ては「すごく意識的で思想的な行為だと思う」とは『ゆっくり東京女子マラソン』のミドリの言葉だが、すでにその言葉に、類としての〈女〉の中に個としての〈自分〉を生かそうとする発想は顕著であった。『しずかにわたすこがねのゆびわ』のタイトルにもなっている「こがねのゆびわ」については、文中では次のように語られていた。

苦しみ、のことではないかしら。
誰にでも、いつか、こがねのゆびわが回ってくる。
そして、鬼になる。
ぎりぎりの自分の姿になる、ということかしら。
そして、それを乗りこえた時、本当の自分に出会える。（略）
でも今の私には、本当の自分というのは、よくわからない。

こがねのゆびわというのは、女の言葉のような気がするの。女のからだの中にある言葉にならない声、思いのようなもの。
女が共感している体感のようなもの。

戦後民主主義は個人に最大の価値を置いた。高度経済成長期時代の男と女は〈私の家庭〉、〈私の家族〉、のために懸命に働いてきたといえるだろう。だがいつのまにか〈私の家庭〉は離婚で形を変えてしまった。残された〈子供〉の存在に気がついた女たちは、〈私の子供〉という意識を超えて〈女どうし〉つながろうとする。もっともそれは男を拒否するというのではないが、男たちに呼びかける声を女たちもまだ獲得してはいないのである。

女が男と正面から向き合う作品が干刈あがたの小説には少ない。『幾何学街の四日月』(『海燕』84・8)と『裸』(『海燕』85・4)に、男との関係で「私」を位置づけようとする発想も認められるが、どちらにも背景に子供の影がある。

『幾何学街の四日月』も、離婚して息子と暮らしている女性「私」の話である。「私」は作詞で生活費を稼いでいるがたまに通ってくる年下の恋人がおり、彼は息子とも気が合っている。そんな「私」は学生時代に大学で新聞を発行した友人プラグマ氏の死をきっかけに同じ仲間であった妻子ある哲理氏と関わりを持つようになる。小説の舞台は具体的な名前は出ていないが、新宿や渋谷のような猥雑で喧騒に満ち溢れた街である。学生時代に馴染んだ街も十五年以上経つと様々に変化している。「私」が哲理氏と会うのはそのような街で、うっすらとした「四日月」の日の日没の頃である。確かに在ったはずのものが消えたように見えなくなってしまう時刻、「私」は物が消えるまでの一瞬一瞬を永遠の時間として感受したいという願いから、その時間帯に男と会う。

小説の大半は日没後のネオン街をさまよう「私」と哲理氏の描写だが、その彷徨は夢と希望に溢れていた男たちが消え、過労で死んだ男と疲労の滲んだ男の写し絵ともなっている。「私」はかつて自分が哲理氏の妻と同じ立場に立たされていた状況を思い胸も痛むが、今は哲理氏の体に包まれてある安らぎを手離したくはない。二人は若い理論家の書いた「逃走論」の話もするが、「逃走」と語りながら闘争している男たちに、「疲労の代償」に「何を得たのだろう」と「私」は思うばかりである。「私」はいつしか「風景も人間も、在るものは変わる、在るものは失くなることがある」と、息子や恋人との関係も絶対的なものではないという醒めた認識を持つようになっている。男ばかりでなく〈子供〉もやがていなくなる。「私」に残されるのは乖離したままの男と女の〈風景〉である。

『裸』は男からも子供からも自立して生きようとする女の、だがともに逡巡する物語である。フリーライターの「私」は夫と離婚し、息子のテルと暮らしている。息子が夫とその新しい妻と一緒に海外旅行に出かけた十三日間の不在の間に「独りで生きる訓練」と称して過去の男たちとの繋がりを日記のような形で記す。「独りで生きる訓練」が、これまでに関わった男たちとの関係を書いていくという行動となるのは、「女友達どうしでも性について話すことにはためらいがあった[4]」と語る干刈あがたが、女が自立する前提として性は避けて通れない問題だと考えたからであろう。

二十代の頃の「私」は、互いを独立した人格と認め、恋愛関係も自由だと謳ったボーヴォワールとサルトルの関係に惹かれていた。だが四十代近くになっても自分の気持ちのままに語り行動することに困難を覚えていた。そんな「私」に変化をもたらしたのが友人の夫との関係で、「浮気をした妻」と自分を認識することで妻という立場から解放される。離婚後「多くの男の間を自由航海しよう」「もう男にはとらわれたくはない。とらえることもしたくない」と思っていた「私」だが、「知らなかった自分に出会う」機会を与えてくれた男に、しかし今は囚われている。

「自分の性器や性感覚」を、「これ、とか、あれ、とか、あの感じ」としか言えなかった「私」は、友人の夫や妻のいる男との関係を通して「自己の性」に向き合い、自分の中の性に対する抵抗感をきちんと見つめようとする。それは『チャタレイ夫人の恋人』でコニー・チャタレイがアレ、コレとしか表現できなかった女性器をカントと言えるようになる訓練（そこでは男の指導によってであったが）と通ずるものがある。自分を縛っている妻という規範から自由になる訓練、それは女性の身体に関わる言葉でありながら女性が口にするのははしたないとされてきた言葉、隠蔽されてきた言葉を口にすることから始まる。言葉によって自分を所有し、解放するのである。

子を産んだあと、あんなに豊かに張っていた乳房が、今はもう弾力も失い、小さくなり、少し垂れている。三年の間にすっかり痩せてしまった。腰の線は崩れている。そして腹部には引きつれ。タオルで腹部を隠せば、少しはうつくしいかもしれない。
これが私の裸身。この裸身一つの中にある力と方向感覚だけで、生きていこうとしている。

自己の「裸身」を晒し認識することも「自由航海」への第一歩といえるだろう。だが「私」は、ボーヴォワールのように強くはなれない。「独り」を目指しながらも徹底的に醒めた都会的な関係に安住することができない。悩みを一定の距離を置いて聞いてくれ、甘えを許してくれる女友達を必要とする。しかも「私」はベッドインの最中に自分が死んでも、遠く離れることがあっても「自分の心をいつも子供のそばに置いておきたい」、できればコンピュータに残して置きたいと男に話す「母親」なのでもある。
『裸』の冒頭部分に「私」が、宇宙船の内部を思わせるホテルの二十三階の部屋から外の景色を見る場面がある。「私」は男と泊まったホテルで、ホテルを「星の海を航海して虚空にむかう船」と感じ、「ホテルはいい。匂いのないところがいい。／台所もない。生活がないところがいい」と思う。それはワンルーム・マンションを快適な私的空間と捉える感性に通底しているが、「私」の場合、その言葉は古くから続いてきた〈生活〉様式にこだわってしまう自分に言い聞かせるための虚勢でもある。「私」は「生活がないところがいい」と憧れるけれど「他人の夫を奪っている女です」とエクスキューズしなければ「自由」や「独り」であることにためらいや躊躇が残る。徹底した個人主義、完全に醒めた人間関係を持つことができない。一九四三年生まれの干刈あがたが描くのは、まだ〝飛ぶのが怖い〟女たちといえよう。

だが飛ぶのが怖い女を置き去りにして、子供も都市も変容を遂げていく。人を取り囲むモノや居住空間の変化は人間関係にも変容をもたらす。

4　変容する都市の日常から

一九六〇年代から八〇年代にかけて東京の風景は大きく変化した。東京近郊には巨大団地が建設され、都市部には高層ビルが乱立した。『月曜日の兄弟たち』は一九六〇年代という「物が豊かになっていく、闇がひらかれていく端緒の時に居合わせた」人々との出会いを回想しつつ、離婚して一人で子供を育てている「私」が、自分がいまここに在ることとの意味を問う。

一九四三年に東京青梅で生まれた干刈あがたは東京で暮らし、一九九二年に東京で亡くなった。戦後の変貌する東京を生きたわけだが、離婚を通して〈家庭〉を描いてきた干刈はこの作品で〈家庭〉の変容を住む場所の変化との関係で捉える。一九八二年のある日、「私」はかつて過ごした風景の前に立ち、東京郊外に新しくできた団地の中に寿司屋を開店させるため「一九六二年一二月二四日、午前零時過ぎ、まだ片側が造成工事中の新青梅街道」を「杉並区内から西に向かって」ライトバンで走る兄と妹（「私」）を思い浮かべる。結婚し子供も生まれたが離婚した「私」は、記憶に残っている風景を散策しながら六〇年代の「自分」と現在の「自分」を見つめていく。

六二年に学生であった「私」（干刈自身も六二年に大学に入学している）は、兄の店を手伝いながら板前の島や出前持ちの三郎、見習いのケン、飯炊きの秋子らと親しく話を交わしていく。全員が貧しかった時代だが、彼らにはそれぞれの夢と熱い思いを抱えた初々しさがあった。「月曜日の兄弟たち」とは、唯一の休日第三月曜日にステレオを聴くために集まった彼らに「私」がつけた名称である。「兄弟たち」は六三年には新しい場を求めて散り散りとなり、「私」も結婚して事業に成功した夫の帰りを一戸建ての家で待つ妻となった。物質的豊かさと反比例するかのようにいつしか「台所の食器棚のガラスに映る、表情を失った自分の顔を見る」だけの妻になっていた。当時、「両方の翼を広げて翔び立とうとしている鳥」の形で「未完成の可能性」を現していた中学校の校舎も、その姿を全く変えて増築されていた。翼に様々なものを抱えて飛べなくなってしまった「鳥」は、二人の子供を抱えて離婚した「私」と重なる。しかし自分の下した離婚という結論にまだ戸惑いのあった「私」は、様々なものを抱えたその下に「未完成の可能性」も残されてあると信じ、子供たちと一緒にやっていく決意を新たにする。そして「川沿いの田舎道は幅が広くなり舗装され」高層団地が乱立する町を歩きながら、時代の中で自分の役割を演じていた様々な人を思い出し「私に与えられた役はたぶん、見ること」だと気づいていく。

干刈あがたはこの作品で、自身の青春時代と現在を重ね合わせながら作家の役割を確認する試みを行っている。作家に換言すれば「私」の「見ること」は「書くこと」になろう。〈風景〉の変容を見つめ、その変容を共に歩んで行くためには、その前提となるかつての風景の再現や記憶の掘り起こしが重要となる。ここでは指摘するに止めるが、『ウォーク in チャコールグレイ』（講談社・90年刊）や『名残りのコスモス』（河出書房新社・92年刊）には、現在を照射する過去の出来事がちりばめられている。

都市の居住空間を大きく変化させ、近代化の象徴となったのは一九六〇年代に出現した巨大団地群だったが、その地位は七〇年代後半から八〇年代になると近未来的な高層ビルに取って変わられる。高層ビルに住居や事務所を構えることは、一種のステイタスになっていった。『ワンルーム』（『海燕』84・12）は、そんな都市の変容を描いた小説である。

『ワンルーム』の舞台は、八階建ての一フロアに二室しかない、店舗にも住宅にも使える小規模だが堅牢に建てられた単価の高いマンションである。ワンルームを買い取った人々は建築家やデザイナー、弁護士といった一定の高収入が約束された者たちである。この小説で干刈は、女と男の生活感覚の違いを抉り出す。

ワンルームを住居にも仕事場にもしている仕事盛りの四十代、五十代の男たちにとってそこは、自分のやりたい仕事をこなす場であるだけでなく生活の場とさえなっている。実際、デザイナーは自宅に戻らずほとんど事務所に居る。ビルに馴染んでいるのだ。五十代後半から六十代の男たちは家族の煩わしさから逃れるためにワンルームに住んでいる。母親の隠居所と自分の住居、さらに自分の骨董品店の三室を持つ男は店に籠りきりである。家族との音信を断ち事務所を寝倉にもしている雇われ社長や矢口老人は「自分の時間」を生きるためにビルに住んでいる。

しかし夫との「家庭生活」に根を残している妻たちにとってビルという生活空間は、まだ圧迫を感じる場である。管理の雑務を引き受けている建築家の妻は、自己主張の強い住人の間をつなぐ役割をするが、ビルの自治会の仕事で少しずつ神経が痛んでいく。料亭の女中から骨董品店の後妻になった女は、会話のない夫との生活に嫌気がさしビルを出て行く。骨董店の母親も生活のリズムが変わり死んでしまう。その中で部屋を住居兼事務所として使っているフリーのコピライターで三十九歳の女性は、部屋を自分の砦と見做していて「自由が欲しかったら結婚しない。そのかわり孤独も引き受ける」という覚悟でワンルーム・マンションに住んでいる。

干刈あがたは〈独り〉で生活することに価値観を見出だし始めている人と、ワンルームで呼吸困難に陥ってしまう人を均等に見据える。ワンルーム・マンションという生活空間は、過去の自分の生活とは連続性のない人々と空間を共有する場である。それは土地の所有者であった骨董店の男が、もともとの土地の所有者であった母親とは血の繋がらない親子関係だったという点とパラレルになっている。新しく建造されたビルの住人は、家や土地から切り離された存在として生きていかなければならない。男たちがビルに馴染みやすいのは仕事が即生活と結びつき、仕事を通して共同体意識を長年にわたって築き上げてきたからだろう。それに対して女、とくに妻たちが閉塞感に囚われるのは長い間、家庭・家族という場でしか自己を表現する術がなかったことに起因しているのだろう。価値観の異なる者同士の集合体である高層ビルは、女の生がもともと家族に根を持つとするなら女には馴染みにくいものといえよう。

「古い街並みの最後の生き残り」だと自分を規定するデザイナーの妻は「家と土地に棲む女と、ビルと街で時間を過ごす男とのズレ」を、敏感に感じ取っている。彼女もまた夫と離婚するのだが、その原因を夫を籠らせた「街」と「ビル」にあると考えている。〈家族〉を必要としないワンルーム、〈独り〉であることの快適さを保証するワンルーム、それはまさに八〇年代の都市生活者の一つの在りようを象徴的に示していた。

「古い街並みの最後の生き残り」であっただろう作家干刈あがたは、二十一世紀を予測するかのように「母親の家と土地、父親のビルと街、その両方を行き来」する感性の出現を子供たちに期待すると、書き記すことも忘れていない。『ホーム・パーティー』（『新潮』86・9）は、そんな感性の出現を予測させる作品である。

『ホーム・パーティー』は八〇年代の〝バブル経済〟によって、心ならずも長年住んできた西新宿の土地を売り、横浜のニュー・タウンで新生活を始めた田宮一家の話である。田宮一家の住んでいた古い町内が潰されて二十階建てのプラネット・ホテルに変わった。元の住民たちはそのホテルの一室を、ホテルが存続する限り借りることのできる権利を収得した。『ホーム・パーティー』には元の住人たちが集まってパーティーを行う一日が描出される。ここには昔からの地縁や血縁の世界が、誰が決めたか分からない都市開発構想によって解体されていく、という都市計画に対する疑問も投げかけられているが、そんな高層の街でも生き生きと動く子供たちの姿に眼が向けられている。

横浜から自転車でホテルに向かっている五年生の康太は、三歳の頃にエレベーターを遊び場としていた。今、六歳になる妹ミチもエレベーターの浮遊感を楽しんでいる。ビルとビルの谷間に吹くビル風を厭わず「私はナウシカよ！」と、両手をひろげて風に乗ろうともする。『風の谷のナウシカ』のナウシカが、故郷の〈風の谷〉の風を自在に操ったように。

また夜の都会で道に迷った康太と電話で交信しながら誘導する中学二年生の勝君とミチの連携プレーに、都市を生きる新しい感覚が表現されている。

「もしもし、康太、聞こえる？　勝だよ。今から僕が誘導するから。僕はプラネット・ホテルの十八階の指令室から康太のいるあたりを見てんだけど、あたりは暗黒空間の中に宇宙船がいっぱい浮かんでるみたいに見えんだろ？　でさ、なんかこう、全体がなんかの形みたいに見えるのあるか？」

勝君は受話器に耳を傾け、それからミチに「お化けが両手をひろげてのしかかってくるみたいだって」と言った。ミチは窓から一心に外を見た。

「そんで、そのうしろの方には、どんなのが見える？」

むこうの声を聞いてから、ミチに「モノサシだって」と言った。

「そのまま、そっちの方を向いてろよ」

勝君も一緒に外を見た。ミチが手首を変なふうに曲げて、人指し指をある方向に向けた。勝君が窓の外と、ミチの指を見くらべてうなずいた。


高層空間を把握する子供たちの言葉に、感覚の変容は明らかであろう。干刈あがたは子供たちの変化を的確に捉え、その変容に期待している。

ところで、干刈あがたは詩人福島泰樹との対談（「同世代の共感」『早稲田文学』83・12）で、「故郷」について次のように語っている。


現在の都会の人間は、一代溯れば多くは流れ者でしょ。故郷に対するウラミツラミなどを背負って生きていると思う。ですから、今は都市生活の小説を書いているけれど、その底にはその漂泊感を意識しています。島のことや青梅の頃のことを書くと、原色の風景とか、闇のなかにともっている一点の灯りなどがくっきりと出てくるんだけど、都市を書くと、しらじらとした風景になる。

八三年の時点において干刈あがたは自己の小説空間を、子供時代の喪われた風景から祖先にまで辿れる「原色の風景」と都会の「しらじらとした風景」の二つに分類している。しかし『ホーム・パーティー』には、母親の世代にとっては「しらじらとした風景」である都会が、子供たちにとってはまぎれもなく「原色の風景」であるという状況が鮮やかに捉えられている。「田宮家の空に浮かぶ故郷」は、子供たちの身体に確実に継承されているのである。

5　「物」が語る日常の感性

干刈あがたの作品には〈物〉が溢れている。『海燕』新人賞の選評で阿部昭は「情報に溺れる都会の主婦」の「結構な暇つぶし」[2]と、『樹下の家族』を辛辣に批判した。その選評に対して干刈は「現代の人間を風俗と切り離して書くことはできない気がする」(「阿部昭さんと〈三度〉と私の関係」『どこかヘンな三角関係』新潮社・91年刊)と反論している。

現代の私たちの生活が出版や放送をはじめ、様々なメディアの情報の上に成立していることは確かなことである。干刈は、情報に取り囲まれている日々の生活（風俗）と作品を切り離さない立場に立つ。『樹下の家族』には「マザー・マザー・マザー」「名前よ立って歩け」「沈黙の春」など、作中にちりばめられた本の数々から一九五〇年代から七〇年代の声を聞くことができる。生活を彩る物の〈声〉を聞くことは、干刈作品の〈時代〉を読み解く重要な鍵なのである。とくに『十一歳の自転車』(集英社・88年刊)と『借りたハンカチ』(集英社・89年刊)には、八〇年代の物の声が描写されている。

『十一歳の自転車』と『借りたハンカチ』に収められた短編には、ある時代の記憶を呼び覚ます、そんな力がある。この二つの短編集には「物は物にして物にあらず物語」というサブタイトルがつけられ、「生活スナップ・ストーリーズ」として一九八五年から八九年にかけて生活情報誌『オレンジページ』に断続的に掲載された。五歳から七十代までの彼女たち、彼たちの日常生活に登場する

〈物〉との関わりが、それぞれの人の微妙な心の動きや、住む町の変化、ライフスタイルの変容とともに語られている。

干刈あがた自身もオブザーバーとして関わった『オレンジページ』は、従来のファッション雑誌や女性週刊誌とは異なる、食事作りのレシピや家事のやりくりといった主に生活情報の雑誌として登場した。母から娘へと伝えられていた生活の知恵が生活形態の変容に伴って伝達しにくくなったり、あるいは伝達可能でも役に立たなくなっていた状況は、戦後始まっていたが、八〇年代にはそれが大きな支障を来たしていた。井上輝子・江原由美子編『女性のデータブック』(有斐閣・91年刊)には、一九七〇年に女性雇用者のうち既婚女性の占める割合が五〇%を超えたと記されている。八五年には七〇%近くに増えている。「職業を持ちながらの家事のノウ・ハウ」を求めていた女性たちのニーズに、この雑誌はうまく応えたといえるだろう。一九九〇年には女性の好きな月刊誌の第一位にもなっている。

家事を女だけが担うという点には問題も残るが、家事のやり方全般を雑誌メディアで得る時代になっていたのである。そこには女性のライフスタイルの大きな変化がうかがえる。『十一歳の自転車』と『借りたハンカチ』には、そんな時代の変容が大上段にではなく、〈普通〉の人々の戸惑い、ときめき、ため息、不安、笑いの感覚を言葉遊びにくるんで綴られていく。

一九七〇年以降、進学、就職、結婚とあらゆる面において女性たちの〈生意識〉が変化したことは『女性のデータブック』にも如実に示されている。それでは結婚し、子供を産んだ女性の、子育て後の開放されたライフステージの選択はうまくいったのだろうか。カルチャーセンターに通うのか、趣味の世界に遊ぶのか、それともパートタイマーで働くのか。『たそがれのドライバー』には、夫と子供優先の生活を送ってきた妻・母に訪れた「さびしい楽しい」女の時間への戸惑いが「わたしの人生」として掬いあげられている。「ネジを締めるために必死で働いて、つぶれちゃった」役に立たない「たそがれのドライバー」でさえ、「わたし」に他者との交流をもたらす。生む役割りを果たした「黄昏」の「わたし」にも、夫や子供以外の別の可能性があるのだと、千刈はメッセージを送る。それはライフステージをパートタイマーとして働く『三足のハイヒール』の京子が、カゼで休んだ若い社員滝田君を看病して、久しく忘れていた胸の高揚を覚え、そんな自分を「いとおしい」と思う感情と重なるものである。家庭を破壊しない程度の「私」だけの小さな楽しみの発見である。

岩橋邦枝は千刈あがたの小説は「文学作品として〝もう一と剔《えぐ》り〟という踏み込みがたりない」「千刈さんはもうちょっと不健康になってもいいのでは」「しかし、そうすると、この小説家の貴重な美質が損われるようにも思えるし……むずかしい」(「空間感覚の把握」『新潮』87・6)と語っている。「さびしい」女たちの行動が不倫に押し流されそうでそうならない点にも、千刈あがたの倫理観が働いているのだろう。

八〇年代は、一九七五年頃から増え始めた結婚適齢期という言葉に戸惑いながらも、結婚という生活形態ではない別の形を求める女たちや、結婚していても離婚を女のマイナス要因と考えない女たちが急激に増加した時期だとも言われている。『星のアクセサリー』は、そんな状況を二十七歳の洋子を通して描く。

若い人の憧れの出版社に勤め、トレンディな街といわれる原宿に住む(実は木造のおんぼろアパート)洋子は、「男嫌いだとか、結婚したくないというわけ」でもないが、結婚に気が向かない。でも「ときどき、とても淋しく」なって、星のついたアクセサリーを買い、心を鎮める。何かよく分からないけれど母や姉との結婚とは違う生活への夢や、将来に不安がないわけではないけれどシングルの気楽さに目醒め始めた女のゆれる心境が、おもちゃのような「星のアクセサリー」を買うささやかな行為に表される。

『女の印鑑』には、離婚後、男物の大振りの印鑑を作ることで、おんな一人で生きていくのだという女の決意が語られる。女を型に嵌めようとする世間の常識へのささやかな抵抗も示しているが、「女物」でなぜ悪い、と開き直れない所に干刈の限界も見られる。もっとも、この短編集では、グチを言わずにとにかく生活する、といった前向きな女性たちを描くことに眼目があるのだろう。ここではおしなべて女性が元気だ。

『賃貸契約書』の女に貢がせるだけのふがいない男に比べて、彼らに貢いで去られた後もあっけらかんと生きている女たちや、その彼女たちを見守る七十歳過ぎのクネも元気である。『マスク』に登場する母親にべったりと世話されながら大学の受験会場に向かう男子生徒に対して、北海道から一人で受験に来て自分の意思で行動する女子高校生も力強い。『花束』では外国人の登場にあたふたする父と、さわやかに受け入れる母・娘が対称的に描かれる。女たちは外界にしなやかに対応するのだ。

干刈は、外界の変容を見据えて自分なりの新しいライフスタイルを模索する女性たちを描く一方で、男たち、とくに若い男たちを親や外部の情報に依存する〈指示待ち男〉として描く。その典型が『借りたハンカチ』のシステム・エンジニア川村友則である。彼は雑誌の「洗顔には、ぬるま湯がベストと心得よ!」を守り、「初デートの心得」の「視線をそらさず、彼女をじっと見るべし」などの項目を暗記している。髪形、服装、女性の気を惹く会話やしぐさを雑誌から学ぶ(もちろん、一部の女たちもそうなのであるのだが)。彼はカリカチュアライズされているわけではない。一九八〇年代前半に創刊され始めた男性向け情報誌(例えば一九八六年創刊の『MENS NON NO』など)には、男性のお肌の手入れから、女の子との付き合い方の〈傾向と対策〉までが懇切丁寧に紹介されている。男性のニーズに叶っていたようで、ファッション男性雑誌はその後多くの読者を獲得していく。川村友則は男性ファッション誌を購読する多くの若者たちの日常を体現しているのである。そんな彼は、仕事においても指導書《マニュアル》とずれた事態が起きるととっさに対応できない。異性との関係ばかりでなく仕事上においてもマニュアルに頼る〈マニュアルボーイ〉を、しかし干刈は、否定的に描くわけではない。女性雑誌はずっと異性を惹きつける化粧方法とか、あなたのためのデート作戦といった記事を掲載し続けてきた。その傾向は現在も変わらない。ファション雑誌は女性がハンカチを男性に貸すのは好意の表れという神話を創るが、そんな神話は生身の女性と出会えば崩壊するものである。マニュアルにない事態が起こる小説の最後の場面に、男と女の創られた神話と現実の男と女のギャップは、自分たちで触れながら埋めていくしかない、との干刈のメッセージを読むことは可能であろう。ともに〈客体〉を通過した男と女の、その後に新たな男女関係が夢見られているともいえよう。

さて、八〇年代の大きな変化といえば、やはり〝バブル経済〟による生活空間の変容であろう。『ズタ袋』ではメッキ工場やゲームセンターがマンションに建て替えられ、不動産屋に勤めている男の妻がシルバーフォックスの毛皮を着て夕食の買い物をする風景が、単身赴任の夫に電話で近況報告する「私」のお喋りという形で語られていく。キッチンドリンカーの雰囲気で語る「私」の設定には、単身赴任による家族の別居形態が引き起こしたであろう現代社会の歪みがさりげなく投影されている。『十一歳の自転車』『借りたハンカチ』ともに掌篇ではあるが、どの作品も社会的な問題を含んだ重層的な構造になっている。そして「私」の少し羨ましそうな語りに、株や土地がちょっと動けば私たちもそうなれるかもしれないという〝普通の人々の夢〟が透けて見える。

しかし、普通の人々の夢が一朝一夕に叶うものでないことも、また確かなことだ。『購読新聞』では〝バブル経済〟の危険がホラータッチで描かれている。豪華な洋館に住み、家庭で十一紙を購読し、小学生の頃から株を扱ってきた「彼女」は、友達も株の流れを得る情報でしかなかった。「株は死闘よ。恋愛より面白い」と言い、三十年近くも株をやってきた彼女でさえ「もう、この国はダメよ。株をやっていると、世の中のことがよくわかるの。儲けようと思えば、まだいくらでも儲かるわ。でも、もう私、やめることにしたの」と語って、手を引く。友達もつくらず、結婚生活は退屈だと離婚して、一日中部屋に籠って株の上げ下げに興奮していた彼女だが、洋館とともに消えてしまう。まさに八〇年代の悪夢である。小説は未来を予測するものではないが、この掌篇発表数か月後にニューヨークの株が大暴落した。

もっとも、八〇年代の雰囲気をバブルに翻弄される人々だけに焦点をあてて描いているわけではない。『賃貸契約書』には豪華なマンションではなく、磨き込まれた一間廊下や濡れ縁を美しいと感じる十代や二十代の若者が登場する。古い物への郷愁ではなく、そこに新たな価値を見出だす若者を描く。若い者に寄せる千刈の期待が窺える一篇である。

短編集『十一歳の自転車』と『借りたハンカチ』には八〇年代の様々な世代の日常生活が息づいているが、やはり深い情愛と眼ざしで捉えられているのは子供たちである。『五本のローソク』での本人の意図しないところで火遊びになった行為をママに叱られた五歳のミチコの憤りを、『苺のアップリケ』のママが先生でもある幼稚園児千尋のママをいたわりながら甘えるしぐさなどを、大人に伝える言葉をまだ持たない子供たちの内面とプライドとして的確に描写する。

『十一歳の自転車』には、いつか手に入れたいとずっと憧れ続けてきた「あのリス」をやっと飼うことのできる少年の歓びが、自転車で「あのリス」を買いにデパートまで走る疾駆する身体で表現される。「アノリス」と名づけるまでに少年の心を占めたリスを手に入れるまでに大人たちの理不尽な対応にムカつきもするが、彼は大人にきちんと対応する。好きなものに真摯に向き合う心は、大人／子供の範疇を超えてあるべき行動を導くのである。

『春休みのキップ』では、小学校は卒業したがまだ中学校には入学していない〈間〉にいる子供の意識とその成長が、原宿で遊ぶ春休みの一日を通して描かれる。「カツアゲ」される方とする方の、両方の心の痛みを、干刈は見据える。

小さな権力を持つ大人（干刈の小説では教師や警察官が多い）と子供の対応を、英文和訳とオーバーラップさせたのが『青いヘルメット』である。留男は教師に乱暴を働いたと噂されるオチコボレの中学三年生。Dogを時に応じてSheやHeやItと書き分ける英語表現に戸惑う生徒だ。だが彼の疑問に先生は応えない。説明の時間を省いて一方的に覚えさせることしかしない。それは教師の言葉を絶対とする認識につながる。英語表現と日本語表現は似た部分もあるが、違いも当然ある。違いを少しずつ認識していくのが教育なのだろうが、ゆっくりの生徒はオチコボレと見なされ、時に正解を導き出しても誰かの引き写しと疑われる。教師が「ちゃんと生徒を見ていたら」、彼の行動は納得できたはずなのだ。見ないで、考えないで断罪する教師の怠惰に、彼の暴力は噴出したのだが、学校という場では圧倒的に先生が有利だった。

「The big dog is white」を「デッカイ犬は白だぜ」と、「Do you know this girl, Ken?」を「ケンよー、このスケ知ってっか？」と訳したら、学校では減点されるかもしれない。彼の言語感覚は面白いが、それもまた教師には通用しない。自分の言葉で語ろうとする生徒は、学校から弾き出される。生徒に正面から向き合わない、生徒の言葉をきちんと聞かない、そんな先生とうまくやっていくのは、ケンにとって英文和訳より難しい。子供の言葉に敏感であった干刈あがたのため息が聞こえてくる掌篇である。

短編集『十一歳の自転車』と『借りたハンカチ』には一九八〇年代の、物が単なる消費される物質だけになってしまった時代の現象を描きつつ、時代の状況に流されない〈物〉に存在する〈魂〉のきらめきが掬い上げられてもいる。

6　〈身体〉が語る子供の世界

母と子の離婚家庭、子供の感性、日常といった世界を描いてきた干刈は、『黄色い髪』（『朝日新聞』87・5・16〜11・17）において、それらの世界を学校のイジメ問題と連動させながら書いていく。原宿の街を歩き、子供たちの声を聞き、自分自身の髪も主人公の夏実と同じようにオキシフルで脱色しながら書き上げていった。『黄色い髪』は、「現代文学全体が「こじれる」方に押し流されていると思える」現在、「文学的にこじれていない感受性」(6)を持った干刈あがたの誠実さがよく表れた作品である。誠実であるがゆえに手に負えない部分を未解決にしてしまったという不器用さも露呈されている。

『黄色い髪』はイジメや登校拒否をテーマにするが、その発端は〈管理する学校〉の姿勢だと小説の冒頭で示される。管理を象徴するのが入学式での国旗に対する挨拶である。校長はまず初めに国旗にむかって頭を下げ、その後に新入生や父兄に向き合う。そこには現場にいる人間よりも、何か見えない力（本当は見えているのだろうが）の支配下にある人間の姿が切り取られている。さらに校舎に向かって「お願いします」「ありがとうございました」と頭を下げてする登下校時の挨拶や、軍隊式による教師との接触、上級生と下級生の区別など、これらに通底しているのは、ある価値を形式化した上で強制する教育の姿である。学校が、中味のない服従する精神だけを育てる場所になっていることを象徴的に表す。進学指導の説明会での、中学校の先生が高校を「高校さん」と呼ぶ意識に、「上のもの」に対する卑屈な精神が身体内部に組み込まれている様相が端的に示されている。『黄色い髪』には、教師を通して意義と意味を説明できない〈絶対的な権威〉に従う者の姿が浮かび上がってくる。

干刈あがたが描き続けてきたのは、いつも〈ゆれる心〉だった。親との関係、夫との関係、子供との関係、そして自分の生き方について、これでよいのだろうか、と問い続けている人物たちであった。

『ゆっくり東京女子マラソン』において、先生の教育方針をめぐって八幡様の境内に集まって母親たちが行う話し合いも、一つの意見に全員が従うのではなく、全員の意思を確認しながら取り敢えず現時点において最良だと思われる方策を打ち出すことにあった。そこには「権威」への盲従という形をとらずに合意を形成していくという戦後民主主義の目指した一つの形が示されていた。

だが、時代はどこで逆行してしまったのだろうか。国旗への挨拶は、一九八四年から文部省の指導のもとで強力に押し進められた学校行事での「国旗の掲揚と国家の斉唱」の結果ということになるだろうか。しかも単純な形式主義とも戦前教育の復活とも思える方針に反対できないのは、進学に響く「内申書」という問題が絡んでくるからでもある。人間の能力に序列をつけ数値化してしまう偏差値に加えて、先生と学校への服従の態度が記載される内申書という制度は、親と子を学校や教師の教育方針に逆らえない状況をつくりあげてしまった。その閉塞感が陰湿なイジメを発生させ、あげくの果てに登校拒否の者や自殺者を生み出すという構図は、ある意味で分かりやすい。『黄色い髪』にも偏差値は高かったが、親が教師を批判したせいか、第一志望の高校に入学できなかった生徒の話も語られている。

それでは「国旗の掲揚と国家の斉唱」を止め、偏差値も内申書も廃止すると決定すれば問題が解決するのかというと、そうでもないらしいという点に「学校問題」の根の深さがある。それは一種の皮肉ともいえるのだが、この小説で唯一の救いとなっている、生徒の意見を尊重しながら教育を行っているジンゴローが通う中学校の存在である。「体育祭のプログラムも、文化祭のテーマも、クラブ活動の種類も、ぜんぶ生徒が決めて運営する」「誰でも何かしらで自分を発揮できる」学校の存在は、現在の教育システムにすべての問題を還元させ得ないということを意味している。夏実自身がジンゴローの学校を訪れて、とても楽しそうで、とても生き生きしている子供たちに出会って複雑な気分になるのも、この社会が一律ではなく、まだら状である、という現実に触れたからであろう。「選択は自分たちでできるんだよ」という現実が残されてあるのは、しかしある意味で、抑圧的な力の存在を見えなくするものでもある。そのことはまた同じ状況に置かれてもイジメにも合わず、登校拒否にもならない子供もいるのに、というイジメられっ子や登校拒否児を非難する言動につながる素地ともなる。何が絶対的な価値で正義なのか、ジンゴローの学校はそれがはっきり見えない〈現代〉を逆照射する。

干刈あがたはそんな現代の仕組みを、自身も揺れながら見つめているしかなかった。小説の最後に記された「私はたとえようがない程、苦しく、悲しかったのです」という作者の言葉は、未だ閉ざされてある〝ひかり〟の見えない状況を物語っている。

『黄色い髪』で作者は、年齢的に自身に近い夏実の母史子を設定してイジメや登校拒否の起こる背景を必死に追究させているが、その理由や解決は示されていない。結果的に史子が思い知らされるのは自分とは決定的に隔てられてしまった子供たちの「自然（身体）」の変容である。子供の頃に体が弱かった自分を、終戦直後の食料難の時代にも必死に育ててくれた母は、史子にとって「安心感」そのものであった。

けれど今、夏実の肉体の中で死んでいくように思える魂を、よみがえらせたい自分はどうだろう。学校を疑い、先生を疑い、自分を疑い、今の世の中を疑い、親とは何かを考え、何をしたらよいのかもわからずにいる。自分はねじれ、美しくもない。

今までは、何かを疑ったりすることもなく、子供と一体感を持ち無意識に子供と暮らすことが、自分の自然だった。けれど、それはもう失われたのだ。自分は新しい自分の自然を受け入れねばならない。

史子はしばらく涙を流し続けた。それから涙をぬぐった。

ここには、かつての親子関係の絆が決定的に変わってしまった状況を受け入れようとする母がいる。母と口を聞かず、学校へも行かなくなって、オキシドールで髪を脱色することだけに生の意味を託しているように見える娘は、すでに母にとって不可解な存在である。しかし史子は、そんな子供と共有できる「一体感」を、何とか探し出そうとする母でもある。子供たちの「自然」の変容に気づかず学校に適応できない娘を「異常」と見なして、精神病院や監視のついた塾に入れるヤマザキスミコの母親とは大違いである。

いっぽう、子供が自分の「自然」を守ろうする姿勢は「黄色い髪」という言葉に象徴的に表現される。『黄色い髪』には、母親の世代とは異なる身体の変容を迫られている子供たちの声にならない悲鳴が至る所に噴出している。たとえば生まれつきの癖毛や茶色毛の者は「異装届」を提出しなければならない。彼らは大多数の人間との身体の相違を常に認識させられる。内申に関わるので不満は内向する。校舎に向かってするお辞儀の習慣も中2の夏実の身体に組み込まれ、それを嫌だと思いながらも体は挨拶の形をつくるのだ。先生に対して敬礼の形になるのも、何も考えず決められた行動をとる〈家畜化〉された身体の表れと見做すことができるだろう。

だが、身体内部は悲鳴をあげている。「頭をはねる」「首をひねる」「口を割る」「耳が痛い」「骨が折れる」などの身体にまつわる慣用句の問題を解きながら、骨や耳が散乱しているイメージに夏実の気分が悪くなるのは、言葉の意味や歴史の説明をなおざりにしたまま機械的に意味を覚えさせられてしまうからである。点数を取るだけの教育の言葉に身体が拒否反応を起こしたといえる。しかも、そんなふうに感じてしまう自分を夏実は「異常」だと思ってしまうのである。国語の時間に「勇気をもってこらえる」という文章に躓き、それはどういうことだろうかと考えていた夏実を、授業態度が散漫だと立たせた教師のエピソードは、杉浦治男の母親が語る今の教育が「眼をひらかせる教育じゃなくて、眼をふさぐ教育」であることの典型例だろう。何か変だ、これはどういうことかな、と考えてしまう子供は、教師にとって秩序を乱す〈問題児〉でしかない。

夏実が登校拒否にいたる直接のきっかけは給食に削り屑が混入されていたことだが、その根源にあるのは様々に封じられた身体の反乱だったといえる。学校を飛び出した後、「ふふふ」と気狂いの真似をして笑い、「くっだらない」「バッカじゃないの?」「てめえらムカつくんだよ」と乱暴な言葉を叫ぶことで、夏実の気分は少し楽になる。そして学校や世間の常識という〈死んだ言葉〉に対して「見えない聞こえない訓練」をすることと、自己の異質性を強調する「黄色くなるまで髪を脱色する」ことは、自己の置かれた状況を何とか表現しようとする必死の試みなのである。それゆえに「見えない聞こえない訓練」は、原宿に集う子供たちの声を聞くためには開かれているのだ。

家庭や学校になじめないが、そこから逃げ出しても結局はどこも同じだと醒めた認識をもつライブハウス「イグアナ」に出入りする複数の名を騙る中学二年の女の子は、自分を仮構する「別人ごっこ」で、家庭や学校との違和感や摩擦を解消している。原宿という場をユキコ、ナナ、ミキ……という彼女の成りたい者の存在を許す一時の避難場所として活用する。架空の言葉の世界で彼女は身体を解放するのである。普通に学校に行っていれば高2である「イグアナ」でボーイをしている「ワシ」という人物も、問題をひたすら避けようとする学校の姿勢に嫌気がさして「中学卒業するまで死骸になって教室に坐ってた」という。「ワシ」のエピソードは、おそらく子供の言葉が届かない場所に子供たちが置かれていることを示している。

自分の意思で高校進学を止めた「ワシ」は、アルバイトで生活費を稼ぎながら芝居をやっている。

そんな彼の喋りは「ワシ、時間はたっぷりあるけど、たっぷりの時間をつかうのに今は忙しい」とか「ムジュンなく生きようと思ったら死ななきゃなんないから、ムジュンあっても、何がだいじか考えるのやめないでやっていこうとは思っている」という「独白体か一人称の叙述形式」が中心だが、相手に親和感を抱いたような時には「頭いいんだね」「じゃあね」という会話体になったりもする。年上の者だとつい敬語を使ってしまう夏実の身体性をふくめ、この小説では人間の深層までをも支配している言葉の群れに鋭いまなざしが向けられている。親や大人が向き合わなければならないのはこの「新しい自分の自然」＝子供、つまりまったく新しい言葉環境を身体化した子供たちといえるだろう。

『黄色い髪』が新聞に連載された一九八七年。『子ども白書』（草土文化・98年版）によると、この年の中学生の「登校拒否児童生徒数」は中学生全体の約0・54％であったという。それが九六年になると1・4％近くになり、現在はさらに増えているらしい。『黄色い髪』にも夏実なりの解決方法は示されているが、その方法が他の子供にも有効であるとは書かれていない。連載後に届いた読者からの「『黄色い髪』への手紙」にも、作者および夏実の認識は「甘い」という意見は多い(4)。確かに出口は早急に見つからないかもしれない。だが、〝子供の声〟を聞くことからしか何も始まらないと語っている『黄色い髪』のメッセージは現在でも有効であろう。

干刈あがたは子供たちの声や言葉に、そして話し言葉に敏感な作家だった。いつも子供たちの発している信号を聞こうとする態度は、残されたエッセイからも明らかである。子供の声が溢れる『黄色い髪』は、〈子供〉という存在の意味を時間を超えて問い続けている。

7 〈未来〉を生きる子供たちのメッセージ

未来を生きる子供たちの感性を信じて描かれたのが『アンモナイトをさがしに行こう』（『海燕』

88・4〜89・5）である。この作品は「離婚家庭」が原因ではないが、中学卒業で働くことを決めた千刈の長男の行動が書くきっかけとなっている。この作品では取材を元にしながら家族とは異なる外部の他者とのコミュニケーション回路を確立しつつオチコボレ状況からの脱出をはかろうとする子供たちや、親の教育方針ではなく自分の育ちたい方法を選択する子供たちの姿も描かれる。子供たちは血縁で結びついた家族のコミュニケーションとは別の地平で〈家族の絆〉や生きていく方向性を見つけ出そうとする。それらの方法を取りつつ「家族へと気持の繋がりが向かう」ようになる関係も模索されている。

『アンモナイトをさがしに行こう』とは、魅力的なタイトルである。アンモナイトとは、古生代から中生代末期にかけて繁栄した軟体動物、頭足類の総称だが、この小説では、ある変革を待ち望む子供たちの心、として表される。作中で「アンモナイトをさがしに行こう」を執筆している作家西山ひかりの感慨としてそれは示される。

二人の男の子がいる離婚した作家西山ひかり「私」は、千刈あがたの分身といってよいだろう。彼女は、誰がしたのか分からない中学校の校庭に机を並べて「9」の文字をつくった奇怪な事件をテレビで見て、「アンモナイトに似ている」と思う。確かに渦巻き状がはっきりしたアンモン貝は「9」を思わせないでもない。謎の犯人を子供たちは「ナイン」と呼び、卒業式に「ナインの逆襲」があるのではないかと、噂する。偶然子供たちの会話を聞いた「私」は、子供たちの話に「どこかから誰かがやってきて何かが起こるかもしれない、という期待」が込められているように感じる。「9」＝「アンモナイト」と見なす「私」は、閉塞感に満ちた学校生活を打ち破るそんな束の間の革命ゴッコのようなものを子供たちが期待していたのではないかと考えるのだ。

ちなみにこの奇妙な事件は一九八八年二月に世田谷区の中学校で実際に起こった出来事で、宇宙人との交信という噂も流れたが、その中学出身の卒業生たちのイタズラと見なされて噂も終焉した。
アンモナイトに託す思いはもう一つあり、それは都会のビルの大理石の中にアンモナイトをさがす少年とその母親のエピソードで語られる。都会のビルの柱や壁や床に大理石の紋様が使われていることがある。その紋様の中に実際にアンモナイトの化石が含まれていることがあるのだ。現在十四歳だが小学校四年生の時から学校に行けなくなった少年は「自己表現」としてある時期から母親と、その嵌め込まれているアンモナイトを探して歩くようになった。そんな息子に動かされて母は短歌で自己表現を試みている。

アンモナイトの化石の渦の渦巻く向う太古の潮は満ちくるごとし
地球にもぐりゐたるアンモナイトの化石は地球の言葉を語る

母はアンモナイトの化石に生き物の原初の声を聞く。生きた化石といわれるオウム貝に、永遠に続いていく生命の息吹を感じ取っている。少年は都会の中に埋もれている生命の小さな息吹を探し出そうとしているのだろうか。母の詠む短歌には、激しくはないけれどひっそりと生きていけるような命、そんな命の方向性が託されているようにも思える。
「アンモナイトをさがしに行こう」の書き手西山ひかりは最初に、作品の意図を次のように語っている。

私はこれから、いろいろな子供の姿や行き方を書こうと思っています。自分が会った子、子供とかかわっているさまざまな人から聞いたりした、じっさいに生きている（生きていた）子供たちです。子供は刻々と姿を変えていく、その変幻の一瞬を周囲の人々の眼や心にとどめている、と思えるので、その見ている人の眼差しも含めて書けたらと思っているのです。

『アンモナイトをさがしに行こう』は一九八八年四月号から八九年五月号にかけて『海燕』に連載されているが、西山ひかりの作品の連載時も八八年から八九年となっている。西山ひかりの長男真が中学卒業後、家を出て働きながら芝居をしていることや、次男で中学三年生の勇が高校に入学するまでの時間は、作家干刈あがたの二人の子供の環境とも合致している。西山ひかりの二人の息子と、真の中学の二年後輩にあたる篠山文子ことブンコの登校拒否から高校進学を果たすまでの話が時間的にストーリーを追うことのできる軸である。

作中には『黄色い髪』の夏実の後日譚ともいえる高校一年で登校拒否になり二年で中退、働いた貯金でオーストラリアへ地平線を見に行く良美の話や、一九七六年の大学一年生の時にダウン症や自閉症や重複障害児の施設で実習を経験し、その後生活苦から親に捨てられた子供の暮らす学園の保母となるが、学園出身の子が殺人事件を起こしてから精神が不安定になり、さらにダイアナ妃来日（一九八六年五月）前後に大学時代の先輩が過激派と関係しているらしいとの情報で警察に見張られるようになったサキのエピソードなどが断片的に展開される。中学卒業後の進路を農村での共同生活を送る選択をした子供たちや、少年院に居た（居る）子供たちの感想文、登校拒否の子供や問題児を抱えた親の手紙も挿入される。

一方、外見的には何ら問題を抱えていなかったように思える子供たちの声は、真のクラスの中学卒業文集と篠山文子のクラスの女子の中学卒業文集で語られていく。文集そのものが学校で書かせられるものなので、すべて本音だとは言えない部分は当然あるだろう。しかし文化祭、修学旅行といった同じような体験をした学校生活ではあるが、その体験を捉える視線には微妙な差異が存在する。その微妙な差異の連なりに建て前と本音を含めた子供たちの声が伝わってくる。

干刈あがたはモノローグ、電話、会話、手紙、手記、文集というモザイク状の重層的な語りによって、家庭や学校に埋もれている子供たちの声を浮き彫りにしようとする。それは都会の中の「アンモナイトの化石」でもある。そして文集の声より、学校や家庭に居場所を見つけられなかった子供たちの声がストレートに伝わってくるのは、〈化石〉が原初の声を発しているからであろう。それは〈未来〉を生きる子供たちからのメッセージとも聞こえる。

モザイク的手法で子供たちの場を描こうとした西山ひかりは、最後にはほとんど作者干刈あがたと言っていいだろう声で、「この『アンモナイトをさがしに行こう』は、あのアンモナイトをさがす少年の母親、そして、同じような子を持つ人たちを想定していた。学校へ行けなくなるような子って、ほかにもいるんですよ。学校に行かなくても、生きていけるかもしれないんですよ、と伝えたかったのだ。それは自分がなんとか、真も大丈夫だろうと思いたいからなのだった。／でも、真がなんとか自分で働いて生き、勇も高校へ一見なにごともなく通うようになると、私は急速に中学のことに興味を失いつつある」と語る。さらに「初めから「学校問題」や「教育問題」として興味をもった」わけでも「問題を解決するために小説を書いているのではない」と言いつつ、次のように述べる。

そう言い切ろうとする時、それではなぜ書いているのだろう、という問いが湧いてくる。いつも、こんなふうにして、途中からわけがわからなくなってくる。そしていつも、それを隠したまま、なんとか終りを書き上げる。そしていつも、もう書くことなどやめようと思う。

干刈あがたはいつも誠実に現実に向かっていた。『ウホッホ探険隊』の執筆に関しても「母親として精いっぱい息子たちの気持を汲もうとしたけれど、根本のところで彼らの気持を内側から共有することはできない。僕の気持はこんなものじゃなかったと、いつか手痛いしっぺ返しが来るかもしれない。／ものを書いたり発表したりすることは、とても傲慢なことなのではないかと怖れを抱きつつ、息子たちの寝息を聞いている(7)」と、書く。

干刈の作品は〈教育問題〉を意図してはいないかもしれない。また〈学校問題〉の何の解決にもなっていないかもしれない。卒業式が近づくと繰り返される年中行事化した「君が代」「日の丸」問題。この作品が刊行されてから十数年になるが「君が代」斉唱と「日の丸」掲揚をめぐって校長の自殺が起こっており、子供の登校拒否や自殺も減っていない。なぜ「義務教育」が必要とされるのか。なぜ学校に行って勉強しなければならないのか。子供たちの生きていく場所を指し示すことのできる〈大人〉は、現在でも少ないのかもしれない。子供を取り巻く環境は大人の理解を超えつつあるのかもしれない。九〇年代に入って、稲葉真弓の『抱かれる』(河出書房新社・93年刊)や、島田雅彦の『流刑地より愛をこめて』(中央公論社・95年刊)、重松清の『エイジ』(朝日新聞社・99年刊)など、様々なかたちで子供の世界が作品化されるのは、そのわからなさを何とか解明したいという思いであろう。

子供たちを描く作品から浮かび上がってくるのは、現実の社会に対する違和感である。そしてその違和感は、もはや家族との関係では埋められないことを子供たちは認識している。三枝和子は『アンモナイトをさがしに行こう』に、「新しい家族のモラル」(「書評」『群像』89・10)を獲得しつつある子供の姿を捉える。それが象徴的に表れている箇所を三枝は、韓国公演のためにパスポートが必要となった真が、父と接近遭遇した後の対処の場面に見る。真は戸籍上の親権者である父親に書類を書いて貰おうと出掛け、途中でばったり父親と会うが、世間並みでない息子の格好を見て思わず目をそらしてしまった父親の側を通り過ぎる。目をそらした行為に息子が傷ついたのではないかと父が案じていたと話す母に、彼が応える次の場面である。

「そういうの、古いパターンの家庭劇」と真はお汁粉を食べながら言った。「ワシ、あの時、オットットと思ったんだよね。あの瞬間、親爺の今までの人生ぜんぶが見えたような気がしたんだ。真面目に生きてきて、いっしょうけんめい頑張ってきて、それでなんでプー太郎みたいな息子と道でバッタリ出会わなくちゃなんないのか、わかんなかったんじゃないかな。それも、人と一緒の時に。あの人の今までの人生の行動パターンの中に、そういう時どうしたらいいかっていうのインプットされてなくて、それで眼をそらしたんだと思うんだ。ワシ、あ、わりいことしちゃったなって、親爺がかわいそうになったんだ」

真はおどけたような口調で話していた。

「それで、とりあえず仲間んとこ帰ったんだけど、考えてみたら、ワシ、役者なんだよね。だから、ワシ自身の企画構成出演による芝居を考えたわけ」

「それで、お父さんの事務所へ行って、パスポート申請の署名捺印もらってきたの?」

「うん。不必要に親爺を困らせることないからね。ワシ、対立項の二者択一って嫌いなのよ。反抗とか憎むとか、もうそういうんじゃないんだ。あの人はあの人だと思うから。でも、親爺と助手の他に客が一人もいなくて残念だったな」

「対立項の二者択一」という二項対立の思考をしない観点に、三枝和子は「新しい家族のモラル」の萌芽を感知する。中学時代に頭髪問題を提起した真に、〈お前の家はビシッと言う男親がいないから〉と発言した教師。高校受験に失敗して定時制高校には入学したけれど、すっかり学校に行く気のなくなった息子を〈私ね、いっそのこと交通事故にでも遭って、この子、死んでくれないかと思うことあるわよ〉と、話す母親。片親の家庭の子供や、学校に行けない子供はダメだと見なす○×体制の「オール・オア・ナッシング」の物の考え方とは異なる思考方法を真は体現している。三枝和子は登校拒否やオチコボレと見なされた子供が、コロニーに入ったり、外国でホームスティの暮らしをしたりして、家族ではない外部の他者とのコミュニケーション回路を確立しつつオチコボレ状況からの脱出をはかるとともに「家族へと気持の繋がりが向かう」ようになる新しい家族関係を読み取るのである。竹田青嗣も「『アンモナイトをさがしに行こう』は、いわば古い「家」の記憶を持った人間が、もはやこの記憶によっては新しい「家」の絆を作り上げることができないことを体験するような小説だといっていい」（「新刊繙読」『海燕』89・10）と述べている。

子供たちは血縁で結びついた家族のコミュニケーションとは別の地平で〈家族の絆〉や生きていく方向性を見つけ出していこうとしている。薪でメシの炊き方を教える真の芝居仲間も〈家族〉である。様々な方法を頼って子供たちが歩き始めている現実をこの作品は確かに伝えている。すでに『ビッグ・フットの大きな靴』の中で、レコードを聞きながら子供たちが交わす「この歌を聞いてると人を殺したくなるな」や「俺は自殺したくなるよ」という会話に〈感性の変容〉を示す言葉が書き止められていた。子供たちの意識を干刈は分析していないが、子供の何かが変わったことをこれらの言葉は伝えている。

西山ひかりが記した「途中からわけがわからなくなって」きた作品は、二項対立的文節と二値的価値の共犯（いわゆる○×式）の典型的な場としての「学校」と未分化で流動的な若い生命とが孕む根源的な矛盾を混在させつつ、未来に向けた「グローバルな意識革命」（三枝）と、「新しい生のかたち」

（竹田）を読者に感受させるのである。

干刈ひがたは、作家というよりまず一人の人間として生活と自分自身の感覚を大事にしていた。生活や感覚に違和感を覚えた時、それが作品となった。見過ごされてしまうような出来事に眼を止め、社会的に力を持たない者たちの声を聴き、そこから言葉を紡いでいったのが干刈文学といえるだろう。干刈の小説に登場する女たちに、強い意思を持った者は少ない。日常に起こる様々な出来事に悩み、自分の判断に迷いつまずきながら、でもそれを何とか乗り越えようとする〈ふつうの者〉たちである。もちろん作家干刈あがたは、書いたものが出版されるという〈特権的な立場〉にあった。しかしいつでも〈ふつう〉に固執し、何を、誰に向かって、どのように、どんな立場で語るのか、と問い続けていた。読者と作家の間に位置して、人間と時代に真摯に立ち向かった作家が干刈あがたである。自分の生活に根ざした言葉で語られた干刈ワールドは、現在も〈ふつうの読者〉に開かれている。

注1　ペンネームについてはエッセイ集『40代はやや こ思惟いそが恣意』（ユック舎・88年）や、インタビュー「行商人のように」（『波』89・11）で述べられている。
2　「第1回『海燕』新人文学賞選後評」（『海燕』82・11）より。
3　干刈あがた「伝える、伝えられる」は『永瀬清子詩集』（一九九〇年・思潮社現代詩文庫・90年）所収。ちなみに『樹下の家族』は、永瀬の詩「木陰の人」の対句として書き始められたという。
4　エッセイ集『40代はやや こ思惟いそが恣意』（ユック舎・88年）参照。
5　「子ども、家族、この時代で」（『思想の科学』88・7）より。
6　岡松和夫「新刊繙読　日本人の行方」（『海燕』87・6）より。
7　エッセイ集『おんなコドモの風景』（文藝春秋・87年）参照。

メディアとして伝えたい――干刈あがた『アンモナイトをさがしに行こう』

太田鈴子

序

学校は、子どもたちに何を教える所なのだろうか。教科に関する知識だろうか、世の中を秩序だてている規則だろうか、それを守ることだろうか、周りにいる人と協調することだろうか、自分の得意なことに指導力を発揮することだろうか、何よりも大人の言うことを聞くことだろうか、体を鍛えることだろうか、基本的な日常生活を送ることだろうか、このように羅列しても、まだまだ学校が子どもに教えなければならないと考えていることは出てきそうである。人が生きていく間に出会う問題は無限にあるが、あれも必要なことだ、あれも教えておかなければ、あれもあったと次々と学校は取り込んでいるように思われる。その結果、学校というシステムの最後を受け持つ大学では、卒業後に社会適応ができ、仕事をして自活していかなければならないということまで学生にガイダンスし、就業体験の機会を設けている。山田詠美は、学校は小さな社会だと言ったが、学校が社会生活をしていく上で必要と思われるあらゆることに対応したプログラムを構築し、そこで学ぶ子どもたちがそれらを理解し、身につけ、社会に適用できる人材として学校を巣立っていくことを目指しているなら、学校が、社会そのものを作っていることになりそうである。

こうした視点で考えていると、ピエール・ブリュデューが言った次の言葉を思い出す。ブリュデューは、「およそ教育的働きかけは、恣意的な力による文化的恣意 arbitraire culturel の押しつけとして、客観的には、ひとつの象徴的暴力 violence symbolique をなすものである」と言う。教育のシステムが教えるということを目的としているがために「もろもろの条件」をうみだすが、その条件は、「正統的文化の再生産という外的機能の達成にとっての、また力関係の再生産に相応するその貢献にとっての十分条件でもある」とブリュデューは言って、教育的働きかけが文化的恣意を教えこみそれを再生産するためにあり、それを「基礎づけている力関係を再生産するのに寄与している」そして教えこむことの中に、排除によって含まれる「象徴的暴力」をなすと言っている。成績をつけ、達成度をはかることは、成績の悪かった子どもには痛い目を見せることである。否定されたショックを感じ、傷を負う。なぐられ、鼻の骨が折れれば、誰の目にも暴力だと映るが、悪い点数をつけられ、傷ついても、誰も暴力だとは言わない。

また、教師は、掃除をしなければならない、遅刻してはいけない、髪の毛をのばしてはいけないと、多くの条件を出してくる。できる子どもは優等生としてほめられ、できない子どもは他の子どもたちの前で注意を受ける。それは、まるで危険人物を知らせて、そのことを知らない人の安全を確保する方法に似ている。子どもたちは、危険人物を避ける。その子と話をしているところを教師に見つかったら、自分が不注意だと思われるかもしれないからだ。その子と同じように、多くの子どもの前で注意をされ、他の子どもから避けられ、仲間はずれになるかもしれないからだ。教師から注意を受けた子どもは、同じ教室の中では二度と誰とも遊ぶことはできなくなる。この教師の行為は暴力と言えないだろうか。教育という美名の元に行われているこれらの排除は「文化的恣意のなかで、またそれを通して行っている恣意的選択」の再生産だとブルデューは言う。

1　子どもとのかけむかい

干刈あがたは『アンモナイトをさがしに行こう』を、昭和六十三年（一九八八）四月から昭和六十四年（一九八九）五月にかけて「海燕」に連載した。干刈あがたの四十五歳から四十六歳にかけての作品である。昭和六十二年（一九八七）五月から十一月まで「朝日新聞」に連載した「黄色い髪」の続編と言える。作品の結び近くで、西山ひかりに「いつも前に書いてわからなかった部分をフォローするために、もう一つ書いてみようと思う」と言わせ、子どもが学校に別れをつげようとする気持ちを、もう一度考えるために、この作品をまとめたようである。しかし、ひかりは、自分の真、勇という二人の息子が、学校に関わることで問題を持たなくなると、中学に興味がなくなったとも言っている。「問題を解決するために小説を書いているのではない」と言うように、教育システムについて考えようとしているわけではなく自分が知り得た状況を伝えたいという。

作品は、西山ひかりの手記という形式をとっている。西山ひかりの元に、中学生や高校生、またその母親やきょうだいなどから送られてきた手紙や文集があり、その中から引き写したもの、西山ひかり自身が直接子どもやその母親から聴取し文章にしたもの、さらに西山ひかりと息子との対話を文章にしたものなどによって構成され、時間を追って展開されている。

中学から高校へと歩む子どもたちやその家族が語ることを、脚色せずに、ありのままの声で綴る方法を取っている。西山ひかり以外の人には、声に出して聞いてもらったり、ありのままの自分をみせようとは思わなかったというような叫びにも似た、読む者にせまってくる文章ばかりが、四十三話ある。それぞれが痛みを感じ、癒されようとひかりに語りかけてくるのだが、その痛みは、小学校、中学校での生活が原因となっている。不登校の子どもたちは、自分の痛みを癒す方法を模索している。親やきょうだいは、他の家の子どもには問題がなく、自分の家族にだけ問題を抱えてしまった子どもがいると思うために戸惑い、やがて、子どもの悩みが家族の悩みとなっていくのである。

表題の「アンモナイト」は、小学校四年生の時に不登校となり、現在十四歳になっている息子を待つ母親が詠んだ次の歌から取ったものである。

けふ母に手渡しくれたるアンモナイトの化石は砂の色を持ちをり

この歌は、東京の古い建物の壁や床に化石を発見したという事実が歌われているが、「手渡しくれたる」は、不登校の根元を暗示している。母と息子は、化石を発見しようと壁を見つめていた。息子が化石を発見した。発見を母に知らせる息子。共に探したからこそ、息子の喜びが母に伝わり、息子は母に喜びを伝えようとする。自分一人で化石を握りしめず、手渡したところに、二人の気持ちがつながったことが感じられる。その母は「親が学校へのこだわりを捨て、まるごと子どもとともに生きようとした時、子どもは自分をとりもどし、いろいろな形で自己表現をはじめました」と書いている。『アンモナイトをさがしに行こう』は、まず初めに学校ありという価値観から、まず子どもがどう生きるかにありという親の価値観への転換が、子どもの心を開かせることの暗示となっている表題である。親が子どもとかけむかいになった時、子どもの心が開く。四十三話が問題解決へ向けて書かれていないと、ひかりは言っているが、親子かけむかいを象徴するアンモナイトの歌が表題に選ばれ、子どもと向き合う時、動き出すものがこの作品には語られているのである。

2　一人一人を見ること

四十三話に登場する中学生と高校生は、一人一人顔が見えている。にもかかわらず、中学生、高校生という呼び名は、この作品で使われる前に、すでに空洞化している。小学生、中学生、高校生は一般名詞であり、十三歳から十八歳位の年頃の人を見ると、それぞれが何をしている人かと問う前に、中学に通っている、高等学校へ通っているのだというイメージを人は持ち、「中学生は」とか「中学生だから」と一人の子どもに、固定したイメージを重ねてしまう。さらに制服は、そのイメージを確実なものとし、中学生ならどの子どもも同じであるかのように一括りにしている人が多いだろう。しかし、ひかりの目は、一人一人を正しく見極めようとしている。

セーラー服を着て紺色のサブバックだけを持っている少女が一人、緊張した顔で信号が変るのを待っていました。なぜ通学鞄を持たずにサブバックだけなのか、やがてわかりました。

直進男子の頭髪は丸刈りで、黒い詰襟学生服を着てサブバックを持っていました。横切り男子はサーファーカットで、紺色の背広型学生服を着て、持っているのは大型茶封筒だけでした。

高校へ受験のための願書を出しに行く中学生を、その持ち物や、髪型から、表情から、ひかりは、心の中までを見ようとしているかのようである。けれども実際には、中学生を表象するキーを見ている。「セーラー服」「紺色のサブバック」「通学鞄」「丸刈り」「サーファーカット」等。受験に向う中学生と、学校を拒む者の差異を見ようとする。

真が入学した時の頭髪規則は「髪は清潔に」というものだった。それが真が二年になった時、スポーツ刈りと決められた。頭髪検査にひっかかった日、すぐ床屋に行って翌日見せに来るようにという通達がきた時、私は「二週間前にスポーツ刈りに理髪しました。（略）次の収入があった時に理髪に行かせたいと思います」と届けを出したのだった。

頭髪規則が「髪は清潔に」に戻ったことを知って、真が悶着を起こした時のことを思い出している。揺れ動く規則は、必然性が感じられない。厳しい規則に出会った中学生は、無駄に傷つき、教師に対する反抗心が起こり、不信感が育ってしまう。一度曲がったものを元に戻すためには、予想がつかないほどの時間がかかるのである。教師の気分とも言える揺れ動く規則は、母親が子どもを守りきれないほどの暴力を子どもにあびせていた。

「頭髪検査のたびに真が起こした悶着は何だったのだろう」というひかりのつぶやきは、悶着を起こすことが、あるいは逆に、その規則を守ることが、子どもの成長に、社会性に、何の意味もなかったことを語っている。高校受験を迎えた中学生一人一人を見つめるひかりの目は、その傷つき具合を見つめている。

そして、「実際に生きている（生きてきた）子供たち」を書きたいと、『アンモナイトをさがしに行こう』執筆の目的を明らかにしているように、西山ひかりの視線は、どのような者も一人の人間として理解しようとするものとして、設定されている。

中学生、高校生と一括りに言ってしまうと、一つのイメージに集約されがちである。イメージの第一は、学校で勉強する者である。

中学校、高等学校に関する文部科学省の生涯学習政策局調査企画課の調査を見てみると一括りにはできない生徒数である。平成二年（一九九〇）の在学者数は、国立、公立、私立を合計し、中学校・五百三十六万九千百六十二名、高等学校・五百六十二万三千三百三十六名。それぞれ全国には、五百万以上の生徒がいる。この数を一括りにし、一つのイメージの中にはめ込んでいて良いはずはない。

さらに、不登校の生徒は、平成三年（一九九一）で、小学生・一万二千六百四十五人、中学生・五万四千百七十二人である。この数を知ると、ますます、十八歳までの人を、学校に行くはずの者たちと決めつけることができなくなってくる。『アンモナイトをさがしに行こう』は、まさに不登校の人たちからの悲鳴が書かれているのである。

3　つなぎ手（メディア）の存在意義

四十三話、どれも、学校との折り合いが悪い話ばかりである。

学校へ行かなくなった子供と親は、どのように生きたらよいのか、子供もまた、学校へ行かない時間をどのように生きたらよいのか、行く先の見えない状態の親子が、西山ひかりに書き送ってくる。ひかりの十七歳の長男は、高校進学をしないで、家を出て、移動劇団の人と共に旅暮らしをしている。健康保険が必要になるとひかりに連絡をよこすのである。

多くの人は、順調に義務教育を終え、高校に進学し、さらに大学へ進み、就職する。彼らにとっては、学校で教師の下で学び、卒業することは人間として当たり前のことなので、それができない者を怠け者とか、性質が不良だとか、甘えているのだと、自分が納得いく範囲で説明をつけていく。そうすることで、自分は、その仲間ではないことを自認し、他者にも表明している。学校と折り合いの悪い者は、社会の脱落者として排除する。

しかし学校に行かない者には、それぞれ理由がある。その内面に抱えている問題が、まず解決されなければならないのである。

小説やドラマには、学校のシステムからはずれる者を、あげることができる。

村上春樹『ねじまき鳥クロニクル』の高校生、笠原メイは、オートバイ事故で同乗していた男友達が死亡し、心の整理がつかず、日々、家に居て、ビールを飲み、煙草を吸う。

今話題の韓国ドラマ「冬のソナタ」には、高校生が授業に出ず、湖の畔や、林の中を歩き、時間を過ごしていく場面があるが、そのチュンサンという男子高校生の関心は、幼い頃別れた自分の父親が誰かということにある。知識を詰め込むことに関心が持てず、集中できず、教室から飛び出すのである。

また、最年少の芥川賞作家として今年話題となった綿矢リサの『蹴りたい背中』には、クラスの中で仲間を作りたくない高校生が描かれている。それは、級友より一足早く、自立心が芽生えたためである。教師は「適当に座って五人で班を作れ」と何の気なしに言う。生徒の自由を尊重しているかのようであるが、適当に座る生徒は一人もいなくて、「五人全員親しい友達で固められるか、それとも足りない分を余り者で補わなければならないか」緻密な計算をそれぞれがする。そして余り者にはどのグループに入っても、仲間のいる生徒からは余り物が与えられる。『蹴りたい背中』の語り手は、仲間に入りたくないという女生徒で、昼の食事も教室で一人である。教師が、教室内の人間関係を全く察知していないことを、十九歳の作者は露骨に描写している。

このように、描かれた不登校の人たちが多数いる。

『アンモナイトをさがしに行こう』に寄せられた手紙や文集が語る不登校の原因は、子どもが学校に抱く嫌悪感によるものばかりである。教師によって傷ついた現実が記されている。

林間学校へ薬のつもりで母が持たせた梅干しを持ち物検査で見つかり、教師になぐられる文子や、入学式での新入生代表挨拶を教師から紋切り型に直され、無理に読まなければならなかった真が、教師への不信感を強めていく。結局文子は、中学で不登校となり、真は高校へ進学しなかった。そして文子は、出席日数が不足しているにもかかわらず、個別に校長室で卒業証書を授与される。校長、教頭は卒業していく生徒に、何の言葉も持たない。慣習の中で責任を果たそうとするだけの、生徒と向き合うことのない教師が語られている。

文部省が昭和六十三年（一九八八）に行った「児童生徒の問題別行動実態調査」の中に、中学生に「不登校となった直接のきっかけ」を聞いた調査がある。

A	友人関係を巡る問題	15・0%
B	教師との関係を巡る問題	1・6%
C	学業の不振	16・9%
D	クラブ、部活を巡る問題	1・7%
E	学校のきまり等を巡る問題	2・8%
F	入学、転入、進級寺の不適応	4・2%
G	家庭の生活環境の急激な変化	9・0%
H	親子関係を巡る問題	14・2%
I	家庭内の不和	7・6%
J	病気による欠席	7・7%
K	その他本人に関わる問題	12・0%
L	その他および不明	10・1%

この調査から、不登校の直接のきっかけには、多くの要因のあることがわかるが、中で多いのは、C学業の不振、ついでH親子関係を巡る問題、A友人関係を巡る問題である。B教師との関係を巡る問題は、Dクラブ、部活を巡る問題、学校のきまり等を巡る問題と並んで割合が少ない。これは、子ども自らが自らの問題を認識している結果のように思う。勉強ができない、勉強をしたくないという気持ちや、友人、親と自分にとって気分の良い関係を持つことができないことから、迷路に入り込んでしまっているのであろう。自分の気持ちが整理できないために学校へ行かないことがあり得るのであれば、子どもにとっては、学校が、自分の将来のために何がなんでも行っておかなければならない所ではなくなっているということもできる。

滝川一廣は、公教育制度は国家の近代化（文明化）と豊かな産業社会の実現を目的とするシステムであり、個人にとっても知識的ないし階級的な上昇を可能とするかけがえのない門戸で、学校は聖性、絶対性を帯びて子供たちを吸引したと、近代に発展した学校制度を意味づけている。さらに、集団教育が採用された理由については、社会が発展途上の段階では、「画一的」な教育こそが機会均等と平等の原則に適い、また費用効率もよく、近代的統一国家形成にむけて最大公約数的な知識や規範を人々に共有させる合理性・合目的性をもったシステムだったことをあげている。近代化達成後の近年、集団教育の合理性・合目的性が「逆に非合理で負荷の多いものと感取されやすく」なり、集団教育の無理が「脱学校」をもたらしているという。学校で集団として子供たちにクラスを共同体として「みんな仲よく」「力を合わせて」を習得させる実践の場としての学校機能の無効化を特徴としている。そして「人々のメンタリテイが集団主義的心性から市民社会的な個人意識に移行している社会状況で、学校だけがなおも大規模な集団に子どもたちを囲い込み続けている無理」にいじめ問題の本質を見ようとしている。

しかし、『アンモナイトをさがしに行こう』では、戸村愛は、学校へは行きたくないわけじゃなかったが、なんだかつまらないと思っていた時、これだと思ってヤマギシ会の高等部に入ったという。ヤマギシ会は、小学生から中学生は子どもたちが学費を会に払い、親元を離れて村にある学育舎で宿舎生活をし、地域の公立学校に通いながら、農作業を行う。高等部生は、義務教育ではないので一日中ヤマギシ村で生活し、実学と称して早朝から夕方まで作業をする。愛は、高等部の十三人とすぐに仲良くなり、これまでと違うのは何でも話せることだと、ヤマギシ会の農業村の生活に前向きの姿勢を見せる。事実愛は、何事にも積極的である。

『脱学校の社会』で知られるイバン・イリイチは『新版　生きる思想　反＝教育／技術／生命』で、現在、労働力が人的資源とみなされるようになり、教育は、人びとを経済成長の付属物にする一手段だという。ヤマギシ会は、学校という公教育からはみ出た子どもに、同じ方向を目指す集団の心地よさを教える。それは、ヤマギシ会の生産性向上につながり、属するものの豊かさに還元されるという論理である。学校教育の集団性が疑問視される中、居心地の良い集団に仲間意識を持って所属することもまた、望まれている。『アンモナイトをさがしに行こう』で紹介された文子は、結局高校に入学する。真は旅芸人の集団と行動を共にする。

先のアンケート結果は、この作品で不登校の主たる原因であった教師との関係による問題の割合は、多くない。アンケートで、割合の少ない問題を軽く扱ってはならない。

西山ひかりは、学校の問題を大きくとらえず、息子が抱えた問題を他へつなげようとしている。

あえて問題に対する答えを出そうとせず、問題を抱えている人間の前で立ち止まり、その声を写していく方法は、問題を抱えている者同士のつなぎ手であると同時に、人間に興味のある小説の読者にもまたつなぐ。誰をも攻撃しない、事実を書き留めるという方法が、読者一人一人に考えさせる手段にもなっている。問題を抱える人たちの声を記憶した人が、同じ問題を抱える人に出会う機会を得る契機となる。
ひかりは「学校に行かなくても、生きていけるかもしれないんですよ、と伝えたかったのだ」と書く。それは、イリイチの次の主張と重なるのではないだろうか。

かつては、人びとは日常生活で必要なことをなんでも学びとりました。そしてそれは、そのことが人びとにとってはっきりした意味をもち、役に立つことが明らかだったのです。しかしいままでは、われわれがつめ込まれ、教えこまれることは、いまだ、われわれ自身のものとなっていないようなな視点から見て有意義であるにすぎず、それがいつかは、われわれにとって役に立つであろうと言い聞かされているだけなのです。しかも、われわれは、自分で支払える分だけ、あるいは社会が予算を配分してくれる分だけしか教えてもらえません。このような教えられる結果としての教育は、常にひとつの商品であり、サービスであり、したがって稀少なものです

すなわち商品としての教育を実践する学校に忠実なものは、「生活に根づいた自立した生き方」を損なっていく。学校になじめない者を、社会から追い出していく。流通システムに組みこまれることに疑問を持ち、この社会で自分が居るべき場所を見失うのである。彼らのことばとことばをつなぎ、学校外で生きる可能性を模索する時、彼らの孤独は救われるであろう。この作品は、生産・流通・消費のための教育を再考する資料となり得ている。西山ひかりは、また、つなぎ手という忘れられているメディアの役割を提示してもいるのである。

参考文献

イヴァン・イリイチ『脱学校の社会』（東洋・小澤周三訳　一九七七・一〇初版　東京創元社）
イヴァン・イリイチ『新版　生きる思想　反＝教育／技術／生命』（桜井直文監訳　一九九九・四　藤原書店）
ピエール・ブリュデュー＆ジャン＝クロード・パスロン『再生産』（宮島喬訳　一九九一・四　藤原書店）
滝川一廣「脱学校の子どもたち」（一九九六・七『岩波講座　現代社会学　第12巻』岩波書店）
上野千鶴子『サヨナラ、学校化社会』（二〇〇二・四　太郎次郎社）
ヤマギシを考えるネットワーク編『ヤマギシズム学園の光と影』（一九九四・一二　風媒社）
山田詠美『風葬の教室』（一九八八・三　河出書房新社）
村上春樹『ねじまき鳥クロニクル　第1部泥棒かささぎ編』（一九九四・四　新潮社）
綿矢リサ『蹴りたい背中』（二〇〇三・八　河出書房新社）

干刈あがた年譜

与那覇恵子

一九四三年（昭和18年）**0歳**
1月25日、父柳納富（明37生・青梅警察署勤務・警部補）、母アイ（明45生・旧姓永野）の長女として東京府西多摩郡青梅町勝沼（現青梅市）に生まれた。本名和枝。長兄茂樹（昭14生）・次兄哲夫（昭15生、幼児の頃病死）・妹伸枝（昭22生）。両親は鹿児島県沖永良部島和泊町の出身。

一九四八年（昭和23年）**5歳**
子供の頃は皮膚が弱く傷が治りにくい体質で、年中体に腫物があった。長兄、結核性の肺浸潤で都内の病院に入院。

一九四九年（昭和24年）**6歳**
4月、青梅小学校入学。家では卵を売るための鶏を飼っており、その世話をするのが役目だった。小学校時代には母親の希望でピアノやお花を習い、英語の個人レッスンを受けた。

一九五一年（昭和26年）**8歳**
青梅町の市制変更に伴い、東青梅に住む生徒と村の分校の生徒を対象に青梅第二小学校（現青梅第四小学校）ができて、その新しい校舎に通うようになった。

一九五二年（昭和27年）**9歳**
青梅から杉並区神戸町（現下井草）の新居に移転した。4年生の3学期に、杉並区立桃井第五小学校に転入。本を読むのが好きな子供だった。家にあったのは法律書と法医学の本で、縊死体や溺死体の写真を見、策条痕の鑑識法などを読んで、夢でうなされた。

一九五三年（昭和28年）**10歳**
12月25日、奄美大島諸島が本土に復帰。東京近県に住む沖永良部島出身の人たちで復帰の祝いをした。

一九五五年（昭和30年）**12歳**

4月、杉並区中瀬中学校に入学。中学校時代は学年の首席を争う成績だった。家が下宿を兼ねるようになって、本は下宿の学生から借りた。探偵小説、短歌、社会主義の本などを乱読する一方、吉屋信子の少女小説にも夢中になった。少ない小遣いをためて買ったツルゲーネフの「初恋」や与謝野晶子の「みだれ髪」は一行一行味わって読んだ。音楽ではプレスリーの歌に夢中であった。彼のファンであった音楽の先生が放課後にプレスリーのSPを聞かせてくれた。

一九五八年（昭和33年）**15歳**

4月、都立富士高等学校入学。新聞班に入り、班員に2年生がいなかったため、3年生引退後1年生班員の中心となって『富士新報』作りに専念した。放課後は新宿の名画座で洋画をよく見た。

一九六〇年（昭和35年）**17歳**

3月から5月にかけて高校新聞部連盟の呼びかけに応じて、安保闘争のデモや集会に参加した。6月15日のデモでの東大生樺美智子の死に衝撃を受けた。

一九六一年（昭和36年）**18歳**

3月、高校卒業。大学受験に失敗、1年間浪人生活を送った。小田実の『何でも見てやろう』に同時代の言葉を感じた。

一九六二年（昭和37年）**19歳**

4月、早稲田大学第一政経学部新聞学科入学。政治的傾向の強かった『早稲田大学新聞』とは異なる、学生の生活に密着した新聞をという意図のもとで作られた『早稲田キャンパス』の創刊に加わった。父との約束で、大学の学費を自分で捻出しなければならず、映画館のもぎりや自動車会社のカード整理など、さまざまなアルバイトに追われて授業にはほとんど出席できなかった。サルトル、ボーヴォワールを始めとするフランス実存主義の文学や、ヘミングウェイ、フォークナーの小説など、海外の文学作品を読む。この頃、村野四郎の詩の会にもぐりこみ詩を書く。

一九六三年（昭和38年）**20歳**

夏、病気治療のために上京していた叔母に付き添って、初めて父母の故郷沖永良部島を訪れた。経済的な理由で早稲田大学を中退。中退後、コピーライター養成講座「宣伝会議」に通う。

一九六四年（昭和39年）**21歳**

大正製薬にコピーライターとして入社。広告宣伝部の美術デザイナーであった浅井潔と知り合う。

一九六六年（昭和41年）**23歳**

小説を書きたいと思い始めた頃、水俣病を取材した石牟礼道子の「海と空のあいだに」（『苦海浄土』）に出会い、作家であることの意味、書くことの意味を深く考えさせられた。

一九六七年（昭和42年）**24歳**

会社を辞め、フィリピン・台湾・香港をまわり、乗り継ぎで3日間沖縄に滞在した。月刊誌『若い女性』に、その旅行の体験記「訪問着一着分の費用で1ヵ月フィリピンを旅した私」を柳和枝の本名で掲載。70年ごろまで不定期に週刊誌や月刊誌のライターを引き受け、作詞（冷泉公裕「四回戦ボーイ」）なども手がけた。

12月4日、浅井潔と結婚。東京都目黒区原町二丁目に住んだ。

一九七一年（昭和46年）**28歳**

1月18日、長男聡誕生。

一九七二年（昭和47年）**29歳**

11月21日、次男圭誕生。

一九七三年（昭和48年）**30歳**

家族で沖永良部島を訪れた。

一九七五年（昭和50年）**32歳**

3月、島尾敏雄の呼び掛けでつくられた「奄美郷土研究会」の会員になった。奄美・沖永良部の島唄に惹かれ、島唄を採集し始めた。

一九七七年（昭和52年）**34歳**

家族で沖永良部島を訪れた。

一九七八年（昭和53年）**35歳**

この頃、自室に織機を置き、母親の影響でずっと興味のあった織物を本格的に習い始めた。永瀬清子の、わかりやすいけれど鍛えられた言葉で日常の奥に潜む闇を描き出す詩の力に感銘を受けた。後の『樹下の家族』は、永瀬の「木陰の人」の対句として書き始められた。

一九八〇年（昭和55年）**37歳**

5月、自作の短編と詩に、採集した沖永良部の島唄をまとめた『ふりむんコレクション　島唄』を本名浅井和枝で自費出版。『ふりむんコレクション　島唄』（制美5月）刊行。

一九八一年（昭和56年）**38歳**

『ふりむんコレクション』をきっかけに歌手の加藤登紀子から作詞の依頼を受けて作詞したが実現には至らなかった。

この頃から、子供を育てながら家庭生活と社会とのつながりを考えていく女性たちの集まりに共感を持って、時間の許すかぎり参加した。

一九八二年（昭和57年）**39歳**

10月、「樹下の家族」で第1回「海燕」新人文学賞を受賞した。この作品から干刈あがたのペンネームを用いた（「干刈」は「光」の替え字。「あがた」は漢字を当てると「県」で、国に対する地方、中央に対する周辺の意味）。12月16日に離婚したが、復姓はしなかった。

「樹下の家族」（『海燕』11）発表。

一九八三年（昭和58年）**40歳**

12月、「ウホッホ探険隊」が第90回芥川賞候補となった。福島泰樹と対談（『早稲田文学』12）。「プラネタリウム」（『海燕』2）、「ウホッホ探険隊」（『海燕』9）を発表。『樹下の家族』（福武書店10月）刊行。

一九八四年（昭和59年）**41歳**

6月、「ゆっくり東京女子マラソン」と「入江の宴」が第91回芥川賞候補となった。黒井千次と対談（『読売新聞』7・17〜20夕刊）。『ゆっくり東京女子マラソン』がテレビドラマ化（「風にむかってマイウェイ」TBS11月12日）、「プラネタリウム」がラジオドラマ化（TBS同日）された。この年は対談などの仕事で初めて松山・岡山・大阪・新潟・足利などの地方へ出かけたが、子供と病母のためにすべて日帰りだった。

「月曜日の兄弟たち」（『海燕』2）、「ゆっくり東京女子マラソン」（『海燕』5）、「入江の宴」（『文学界』5）、「幾何学街の四日月」（『海燕』8）、「ビッグ・フットの大きな靴」（『文學界』9）、「姉妹の部屋への鎮魂歌（たましずめ）」（『新潮』10）、「ワンルーム」（『海燕』12）発表。『ウホッホ探険隊』（福武書店2月）、『ゆっくり東京女子マラソン』（福武書店8月）刊行。

一九八五年（昭和60年）**42歳**

2月、『ゆっくり東京女子マラソン』で芸術選奨新人賞を受賞した。田辺聖子と対談（『青春と読書』7）。『ウホッホ探検隊』がラジオ放送（NHK11月11日〜15日）。この年、雑誌『オレンジページ』の発刊にオブザーバーとして参加した。

「裸」（『海燕』4）、「予習時間」（『新潮』5）発表。『オレンジページ』9月号から、のちに『十一歳の自転車』と『借りたハンカチ』に纏められる掌編を断続的に掲載（89年1月号まで）。「ノンタイトル・ガールの故里紀行」（『文藝』10）、「しずかにわたすこがねのゆびわ」（『海燕』12）発表。『ワンルーム』（福武書店8月）、福武文庫『ウホッホ探険隊』、『シリーズ・いまを生きる10　女・離婚その後』（ユック舎8月「離婚からの出発」所収）刊行。

一九八六年（昭和61年）**43歳**

椎名誠と対談（『青春と読書』7）。10月、『ウホッホ探検隊シナリオ写真集』（東宝事業部）が刊行された。11月、『しずかにわたすこがねのゆびわ』で野間文芸新人賞を受賞。杉並の老人専門病院で1日看護婦を体験する（『Nursing Today』11）。

12月、「ホーム・パーティー」が芥川賞候補になった。『ウホッホ探険隊』が監督根岸吉太郎、脚本森田芳光で映画化された（10月18日）。

「ラスト・シーン」（『文藝』夏季号）、「ホーム・パーティー」（『新潮』9）、「回廊」（『海燕』12）発表。『しずかにわたすこがねのゆびわ』（福武書店1月）、福武文庫『樹下の家族／島唄』、同『ゆっくり東京女子マラソン』刊行。

一九八七年（昭和62年）**44歳**

現代アメリカ女性作家の小説を斎藤英治と共訳する（『新潮』1）。安西水丸と対談（『てんとう虫』3）。5月16日から朝日新聞朝刊に「黄色い髪」を連載（11月17日まで）。この小説の取材のために原宿で若者たちに話をきくかたわら、登校拒否の子をもつ親たちとも積極的に話し合った。9月24日、北日本放送の仕事と若い母親たちの会に出席のため富山に行った。10月25日、倉吉市と岡山市での講演で、あこがれの詩人永瀬清子に初めて会った。その帰りに淡路島の灰谷健次郎を訪問した。

11月8日、沖縄大学巡回市民講座で沖縄島に立ち寄り南部戦跡、沖縄市（旧コザ）をまわった。9日に八重山石垣市、10日に宮古平良市で講演。11月14日、藤沢市滝の沢小学校の名取弘文教諭に招かれ、5・6年生の家庭科公開授業を行った。（「どこかヘンな三角関係」91・3新潮社刊参照）

この年、国立婦人教育会館主催の募集論文の審査員を引き受けた。この頃『80年代アメリカ女性作家短篇選』の翻訳に取り組む。

「黄色い髪」（『朝日新聞』5・6〜11・17）、「ウォーク in チャコールグレイ」（『IN・POCKET』6〜89・12）を連載。『ビッグ・フットの大きな靴』（河出書房新社1月）、エッセイ集『おんなコドモの風景』（文藝春秋2月）、『ホーム・パーティー』（新潮社4月）、『黄色い髪』（朝日新聞社12月）刊行。

一九八八年（昭和60年）**45歳**

5月、『黄色い髪』が第1回山本周五郎賞候補となった。安西水丸と対談（『青春と読書』6）。インタビュー「子ども、家族、この時代で」（『思想の科学』88・7）。「塩と米」ラジオドラマ化（NHK10月15日）。吉本ばななと対談（『新刊ニュース』11）。この年から、講談社児童文学新人賞選考委員として選考にあたった（第29回〜第32回の91年まで）。

「アンモナイトをさがしに行こう」（『海燕』4〜89・5）、「どこかヘンな三角関係」（『小説新潮』8〜90・10）を連載。『十一歳の自転車』（集英社4月）、エッセイ集『40代はややこ思惟《しい》いそが恣意《しい》』（ユック舎5月）、福武文庫『ワンルーム』、同『しずかにわたすこがねのゆびわ』刊行。

一九八九年（平成1年）46歳

斎藤英治と対談（『波』4）。『黄色い髪』がテレビドラマ化（NHK10月5日〜7日）された。11月27日から12月1日にかけて『小説新潮臨時増刊 Mother Nature's GRAPHICS』の取材で西表島のジャングルを歩いた。12月15日ユック舎創立十周年記念パネルディスカッション「女の仕事はおもしろい」にパネリストとして出席。（「シリーズ・いまを生きる」13号『女の本の現在』91・1に所収）。

「マジ」（『小説新潮』3臨増）、「窓の下の天の川」（『新潮』9）発表。『借りたハンカチ』（集英社5月）、『アンモナイトをさがしに行こう』（福武書店8月）、『窓の下の天の川』（新潮社11月）、斎藤英治との共訳『80年代アメリカ女性作家短篇選』（新潮社4月）、同共訳『セルフ・ヘルプ』（ローリー・ムーア著、白水社9月）、朝日文庫『黄色い髪』刊行。

一九九〇年（平成2年）47歳

4月、東海大学医学部付属東京病院に入院し、5月、胃を五分の四切除した。7月、退院。8月、長野飯綱高原へ2泊3日の小旅行をした。9月再び入院、腸閉塞の手術を行ない、10月退院。『ウォークinチャコールグレイ』が山本周五郎賞候補となった。

「もう一つ」（『海燕』4）を発表、「櫛とリボン」（『青春と読書』9〜91・9、のち『野菊とバイエル』と改題）を連載。『ウォークinチャコールグレイ』（講談社5月）、新潮文庫『ホーム・パーティー』、『1日だけのナイチンゲール〈ことば〉篇』（弓立社8月「理屈でなくわかること」所収）、『永瀬清子詩集』（思潮社現代詩文庫2月「伝える、伝えられる」所収）、『沖縄文学全集第9巻』（国書刊行会9月「入江の宴」所収）刊行。

一九九一年（平成3年）**48歳**

5月、6月は気分がよくなり、母や妹や友人たちに手作りのワンピースにベルト、イヤリングをつけてプレゼントした。8月に入って体調が悪化した。11月に入院、大腸のバイパス手術を受け、以後は入院生活を続けた。

のちに『名残のコスモス』に纏められる掌編を断続的に『あしたへ』（翌年誌名が『こ・お・ぷ』となる）に掲載（4〜92・6）。エッセイ集『どこかヘンな三角関係』（新潮社3月）、『ラスト・シーン』（河出書房新社12月）、集英社文庫『十一歳の自転車』、『保育園とフェミニズム』（ユック舎9月「母の眼、作家の眼」所収）刊行。

一九九二年（平成4年）**49歳**

5月、危篤状態に陥ったが快復。9月6日、病院で死去した。病名は胃ガン。9月10日、目黒区の円融寺真殿にて葬儀・告別式。

「巨大な花束」（『すばる』7）を発表。『野菊とバイエル』（集英社7月）、『名残りのコスモス』（河出書房新社9月）、集英社文庫『借りたハンカチ』刊行。

一九九三年（平成5年）

3月7日〜28日まで、杉並区立柿木図書館で4回にわたり、現代文学講座「新しい家族のモラル—干刈あがたの描いた世界」が開催された。講師は三枝和子ほか。9月4日、円融寺にて一周忌の法要が行われた。この日、法要と偲ぶ会を「コスモス忌」として毎年続けてゆくことを参加者全員で決めた。

講談社文庫『ウォークinチャコールグレイ』刊行。

一九九四年（平成6年）

6月13日、柳家の菩提寺、青梅市の宗建寺に納骨。9月10日、同級生、編集者など干刈あがた所縁の人々によって宗建寺にて三回忌の法要と「第2回コスモス忌」が行われた。

『日本の名随筆別巻36恋文』（作品社2月「エスト氏・影」所収）刊行。

一九九五年（平成7年）
9月9日、第3回コスモス忌。
福武文庫『アンモナイトをさがしに行こう』刊行。
一九九六年（平成8年）
9月7日、第4回コスモス忌。それまで音信のなかった青梅小学校時代の同級生4名が、宗建寺住職の紹介で初参加した。
一九九七年（平成9年）
9月6日、第5回コスモス忌。青梅小時代の同級生が多数参加して『野菊とバイエル』の舞台（干刈あがたの通学路）を案内した。以降、毎年「文学散歩」として、干刈あがたと青梅を巡る恒例行事となる。
集英社文庫『野菊とバイエル』、『女性作家シリーズ20干刈あがた・高樹のぶ子・林真理子・高村薫』（角川書店10月）刊行。
一九九八年（平成10年）
9月5日、七回忌の法要と第6回コスモス忌が行なわれ、記念行事が実施された。河辺市民センター主催による「干刈あがたゆかりの地を訪ねる」文学散歩（これ以降、毎年実施される）、寺田博、与那覇恵子の講演、青梅中央図書館（9月1日〜9月13日）や、青梅市民会館展示室（8月31日〜9月13日）での「記念展示会」が行われた。
『干刈あがたの世界1　樹下の家族』（河出書房新社9月）、『干刈あがたの世界2　ウホッホ探険隊』（河出書房新社11月）、『干刈あがたの世界3　ワンルーム』（河出書房新社12月）刊行。
一九九九年（平成11年）
9月4日、第7回コスモス忌と文学散歩が行われた。
『干刈あがたの世界4　しずかにわたすこがねのゆびわ』（河出書房新社1月）、『干刈あがたの世界5　ホーム・パーティー』（河出書房新社2月）、『干刈あがたの世界6　黄色い髪』（河出書房新社3月）刊行。
二〇〇〇年（平成12年）
9月9日、第8回コスモス忌と文学散歩が行われた。ホームページ「干刈あがた資料館」を開設。コスモス忌の会場で初めて公開された。
朝日文庫『樹下の家族』、同『ウホッホ探険隊』、『ゆっくり東京女子マラソン』刊行。

二〇〇一年（平成13年）

9月8日、第9回コスモス忌と文学散歩が行われた。

二〇〇二年（平成14年）

9月7日、第10回コスモス忌と文学散歩が行われた。当日、友人、知人と読者を中心に「干刈あがたコスモス会」が設立された。当会はコスモス忌を主催、HP「干刈あがた資料館」を管理維持、遺族より譲り受けた干刈あがたの遺品、資料を保存管理し活用する、機関紙（誌）の発行、その他の活動を行なう。

二〇〇三年（平成15年）

2月、「コスモス会通信」0号発行。3月8日、「干刈あがたコスモス会」設立記念講演（与那覇恵子）が行われた。6月14日、読書会が行われた。7月、「コスモス通信」1号発行。9月6日、コスモス忌。
11月、「コスモス通信」2号発行。

二〇〇四年（平成16年）

8月、「コスモス通信」3号発行。十三回忌の行事として、青梅中央図書館（5月19日～6月4日）、青梅市のレトロ博物館（8月31日～9月26日）で展示が行われた。9月11日、十三回忌。

※年譜作成にあたってはコスモス会の会員をはじめ、多くの方のご教示を得ました。

干刈あがた作品紹介

1「樹下の家族」（中編小説『海燕』82・11、83・10　福武書店『樹下の家族』所収）

多忙のため家を空けがちな夫との関係が不安定になっている、小学校4年生と2年生の二人の男の子と暮らす37歳の主婦が、ジョン・レノンの死の報道をきっかけに、20歳の青年とお茶を飲み、思いがけず、日常を離れて対話する数時間を持つ。さまざまに揺れ動く不安定な感情の嵐の中で、彼女の想いは、六〇年安保闘争のあの日に向かう。主人公は、樺美智子さんが騒乱の中で生命を喪った前日に、国会デモに参加していたのだった。自らの父が警察官である主人公は、「たぶん自分の態度を決めるということは、そういうことを乗り越えなくてはいけないんだけど、私にはそれが出来なかった。それ以来、私はいつもそうなの。あの人の気持もこの人の気持もわかると思うばかりで、自分では何一つ出来なかった」と口にする。さらに、樺美智子さんに向かって、こう語りかける。「美智子さん、私は一人の妻としては夫を愛し、夫に寄り添っていきたい。夫もまた不器用ながら、それに応えてくれていると思います。でも、夫と私との間で何かが違っている。たしかに夫は特別に仕事の好きな人間だけれど、その背後に彼をとりこんでいる巨大な現代社会というものを感じるのです」。最後に主人公は、天上の樺さんに向かって叫ぶ。「私はどこへ行けばいいのでしょうか。／いいえ、私にはわかっているのです。女は、私は、全身女になって、〈おねがい、あなた、私を見て。私が欲しいのは、あなたなの〉と叫べばいいのです。美智子さん、私の前にもう一度、そう叫ぶ知恵と勇気のブルー・フラッグ（注・安保デモのときに使われた、樺さんが属した東大のスクールカラーの旗）をはためかせてください」。デビュー作ならではの、抑えがたい感情の噴出が強く感じられる。第一回海燕新人文学賞受賞作。

2「プラネタリウム」（短編小説『海燕』83・2、83・10　福武書店『樹下の家族』所収）

母親と二人の息子シミジミ・ホトホトとの暮らしを描く。仕事中心の父親に家に居てもらいたいが、まだ幼いにも関わらず子供たちは無理をいわない。夫に向かって、「ワタシハ　モウアナタニヨビカケル　コトモ　シナクナリマシタ。アナタノタテコモッタ　オトコノシゴトトイウ　ダイガランガ　ガランドウ　ダト　シッテシマッタ　カラデス」というメッセージを送る母親。そのメッセージは「コドモタチ　ガアナタ　ヲ　スキ　ダカラデス」という言葉で終わる。しかし、子供たちの期待を裏切って、父親は帰ってこない。兄が作ったティッシュペーパーの箱に穴を開け、懐中電灯で照らすプラネタリウムの下で、母子3人は「きれいね」「きれいだね」「お母さんも今夜はここに寝よう」という夜を過ごすのだった。

3「真ん中迷子」（短編小説　書き下ろし、83・10　福武書店『樹下の家族』所収）

「その頃のことを文恵は、紙芝居の絵のような、途切れ途切れの一場面として覚えている。まだ自分と世の中との関係がよくわからず、自分が歩くまわりのごく狭い部分だけが、薄明り薄暗がりの中にぼんやりと見えていたような気がする」という冒頭の言葉が示すように、東青梅に暮らす小学生の少女が見聞きする世界を描く。病気で「東京」の病院に入院している兄、不機嫌で怖い警察官の父、兄の付き添いで病院に泊まりこみながら、生活苦にあえぐ母、地域社会のさまざまな人々。高度成長前の戦後社会ならではの、明るいとは言いがたい悲喜劇が描かれる。

4「雲とブラウス」（短編小説　書き下ろし、83・10　福武書店『樹下の家族』所収）

六〇年安保闘争の頃。都立高校3年生の「私」は同級生の男の子と、勤め先の寿司屋から姿を消した兄を探し歩き、運送屋でようやく見つけ出した。人はいいものの現実社会の中でエネルギーをうまく発揮できない兄。せっかくの給料を簡単に使いきっては「雲みたいによ、軽く生きてみてえよな」と妹につぶやくばかり。「私」の、「学力も学資のことも、計算ばかりして見通しを立てようとしたら何も出来そうもない。とにかくやってみるしかないなあ、ということだった」というのが最後の締めくくりの文章。「東京に家があるから家出するのだ、と私は思った。地方の人だったら、進学とか就職で東京へ出る、という形で家を離れられる」という言葉に込められた著者の家に対する想いが重い。

5「ウホッホ探険隊」（中編小説『海燕』83・9、84・2　福武書店『ウホッホ探険隊』所収）

離婚直後の母親と太郎・次郎の兄弟の生活を、別な暮しを始めた父親との関係を軸に、母親／妻の視点から描く。書名の由来を語る「僕たちは探険隊みたいだね。離婚ていう、日本ではまだ未知の領域を探険するために、それぞれの役をしているの」「お父さんは家に入って来る時、ウホッホって咳をするから、ウホッホ探険隊だね」「ウホッホ探険隊。すてき」といったやり取りが示すように、暗いステレオタイプで語られがちだった「離婚」にかかわる物語の世界に、一つ突き抜けた新しい次元を開いた。しかし、ある種の爽快さ、ドライさの影には、「あんたみたいな泣き方は、人にはわかんないの。もっと俗っぽく泣かなきゃ」という台詞（1歳年上の従姉から主人公に向けての言葉）が示す重さがあることに気づく。一九八三年一二月、第90回芥川賞候補になる。一九八五年一一・一二－一五日にNHKでラジオ放送。一九八六年一〇月監督・根岸吉太郎、脚本・森田芳光で映画化。一九八六年　第29回ブルーリボン賞の作品賞及び主演男優賞（田中邦衛）受賞。

6「月曜日の兄弟たち」（中編小説『海燕』84・2、84・2　福武書店『ウホッホ探険隊』所収）

表題は、一九六三年三月の第三月曜日に、東京西郊の団地二DKの部屋で買ったばかりのステレオでレコードを聴くために集まった人たちを指す。著者の分身である女子大学生、その兄が団地に開いたばかりの寿司屋の従業員と客たち。それから数十年。入院した兄の見舞いにこの団地を訪れた主人公は、離婚したばかりで、いまだ幼い子供たちのことを気にしながらも、遠い思い出に浸りながら、団地の中を歩く。あの時、団地の狭い部屋で手当たり次第にレコードをかけた人たちは「どんな風に人生劇場を生きているのか」と考える。「本当のところ私はこれからどう生きたらいいのか、よくわかりません」と言う最後の台詞は、社会も自分も豊かとは言いがたいながら、将来へ無限の可能性を信じていた青春の日々への呼びかけでもある。

7「ゆっくり東京女子マラソン」（中編小説『海燕』84・5、84・8　福武書店『ゆっくり東京女子マラソン』所収）

初期の代表作の一つと言っていい作品。小学校のPTA役員を引き受けた四人の母親たちを中心にして、母親や子供たちの葛藤が描かれていく。先天性の病、離婚、育児ノイローゼによる自殺、学校でのいじめ、教師と母親たちとの対立、流産など、周りでさまざまな問題が起こるけれども、誠実さと、肩肘を張らない姿勢で困難に立ち向かう女性たちの姿は、読者に勇気を与えてくれる。表題とされる東京女子マラソンのテレビ中継を、それぞれの居場所で、思い入れとともに見つめ、選手たちを応援する女性たちの描写は一つのクライマックスとなっている。「最終ランナーの後姿をカメラが映し出した。大勢の女たちがそれぞれの走法で走って行った道を、もう走る力も尽きてトボトボと、それでも脚を休めずに前に向かって歩いていく。イチョウの葉が彼女の頭上に黄金色に輝いている。/洋子はゴールに姿を見せなかった何人かの人のことを考えていた」という文章は、著者の暖かい眼差しを表現している。また離婚して2人の兄弟を育てる母親に対する弟の小学校4年生の「僕ね、お母さんがいつも、弱い子の味方になれって言うでしょう。そんなこと言われないで育てばよかったなあって思ったの」。子供から向けられたこの言葉は、その後の作品展開の方向の一つを示している。

8「入江の宴」（短編小説『文学界』84・5、87・4 新潮社『ホーム・パーティー』所収）

東京の女子大生ユリが、父母の故郷、奄美の島を訪れる物語。『島唄』に、「序」の形で収められている掌編をもとに、細かく情景と感情を書き込んで小説化した作品。鉄道、貨客船を乗り継いで、ようやく着いた南の島。父母の諍いに苦しみ自殺をも考えていた主人公は、心やさしい島人たちの歓迎のなかで、「もし旅の途中で自分が消えてしまったら、この家の人たちはどんなに心を痛め物思（ムヌミ）することだろう。迷惑をかけることになるのだ」と悟る。

9「幾何学街の四日月」（短編小説『海燕』84・8、84・8　福武書店『ゆっくり東京女子マラソン』所収）

離婚後、二人の子供と暮らす女性を主人公とする小説。大学時代に新しい学生新聞を発行しようとした男子学生の仲間「哲理」と「プラグマ」の二人が絡む。現在と過去が交錯する幻想的な作品。

10「ビッグ・フットの大きな靴」（中編小説『文学界』84・9、87・1　河出書房新社『ビッグ・フットの大きな靴』）

新人賞を得て小説家として歩み始めた母親と、中学生と小学生の二人の兄弟、その三人で作る「離婚家庭」を舞台にした物語。ビッグ・フットとは人気プロレスラーの名前。長男が、「ビッグ・フットと少年シルクロード冒険隊」という番組のオーデションに応募し、テレビ局での二次試験を受けに行く話の流れの中に、子供たちや友人たちとのふれあい、小説家として歩み始めた作家としてのエピソードが盛り込まれていく。家事の分担をめぐる次男との諍いの場面などは、逆に新しい方向へ向けて進み始める家族の「明るさ」を感じさせる。

11「姉妹の部屋への鎮魂歌《たましずめ》」（短編小説『新潮』84・10、87・4　新潮社『ホーム・パーティー』所収）

暴力的な父との関係に疲れはてた双子の姉妹を主人公とする。結婚し二人目の子を宿しながら、父から逃れてきた母との関係にも苦しむ姉。パリで暮らし始めた妹。外国は、著者にとって、「ここでないどこか」であったのかもしれない。

12「ワンルーム」（中編小説『海燕』84・12、85・8　福武書店『ワンルーム』所収）

「現代の路地」ともいうべき雑居ビルの住人たち。事務所に使う人、住む人、もともとの地主など。それぞれがさまざまな過去と想いを抱えて人生を歩んでいる。登場人物の一人である中年の主婦は「やさしいから、周りで起こることをぜんぶ自分の気持の中に受け入れてしまうのね」と言われて考える。「自分の性格を知って、それを自分で引き受けるか乗りこえるかするより仕方ないのだ」と。静的な要素と動的要素が交錯する集団人間ドラマ。

13「裸」（中編小説『海燕』85・4、85・8　福武書店『ワンルーム』所収）

離婚後、ともに暮らす子が、別れた夫とその新しいパートナーと海外旅行に出てしまった年末。型にはまった家族スタイルを越えたさまざまな人生を知り、未知の世界を彷徨し、傷つき、とまどいながらも新しい道を探す女性の姿を、「性」を大きな要素にして描く。「性に非日常の夢を求め、淫靡な密室の物語に仕立てあげたい男と、性を女の置かれた日常の続きと感じ、性に関する言葉の一つ一つを裸にしてでなければ使えない女とのズレ」を意識する主人公は、「私たちは新しくなろうとする時、自分自身の中にある古いものに、ムチ打たれる。新しくなろうとする自分を、古い自分が責め苛む」と感じながらも、「古い自分」から自由になろうとする。

14「予習時間」（短編小説『新潮』85・5、87・4　新潮社『ホーム・パーティー』所収）

戦争の影響がまだ強く残る一九五〇年代半ば、東京・杉並の中学2年生典子が体験する家庭生活と学校の様子を描く小説。不在がちな父、影の薄い母、映画俳優にあこがれ、自宅前の原っぱに作った自分だけの「城」にこもる兄、下宿人の学生たち、さまざまな級友たち、戦争の影を宿す教師たち、などなど多くの人々とともに生きる主人公は、苦労して文庫本を買い、本とともに生きる道を歩み始めている。しかし、主人公が、父の目を逃れて、大切な文庫本を隠した兄の「城」は、原因不明の失火のためにつぶされてしまう。「見まわすと、そこが、バス通りに面した最後の原っぱだった。／その夏、東京には毒蛾が大発生した」という文章で終わる。

15「ノンタイトル・ガールの故里紀行」（短編小説『文藝』85・10、単行本未収録作品）

「私」は故里ネバーランドを訪れて、六人の身内を探すことにする。夢の手法を使い、時間と空間を自在に横断する旅が展開される。小説のフィクション性をノンリアルな方法で表現しようとした作品。

16「しずかにわたすこがねのゆびわ」（長編小説『海燕』85・12、86・1　福武書店刊）

一九六〇年代後半から八〇年代にかけてを舞台にした、幾人もの女性たちの群像。それぞれに悩み、苦しみながら、自分なりの人生を切り開こうとする姿は読者の共感を呼ぶ。「若かった頃の自分に、今の自分が教えてあげられるといいのにね。そんなことしちゃだめよ、とか、そんなに我慢することないのよ、とか。でも、私はやはり、ああするより仕方なかった。その時その時、自分なりに考えて生きてきたんですもの」という過去に向けてのメッセージと、「自分が生きていることを、誰かが見つめていてくれるということ、それを感じることが生きている実感につながります」という女性同士、人間同士の心のつながりと未来に向けての発信とが盛り込まれた時代を超えた連帯への呼びかけの書である。

17「ラスト・シーン」（中編小説『文藝』86・夏季号、91・12 河出書房新社『ラスト・シーン』所収）

作家である主人公は、作品映画化の相談のために日比谷映画街を訪れる。そこで大学生時代にアルバイト勤めをしていた大映画館が取り壊されることを知る。「思い出してみると案外、次から次へと思い出すものだと彼女は思った。日比谷映画劇場は日本人と同じ経験をした建物なのだ。建物も人と同じように、歴史や時代と無縁ではないのだ、という気がしてきた」。彼女に蘇ってきた20年前の日々が細かく書き込まれていく。単行本のあとがきには、「はじめから日本映画ばかり並べるつもりではなかったのに、愛着のある映画や映画館や映画スターや映画ファンのことを書いたら、結局こうなりました」とある。

単行本化にあたり次の4篇を書き下ろす。著者自身をモデルに自身の成長と映画の関係が描かれていく。

「あの丘越えて」　都下、東青梅に住む小学2年生を語り手に、戦後の暮らしの中で美空ひばりの映画と歌が人々に与えた影響を描く。

「月夜の傘」　小学校6年生の主人公が暮らす、西武新宿線の井荻駅近くの新興住宅地でロケした映画をめぐる話と、横暴な父の影響下で息を詰めて日々を過ごす母と子どもたちの日常生活が描かれる。

「純愛物語」　高校受験を真剣に考え始めた中学3年の秋から、翌年、都立高校に通うようになる春の日までを舞台に東京の多感な少女たちの姿が、日本映画全盛期と重ね合わされて浮き彫りにされる。

「いつでも夢を」　新築、入居開始と同時に大団地に鮨屋を開いた兄夫婦の手伝いに来た女子大生の眼を通して、店の内外で出会うさまざまな人々の姿が描かれる。のちに飯場で刺殺される塗装工がファンレターを出していた大スターと、その後仕事で接点を持つことになった主人公は、若くして世を去った塗装工のことを思うのだった。

18「ホーム・パーティー」（中編小説『新潮』86・9、87・4 新潮社『ホーム・パーティー』所収）

東京西新宿の土地を売り、横浜の住宅地に引っ越した一家の嫁である主人公から見た、一家の家族たちや新宿の隣人たちの姿を描く。買収後の土地に建った二〇階建てのホテルに、オープン前の試泊に招かれた一家は、かつての隣人たちと出会い、蘇ってきたさまざまな思い出にひたりつつさまざまな人生模様を知る。横浜から自転車で西新宿に向かっている、小学5年生になる長男の到着を、心配しながら待つ一家のもとに、ようやく彼が到着するところで、物語は終わる。

19「回廊」（中編小説『海燕』86・12、単行本未収録作品）

離婚した「私」は、老人病棟の看護助手の仕事を見つける。人との関係に息苦しさを感じていた「私」は、感情を失いつつある老人たちの清拭や下の世話をしながらも関係の希薄さが気に入っていた。老人たちに「愛情」を持っていないと思っていても、老人たちは「私」の意識に影響を与えていく。「老い」を通して「私」の過去にも違った光があてられていく。

20「黄色い髪」（長編小説『朝日新聞』87・5・16～11・17 朝刊連載、87・12 朝日新聞社刊）

いじめられている同級生をかばおうとしたためにいじめを受け、学校に行かなくなった女子中学生。夫の病死後、美容院を始めて生計を立てるその母。この母子は、自分の置かれた状況に真面目に取り組もうとするがゆえに、学校が代表する社会という巨大なシステムと対決せざるをえなくなる。母の「どちらにしても死や絶望に深く犯されたところに、私たちは生きているのだということに、私もようやく気がつきました」と語る言葉。このような言葉で表現される現代「社会」とは、はたして何なのだろうか。

21『十一歳の自転車』（短編小説集初出は『オレンジページ』85・9〜87・10　途中休載あり、88・4　集英社刊）

主婦向けの生活誌『オレンジページ』に連載された二一の短編小説を集めたもの。自転車、サングラス、アクセサリーなど、身近な物をめぐって繰り広げられるさまざまな人間ドラマ。春休み、原宿に遊びにやってきた、小学校を卒業したばかりの男の子三人からお金を取り上げた連中が、「すまない。オレたちもヤラれて、一文なしなんだ。ごめんよな」（「春休みのキップ」）とあやまるところなど、人間だれににも対する著者の温かい視線が感じられる。

22『借りたハンカチ』（短編小説集初出は『オレンジページ』85・12〜87・1　途中休載あり、89・5　集英社刊）

主婦向けの生活誌『オレンジページ』に連載された二一の短編小説を集めたもの。百円ライター、ハンカチ、ベルト、花束など、さまざまな物をテーマに描かれる人間模様。このシリーズの最終回の「花束」の章は、「街の若いカップルを見ながら、若さを羨むよりも、若い人間はこれからいろいろなことをやっていかなければならなくて大変だろう、という思いが先にたってしまうのは、問題ですかね」という台詞でしめくくられる。

23「マジ」（短編小説『小説新潮』89・3 臨時増刊号、92・9 河出書房新社『名残りのコスモス』所収）

松崎栄二は高校1年、16歳である。元旦早々、塾に行っている間に自転車を盗まれ「マジ！」と思ってしまう。平成に変わる前日、テレビはCM無しの番組を流し続けており、高校生にはそれも「マジ？」としか思えない。歴史の節目の奇妙さを、三人の高校生の会話を通して描いた作品。

24「アンモナイトをさがしに行こう」（長編小説『海燕』88・4～89・5、福武書店刊）

『黄色い髪』の新聞連載・単行本化に当たって、著者のもとに、現代社会に生きる子供たち、大人たちの声がなだれのように押し寄せてきた。不登校の子供たち、少年院で過ごす子供たち……、そしてその周囲の大人たち。いくら辛くても、自分だけの問題ではない、誰もがさまざまな傷を負い、誰もが苦しんでいるのだから、辛さに負けないで、というメッセージが強く伝わる。問題を抱えたさまざまな人間たちが紡ぐ物語をモザイク状に表現した作品。著者の分身と思われる女性は、自らが過ごした戦後の少女時代と今を比べて「もしかしたら、物やお金はあるけれど、心の自由や愛や夢のない今の時代の子供のほうが、ずっと不幸なのかもしれない」と述べる。

25「窓の下の天の川」（長編小説『新潮』89・9、89・11 新潮社刊）

離婚のあと、ともに暮らしていた息子が高校卒業後に家を出、一人で暮らす会計士。孤独と老いの予兆に悩む彼女は、小学校の子供たちや住人たち、そして近所の友だち、別れた夫などに思いを寄せる。さまざまな人物たちが、重いトーンで織りなす人間ドラマを描ききった力作長編。夫の新しい妻が癌の末期状態にあることを知ったとき、主人公自身も乳癌の兆候に怯え、病院で検査を受け続けているのだった。昏睡状態にあるという彼女のことを思いながら、主人公は寝間の天井の神に向かって、あまりにも重い言葉を叫ぶ。「天井神さま、わたしはじぶんのこころとからだに揺すぶられてこれを書き始めました。……コトバをつかう人間は、最後には清らかなところへ出てゆきたいという願いによって書いていても、途中でいろいろないやなものも揺り起こします。……やはり何も言わない人間の方が清らかなのかもしれない。／もう書けない」。

26「ウォーク in チャコールグレイ」（長編小説「IN・POCKET」87・6〜89・12、90・5 講談社刊）

60年安保から数年。都立高校卒業後1年間、働いてお金を貯め、大学の新聞学科に入学した主人公は、黒い学生服の男子学生の中に埋もれる、チャコールグレイのスーツを着た女子学生となった。学生新聞発行を目指すサークルの仲間たちと不器用とでも言うべき交友関係、重く暗い家族関係の中で、惑い、悩み、苦しむ彼女を愛おしみの思いがこもった文章で表現する自伝的小説。生き生きとした会話が、60年代前半の大学生活と社会の姿を蘇らせている。「もう風雪に耐えるのはいやです。貧乏はいやです。時間とお金に追われるのはいやです。……女の学問についてなんて、もう考えたくない。何もかも忘れてしまおう」と、自分を納得させた彼女は、大学を中退して職に就くことになる。

27「もう一つ」（短編小説『海燕』90・4、00・6　朝日文庫『ゆっくり東京女子マラソン』所収）

69歳の主人公は、戦争直後に不慮の事故で夫を失い、一人息子と姑との生活をさまざまな職業をしながら支えてきた。今は、探偵事務所の調査員。調査活動を通じて知るいろいろな人生模様を見つめる。引退を考えながらも「もう一つ」「もう一つ」と新しい仕事を引き受け続けてきたが、久し振りに訪ねてきた息子に四〇代の「老い」を感じたこともあって、次の「もう一つ」は止めることにする。

28「野菊とバイエル」（長編小説『青春と読書』90・9〜91・9、92・7　集英社刊）

一九五一年から五二年ごろの東京・多摩地方の小学3年生のミツエの学校を中心とした日常生活を描く。「この『野菊とバイエル』を書いているあいだ、私は私の子供時代のまわりにあった花々や山や川を思い出し、とても幸せな気持でした」と「あとがき」にあるように、新設学校での教師たち・同級生たちとのふれあい、地元の人々とのやりとりなどが生き生きと浮かび上がる。単なる思い出話や、子供用の物語というわけではなく、大人になって、今の、視点から、学校や地域での権力関係、重くのしかかる父親の影などを書き込んでいる。

29『名残りのコスモス』（短編小説集初出は『あしたへ』『こ・う・ぷ』91・4〜92・6、「23マジ」収録、92・9　河出書房新社刊）

九編の短編からなる、著者最後の単行本。日常の生活光景の中の大人たち、子どもたちの姿が描きだされていく。最後の作品というべき「レバー・ストーン」は、79歳のおばあさんのために英語の手紙を代筆する孫の高校2年生の物語。「胆石」の姿が明るく描写されている。

30『ふりむんコレクション　島唄』（80・5　自費出版）

「ふりむん」とは気のふれた者という意味だが、作者は「静かに心をふるわせている者」「ふらりと日常からはずれてしまう瞬間」としても捉えている。「ふりむんコレクション」には、少女の目から見た幼い頃の出来事が現実と幻想のはざまに浮かびあがる。多感な少女が出会う現実世界は、決して明るいものではないが、「明かり」「灯火」「光」という言葉が含まれている掌編には、現実の世界とは異なる「明るい」世界を求める作者の気持ちが反映しているのかもしれない。

沖永良部島出身の両親のもとに東京で生まれ育った作者は、20歳の時、初めてこの島を訪れ、親戚たちとふれあう。東京在住者たちの島言葉はすべてわかった作者だが、島の人たち同士の島言葉をよく理解できなかった。また、島に対しての本土、本土の暮し全体を指す「タビ」という言葉の意味、つまり本土の暮しはあくまでもタビであって、帰るべき地は島であるという発想を知って、大きく揺り動かされる。「島唄」は、その後、何度かこの島を訪れて聞き知った沖縄・奄美の島唄に現代語訳をつけたものである。最後に置かれた「沖祝女《うきぬる》」には「この唄を見つけた時、私はとても不思議な気がした。何か薄い紗のむこうから射し込んでくる光を感じた」とある。そこには「自然界との交感を言葉にする姉妹神《おなりがみ》」への意思が認められる。

31『おんなコドモの風景』（エッセイ集　87・2　文藝春秋）

『週刊文春』に連載した「親、どうしましょ」（84・10月・4～85・10・10）を中心に、各誌紙に発表のものと書下ろしとによるエッセイ集。「はじめに」には「ここには、決して立派な成功談ではない私たち親子の姿がさらけ出されていて、本当に恥ずかしいです。／しかしまた、子供と一緒の暮しってなんて、楽しいのだろう、女と子供の生活の場ってなんて豊かなのだろう、という子をもって初めて知った実感も、この中には正直にあふれています」と書かれている。

32『40代はややこ思惟《しい》いそが恣意《しい》』（エッセイ集　88・5　ユック舎）

一九八五年から一九八八年にかけて各紙誌に発表されたエッセイに書下ろしを加えたエッセイ集。版元であるユック舎を「ほとんど独力でやっている」編集者・岩崎悦子さんとの信頼関係から生まれた本といってもいい。「私と彼女が会う時は、たいていどちらかが疲れています。でも彼女と会うと、自分の信じる仕事をしている人の爽やかさにうたれます。楽しいです」と

33『どこかヘンな三角関係』（エッセイ集　91・3　新潮社、88・8〜90・10『小説新潮』連載に書き下ろし一編を加えた）

「ある日は落ち込み、ある日は元気づけられたりしながら、今までやってきましたが、その

「仕事をしながら、子供と暮しながら、東京という場所で生きながら、考えることなどをまとめたものがこれです」とあるように、現実生活に裏打ちされた著者ならではの想いが本全体から溢れ出している。

「あとがき」には書かれている。子供、女、本などのテーマ別の章に加えて、当時、朝日新聞に連載した『黄色い髪』への反響をまとめた章もある。68編からは、現実生活に根をおろしながら、惑い、悩み、そして解決への道を探る著者の息遣いと、性別、年齢を越えた「心の連帯」への呼びかけの声が響いてくる。

間に出会った印象的な人や、面白いできごとなどについて、二年半ほどにわたって『小説新

潮』のコラムに連載しました」「連載中の最後のころは私の体の具合が悪く、何章かは病気の話になってしまって心苦しいです」（「あとがき」）とあるように、終わりの数章では、胃の病について触れられている。「あとがき」の、「私の病状はゆっくり養生すれば徐々に回復していくたぐいのものですが」としながらも、「この場を借りて、日頃お世話になっている他社の担当編集者の方々にも御礼を申し上げたいと思います。……おかげさまで、この本が出るころには私の下の息子も高校を卒業します。ホッ。ほんとうに、いろいろありがとうございました。これからもよろしく」とあることの意味を、今となっては考えてしまう。

34『80年代アメリカ女性作家短篇選』（89・4 新潮社）

ジェイン・アン・フィリップス、ボビー・アン・メイソン、メアリー・モリス、ローリー・ムーア、アン・ビーティなど一二人の作家の一九七九年から八五年にかけての一二編の小説の翻訳集。斎藤英治との共訳。

35『セルフ・ヘルプ』（89・9 白水社）

アメリカの女性作家ローリー・ムーアの「別の女になる方法」「離婚家庭の子供のためのガイド」「作家になる方法」など九篇の翻訳。斎藤英治との共訳。

36『少年少女古典文学館七 堤中納言物語 うつほ物語』（92・11 講談社）

児童向けの書き下ろし現代語訳。「堤中納言物語」を担当。

（コスモス会編）

参考文献一覧

〈選評／書評／合評／追悼　雑誌・新聞関係〉

佐多稲子・小島信夫・阿部昭・飯島耕一・木下順二「第一回海燕新人文学賞選評」（『海燕』82・11）
柘植光彦「樹下の家族」（『日本読書新聞』83・12・19）
川村湊「樹下の家族」（『群像』84・1）
丸谷才一・中村光夫・吉行淳之介・大江健三郎・遠藤周作・丹羽文雄・安岡章太郎・開高健「第90回芥川賞選評」（『文藝春秋』84・3）
宮川健郎「ウホッホ探険隊」（『図書新聞』84・4・7）
井坂洋子「ウホッホ探険隊」（『日本読書新聞』84・4・2）
芹沢俊介「ウホッホ探険隊」（『週刊読書人』84・4・23）
安岡章太郎・吉行淳之介・丹羽文雄・丸谷才一・三浦哲郎・大江健三郎・遠藤周作・中村光夫「第91回芥川賞選評」（『文藝春秋』84・9）
菅野昭正・岡松和夫・立松和平「創作合評・幾何学街の四日月」（『群像』84・9）
竹岡準之助「ゆっくり東京女子マラソン」（『婦人公論』84・11）
やまだ紫「ゆっくり東京女子マラソン」（『日本読書新聞』84・11・5）
長谷川哲「ゆっくり東京女子マラソン」（『日本読書新聞』84・11・12）
中村以久子「樹下の家族」（『現代の理論』85・1）
磯田光一「ワンルーム」（『海燕』85・10）
竹田青嗣「ワンルーム」（『すばる』85・10）

中村以久子「裸」（『現代の理論』85・12）
匿名「しずかにわたすこがねのゆびわ」（『毎日新聞』86・2・10）
鎌田敏夫「しずかにわたすこがねのゆびわ」（『週刊文春』86・2・13）
川村湊「しずかにわたすこがねのゆびわ」（『海燕』86・3）
饗庭孝男「しずかにわたすこがねのゆびわ」（『図書新聞』86・3・1）
勝又浩「しずかにわたすこがねのゆびわ」（『文学界』86・4）
佐伯彰一・岡松和夫・青野聡「創作合評・ホーム・パーティー」（『群像』86・10）
秋山駿「しずかにわたすこがねのゆびわ」（『週刊朝日』86・12・5）
秋山駿・磯田光一・川村二郎・佐伯彰一・高橋英夫「野間文芸新人賞選評」（『群像』87・1）
今泉文子「おんなコドモの風景」（『週刊サンケイ』87・3・12）
久田恵「ビッグ・フットの大きな靴」（『週刊読書人』87・3・16）
黒井千次「ホーム・パーティー」（『波』87・4）
匿名「ホーム・パーティー」（『朝日新聞』87・5・3）
岩橋邦枝「ホーム・パーティー」（『新潮』87・6）
岡松和夫「ホーム・パーティー」（『海燕』87・6）
鈴木貞美「ホーム・パーティー」（『産経新聞』87・6・8）
清水邦行「ホーム・パーティー」（『婦人公論』87・7）
匿名「ホーム・パーティー」（『東京人』87・7）
後藤明生・鈴木貞美「対談時評・ビッグ・フットの大きな靴」（『文学界』87・10）
沢地久枝「黄色い髪」（『朝日新聞』88・1・11）
福田宏年「黄色い髪」（『東京新聞』88・1・18）
匿名「黄色い髪」（『毎日新聞』88・1・18）
門野晴子「黄色い髪」（『週刊読書人』88・2・8）
菊田均「黄色い髪」（『朝日ジャーナル』88・2・19）
佐江衆一「黄色い髪」（『波』88・2）

黒古一夫「黄色い髪」(『文学時標16』88・2・10)
吉住侑子「黄色い髪」(『図書新聞』88・3・5)
荒このみ「黄色い髪」(『中央公論』88・3)
森絹江「40代はややこ思惟いそが恣意」(『図書新聞』88・6・25)
茅野礼子「40代はややこ思惟いそが恣意」(『週刊読書人』88・9・5)
小林広一「80年代アメリカ女性作家短篇選」(『産経新聞』89・6・13)
常盤新平「80年代アメリカ女性作家短篇選」(『朝日新聞』89・6・18)
小沢瑞穂「80年代アメリカ女性作家短篇選」(『新潮』89・6)
中野翠「80年代アメリカ女性作家短篇選」(『文学界』89・7)
島弘之「アンモナイトをさがしに行こう」(『日本経済新聞』89・9・17)
まきのえり「アンモナイトをさがしに行こう」(『図書新聞』89・9・23)
富岡幸一郎「アンモナイトをさがしに行こう」(『週刊現代』89・9・23)
やまだ紫「アンモナイトをさがしに行こう」(『週刊読書人』89・10・9)
井坂洋子「アンモナイトをさがしに行こう」(『サンデー毎日』89・10・15)
三枝和子「アンモナイトをさがしに行こう」(『群像』89・10)
竹田青嗣「アンモナイトをさがしに行こう」(『海燕』89・10)
秋山駿・岡松和夫・井口時男「創作合評・窓の下の天の川」(『群像』89・10)
みやづくゆう「アンモナイトをさがしに行こう」(『婦人公論』89・11)
匿名「窓の下の天の川」(『読売新聞』90・1・8)
井坂洋子「窓の下の天の川」(『週刊読書人』90・1・22)
上野瞭「窓の下の天の川」(『新潮』90・2)
後藤明生・三枝和子・三浦雅士「創作合評・もう一つ」(『群像』90・5)
石村博子「ウォーク in チャコールグレイ」

（『サンデー毎日』90・7・8）
勝又浩「ウォーク in チャコールグレイ」（『群像』90・8）
川村湊「ウォーク in チャコールグレイ」（『文学界』90・8）
川村和子「ホーム・パーティー」（『暮しの手帳』91・30号）
佐伯一麦「ラスト・シーン」（『波』92・2）
斎藤慎爾「野菊とバイエル」（『出版ニュース』92・8上旬号）
高野庸一「野菊とバイエル」（『すばる』92・9）
井坂洋子「自分の悲鳴をつきとめる『じぶん』」（『文藝』92・11）
川本三郎「干刈あがたのけなげさ」（『新潮』92・11）
安西水丸「弔辞」（『すばる』92・11）
道浦母都子「視線―悼干刈あがたさん」（『すばる』92・11）
吉本ばなな「干刈あがたさんのこと」（『海燕』92・11）
高樹のぶ子「扉のむこう」（『海燕』92・11）
三枝和子「急ぎ過ぎた死」（『海燕』92・11）
永瀬清子「さきに行ってしまっては困るわ　干刈あがたさん」（『海燕』92・11）
松本健一「都市の民俗学者のように―干刈あがたさんを送る」（『海燕』92・11）
小島信夫「『樹下の家族』をめぐる思い出」（『海燕』92・11）
川上蓉子「野菊とバイエル」（『教育』93・2）
安西水丸「『ゆっくり東京女子マラソン』を読んで」（『海燕』93・11）
中沢けい「過去を記憶する長女の眼」（『週刊読書人』98・10・16）
金井景子「彼女なら、どう考えるだろう?―干刈あがたの試みと没後の歳月」（『図書新聞』98・11・28）
野中柊「変わりゆくもの。変わらないもの。」（『すばる』98・12）

〈雑誌特集〉

『一冊の本』（朝日新聞社00・3）

島田雅彦「ある文化おばさんの話」
佐伯一麦「コスモス忌のこと」
竹野雅人「ポスターの記憶」
田場美津子「千年の惰眠を」
与那覇恵子「未来をみつめるまなざし」
対談・野中柊×角田光代「時代のキズ、世代のいたみ」

〈論文・作家案内〉

金井景子「『ゆっくり東京女子マラソン』―走者たちのゆくえ」（『国文学』86・5）
富岡幸一郎「干刈あがた論―母性の偏差」（『文藝』86・12）
渡辺あけみ「『ゆっくり東京女子マラソン』論―家の内の女性闘士」（『昭和学院国語国文』88・3）
水田恵「干刈あがたの作品にみる家族像―男と女、そして子供と老人をめぐる関係」（『日本文学誌要』88・6）
宮本阿伎「干刈あがた論―〈崩壊〉からの旅立ち」（『民主文学』87・6）
栗島久憙「干刈あがた論―家族の果てまで連れてって」（『而シテ』87・10）
加藤純子「ものを書くことへの怖れ―干刈あがたの痛み」（『日本児童文学』89・11）
金井景子「作家案内」（『国文学』90・5臨増）
橋詰静子「干刈あがた・補遺」（『目白近代文学』90・10）
橋詰静子「「干刈あがた」論―あがたについて知っている2、3の事柄」（『国文学解釈と鑑賞』91・5別冊）
小倉斉「現代小説の中の《家族》―浮遊するものたちをめぐって」（『淑徳国文』92・2）
橋詰静子「干刈あがた―その作品と解説」（『月刊オーパス』92・11）
梨本昭平「『新たな家族像』教材の可能性―干刈あがたの場合」（『国語通信』92・12）
坂本育雄「『黄色い髪』論」（『国文鶴見』93・12）
岩田なつ「『黄色い髪』論―夏実の中の尾崎豊」（『国文鶴見』93・12）
太田鈴子「性差から超越された性へ―干刈あが

た『しずかにわたすこがねのゆびわ』」（『昭和文学研究』94・2）
高木徹「干刈あがた『プラネタリウム』論」（『中部大学人文学部研究論集』97・7）
近藤裕子「作家ガイド」（『角川　女性作家シリーズ20』97・10）
山口保広「干刈あがた論」『ただあるがままで〈世界性〉であることの現在』（私家版97・12）
斎藤次郎「干刈あがた論」（『季刊子どもプラス』2号99・9～04・2連載中）
藤田久美「もう一度干刈あがたを読む」（『女性学年報』99・11）
本山謙二「「沖縄」から、はじまる　タビ　干刈あがたの世界から」（『ユリイカ』01・8）
本山謙二「漂泊することの肯定に向けて―干刈あがたの言説から」（『解放社会学研究』02・3）
松田秀子「私の干刈あがた―定時制高校で『プラネタリウム』を読む」（『新日本文学』02・3）

〈単行本所収論〉

「プラネタリウム―干刈あがた」梅田卓夫編『高校生のための小説案内』（筑摩書房88・4）
尾形明子「干刈あがた『ウホッホ探険隊』の私」『現代文学の女たち』（ドメス出版88・10）
吉本隆明「走行論」『ハイ・イメージ論Ⅰ』（福武書店89・4）
黒古一夫『村上春樹と同時代の文学』（河合出版90・10）
天野正子「中年期の創造力―干刈あがたの世界から」井上俊他編『ライフコースの社会学』（岩波書店96・3）
樋口真二「ブルースの魂に満ちたユーモア感覚―干刈あがた」『探訪女たちの墓』（けやき出版97・12）
与那覇恵子「現代文学にみる〈家族〉のかたち」ヒラリア・ゴスマン他編『メディアがつくるジェンダー』（新曜社98・2）
石川博司『干刈ウィーク』（光縣研究会98・11）
石川博司『干刈の著作ワールド』（光縣研究会99・2）
石川博司『干刈の青梅ワールド』（光縣研究会

99・11）
石川博司『干刈のホームページ』（光縣研究会01・3）
川西政明「女性の世紀㈣自立と喪失」『昭和文学史下巻』（講談社01・11）
江刺昭子「干刈あがたの「カクメイ」とは？」加納実紀代編『リブという〈革命〉』（インパクト出版会03・12）
山口保広『〈干刈あがた〉ってだれ（仮）』（04刊行予定）

〈文庫本解説〉

川本三郎「解説」『ウホッホ探険隊』（福武文庫85・11）
磯田光一「解説―ヤマトナデシコの幻覚」『ゆっくり東京女子マラソン』（福武文庫86・1）
吉原幸子「解説―干刈あがたさんへの手紙」『樹下の家族／島唄』（福武文庫86・9）
ヤンソン由実子「解説」『ワンルーム』（福武文庫88・3）
黒川創「解説」『しずかにわたすこがねのゆびわ』（福武文庫88・9）
上野瞭「解説」『黄色い髪』（朝日文庫89・9）
アルバート・ノヴィック「解説」『ホーム・パーティー』（新潮文庫90・4）
泉麻人「解説―懐中電灯とネスカフェ」『十一歳の自転車』（集英社文庫91・7）
群ようこ「解説」『借りたハンカチ』（集英社文庫92・8）
道浦母都子「解説」『ウォーク in チャコールグレイ』（講談社文庫93・4）
落合恵子「解説」『アンモナイトをさがしに行こう』（福武文庫95・6）
齋藤愼爾「解説」『野菊とバイエル』（97・1）
加藤登紀子「解説」『ウホッホ探険隊』（朝日文庫00・2）
野中柊「解説」『樹下の家族』（朝日文庫00・4）
芹沢俊介「解説」『ゆっくり東京女子マラソン』（朝日文庫00・6）

（コスモス会編）

あとがきにかえて

与那覇恵子

人と人とを〈作品〉で結び続けてきた作家、それが干刈あがただと思います。一九八二年に『樹下の家族』で第一回「海燕」新人文学賞を受賞した干刈あがたは、斬新なコトバ感覚で文学界に登場しました。「家族」の現在を描き多くの読者を魅了しましたが、一九九二年九月六日に四十九歳の若さで逝ってしまいました。

私が干刈さんに初めてお会いしたのは一九八七年です。現在雑誌『EDGE』を主宰している仲里効氏の企画による沖縄大学主催の宮古・八重山移動市民大学で、ご一緒したのが最初です。短い期間でしたが、南部の戦跡での霊的感受能力に、コザのライブハウスでの聴力のすばらしさに、そしてイラストを描きながら真摯に語りかけることばづかいの美しさに出会うことができました。東京では目黒の喫茶店から居酒屋へと移動した時、ベルト使いにしていたスカーフをさりげなく羽織ったファッションのあでやかさに驚かされました。

ほんとうに短いお付き合いでしかなかったのですが、干刈さんを通して私自身は多くの方との出会いを持ちました。コスモス忌を毎年営んでこられた小学校、中学校、高校、大学の友人の方々に、担当編集者の方々。そして干刈文学のファンの方たち。お会いした多くの方たちから干刈あがたが慕われ、干刈文学が愛されていることを感受しました。

作家干刈あがたとしての執筆期間は十年に過ぎません。しかし、干刈あがたの遺品、資料のすべてをご遺族より譲り受け、その保存管理とコスモス忌やホームページの運営を主な目的にする「干刈あがたコスモス会」も設立されました。

書いたものが出版されるという「特権的立場」にあって「ふつう」に固執していた干刈あがたは、何を、誰に向かって、どのように語ったらいいのだろうか、と、その問いにいつも苦しめられていたようです。某編集長宛の投函されなかった手紙には「作家をやめます」という言葉も残されています。読者と作家のはざまに位置して、人間と時代を見つめ続けていた干刈あがた。悩みながらも自分の生活に根ざした言葉で「人の生活」を綴った干刈文学は、干刈の声を自分の問題として引き受け伝えようとする読者の声を紡ぎ出しながら現在も静かに継承されています。

十三回忌という節目に、もっと干刈文学を多くの人に読んで貰いたいという「干刈あがたコスモス会」の会員の意思がこの本となりました。

柳和枝と干刈あがたの声は届いたでしょうか。吉本ばななさんとの対談も懐かしいものです。快く転載を許可してくださった吉本ばななさん、有難うございました。

作家の方々の文学解釈には圧倒されます。河出書房新社『干刈あがたの世界』に掲載された、されるはずであった原稿の掲載を快諾してくださった作家の皆さま、感謝の気持ちで一杯です。心からの感謝を捧げたいと思います。もちろん転載を認めてくださった河出書房新社のご厚意がなければこの本は成立しませんでした。ほんとうに有難うございました。また刊行に際して御尽力くださった鼎書房の加曾利達孝氏にもお礼申し上げます。

干刈あがたを語る友人や編集者の声を始め、この本のすべてが新しい干刈あがたとの出会いの場となることを願ってやみません。

二〇〇四年八月　編集委員を代表して

干刈あがたの文学世界
発行日　二〇〇四年九月六日
編　者　コスモス会
発行者　加曽利達孝
発行所　鼎　書　房
〒132-0031 東京都江戸川区松島二-一七-二
TEL・FAX 〇三-三六五四-一〇六四
印刷所　太平印刷社
製本所　エイワ
カバー装幀　山元伸子

ISBN4-907846-29-0 C0095